JACK HIGGINS

# DER SCHREI AUS DER KÄLTE

*Roman*

Aus dem Englischen
von Jürgen Abel

PAVILLON VERLAG
MÜNCHEN

PAVILLON TASCHENBUCH
Nr. 02/0230

Titel der Originalausgabe
DAY OF JUDGEMENT

*Umwelthinweis:*
Dieses Buch wurde auf
chlor- und säurefreiem Papier gedruckt.

Taschenbuchausgabe 07/2002

Der Pavillon Verlag ist ein Unternehmen der
Heyne Verlagsgruppe, München
http://www.heyne.de
Printed in Germany 2002
Umschlagillustration: Getty Images/Ron Chapple
Umschlaggestaltung: Nele Schütz Design, München
Gesamtherstellung: Elsnerdruck, Berlin

ISBN: 3-453-21282-7

Die Freiheit ist oft problematisch,
und die Demokratie ist nicht vollkommen,
aber wir brauchten nie eine Mauer zu errichten,
um unser Volk einzusperren.

*Präsident John F. Kennedy am 26. Juni 1963*

# 1

*Berlin 1963*

Als Meyer mit dem alten Leichenwagen um die Ecke bog, drosselte er die Geschwindigkeit, und seine schweißnassen Hände glitten fast vom Lenkrad, sein Magen zog sich zusammen, während er sich dem nächtlichen Sektorenübergang näherte, der vom grellweißen Licht der Bogenlampen beleuchtet wurde.

«Ich muß verrückt geworden sein», sagte er leise. «Total bekloppt. Aber das ist das letztemal, ich schwöre es.»

An der rotweißen Schranke standen zwei Volkspolizisten mit altmodischen Mänteln im Wehrmachtstil und Gewehren über der Schulter. In der Tür der Wachhütte erschien ein Offizier, der eine Zigarette rauchte.

Meyer bremste und stieg aus. Die Straße führte durch ein Viertel, wo alle Häuser abgerissen worden waren, zur Mauer. Weiter hinten lag der westliche Checkpoint in einem hellen Lichtkreis.

Er suchte nach seinen Papieren, und der Offizier trat heran. «Schon wieder Sie, Herr Meyer? Was haben wir denn diesmal? Noch mehr Leichen?»

Meyer reichte ihm seine Dokumente. «Nur eine, Herr Leutnant.» Wegen seiner Stahlbrille konnte man nicht gleich erkennen, daß er den Offizier ängstlich beobachtete. Mit seiner ungepflegten grauen Mähne, dem abgescheuerten Kragen und dem schäbigen Regenmantel machte er fast den Eindruck eines arbeitslosen Musikers.

«Anna Schultz», sagte der Leutnant. «Neunzehn Jahre. Ein bißchen jung, selbst für diese schweren Zeiten.»

«Selbstmord», erklärte Meyer. «Ihre einzigen Verwandten sind ein Onkel und eine Tante im Westsektor. Sie wollten sie unbedingt überführen lassen.»

Einer der Volkspolizisten beugte sich hinten in den Leichenwagen und begann, an den Messingschrauben des polierten Sargdeckels zu drehen. Meyer griff hastig nach seinem Arm.

Der Leutnant sagte: «Sie möchten also nicht, daß wir einen Blick in den Sarg werfen? Sollte das einen bestimmten Grund haben?»

Meyer wischte sich mit einem Taschentuch den Schweiß vom Gesicht und schien um eine Antwort verlegen. In diesem Augenblick hielt hinter ihnen ein kleiner Laster. Der Fahrer lehnte sich mit seinen Papieren aus dem Seitenfenster. Der Leutnant warf ihm einen ungeduldigen Blick zu und sagte: «Schafft ihn mir vom Hals.»

Einer der Volkspolizisten lief zu dem Laster und prüfte schnell die Papiere des Fahrers. «Was haben Sie geladen?»

«Einen Dieselmotor, der in Greifswald zur Reparatur war.»

Der auf der Ladefläche des kleinen Lkws festgezurrte Motor war deutlich zu erkennen. Der Volkspolizist gab die Dokumente zurück. «In Ordnung. Sie können weiterfahren.»

Er drückte die rotweiße Stange hoch, und der Fahrer des Lasters fuhr am Leichenwagen vorbei und zum Durchlaß in der Mauer.

Der Leutnant nickte seinen Männern zu: «Aufmachen.»

«Sie verstehen nicht», flehte Meyer. «Sie hat vierzehn Tage in der Spree gelegen.»

«Das werden wir ja sehen.»

Die Volkspolizisten hoben den Deckel ab. Der Gestank, der ihnen entgegenschlug, war so durchdringend, daß sich einer übergeben mußte. Der andere knipste seine Taschenlampe an, damit der Leutnant in den Sarg sehen konnte. Dieser trat schnell zurück.

«Machen Sie das Ding um Gottes willen wieder zu.» Er wandte sich an Meyer. «Und Sie beeilen sich, daß Sie hier fortkommen.»

Der Laster passierte die Schranke auf der anderen Seite und hielt neben dem Wachhäuschen. Der Fahrer, ein großgewachsener Mann mit Lederjacke und Schirmmütze, stieg aus. Er holte eine zerknitterte Zigarettenschachtel aus der Tasche, schob sich eine Zigarette zwischen die Lippen und trat vor, um sich von dem Westberliner Wachtmeister, der inzwischen näher gekommen war, Feuer geben zu lassen. Das Zündholz, das in den Händen des Polizisten aufglühte, beleuchtete ein ausgeprägtes Gesicht mit hohen Wangenknochen, blonden Haaren, grauen Augen.

«Bei uns gibt es ein Sprichwort, das man in England vielleicht auch kennt, Major Vaughan», sagte der Wachtmeister. «Der Krug geht so lange zum Brunnen, bis er bricht.»

«Wie sieht es dort hinten aus?» fragte Vaughan.

Der Wachtmeister drehte sich kurz um. «Es scheint

Schwierigkeiten zu geben. Aber jetzt fährt der Leichenwagen los.»

Vaughan lächelte. «Sagen Sie Julius, daß ich im Geschäft auf ihn warte.»

Er kletterte ins Fahrerhaus zurück und fuhr weg. Nach einer Weile trat er mit dem Absatz gegen die Verkleidung des Fahrersitzes. «Wie geht's da drinnen?» Ein dumpfes Klopfen antwortete ihm, und er lächelte breit. «Na, dann hätten wir's ja wieder mal geschafft.»

Er fuhr durch einen Teil der Stadt, der aus öden, grauen Straßen mit altmodischen Lagerhäusern und schäbigen Bürogebäuden bestand, die immer wieder durch Trümmerfelder getrennt waren – die letzten Überbleibsel der Bombenangriffe des Weltkriegs. Etwa eine Viertelstunde nach Verlassen des Checkpoints bog er in die Rehdenstraße ein, die an der Spree entlang läuft.

Hundert Meter weiter hielt er vor einem Haus mit einem Schild, das von einer Glühbirne beleuchtet wurde: *Julius Meyer & Co., Bestattungen.* Vaughan stieg aus, schloß das große Tor auf und öffnete es. Dann kletterte er wieder in den Laster und fuhr hinein.

Das Anwesen hatte früher einmal einem Teehändler gehört. Die Ziegelmauern waren weiß getüncht, und im Hintergrund führte eine altersschwache Holztreppe zu einem Büroraum mit Glaswänden. In einer Ecke waren leere Särge aufgestapelt.

Er blieb stehen, um sich eine Zigarette anzuzünden. In diesem Augenblick rumpelte der Leichenwagen herein. Vaughan schritt schnell zu dem Tor und schloß es. Meyer stellte den Motor ab und stieg aus. Er wirkte hochgradig erregt und wischte sich mit dem inzwischen feuchten Taschentuch unablässig den Schweiß vom Gesicht.

«Nie wieder, Simon, das schwöre ich dir. Nicht einmal dann, wenn Schmidt das Doppelte zahlt. Heute glaubte ich wirklich, die Kerle hätten mich erwischt.»

Vaughan sagte fröhlich: «Du machst dir zuviel Gedanken.» Er beugte sich in das Fahrerhaus des Lasters, tastete nach einem versteckten Hebel und zog daran, so daß die Vorderseite des Sitzes ausklinkte und vorklappte. «Sie können jetzt herauskommen», sagte er.

«Was ist das für ein Leben, das wir hier führen?» meinte Meyer. «Haben wir das nötig? Wofür tun wir das eigentlich?»

«Für zweitausend Mark pro Kopf», sagte Vaughan. «Und Heini Schmidt zahlt im voraus. Bei ihm stehen die armen Kerls förmlich Schlange, so daß wir jede Nacht einen rüberschaffen könnten, wenn wir wollten.»

«Es muß eine bessere Methode geben», erklärte Meyer ihm. «Aber ich weiß nicht, welche. Im Augenblick weiß ich nur, daß ich dringend etwas zu trinken brauche.» Er ging die Treppe hinauf.

Der erste «blinde Passagier», ein junger Mann in einem Ledermantel, kroch aus dem Versteck und stand, ein Bündel umklammernd, blinzelnd im Licht. Ihm folgte ein Herr in den Vierzigern mit einem abgetragenen braunen Anzug und einem Koffer, der mit einem Seil zugebunden war. Zuletzt kam ein Mädchen, das etwa fünfundzwanzig Jahre alt sein mochte, mit blassem Gesicht und tiefen Rändern unter den Augen aus dem Wagen. Sie hatte einen Männertrenchcoat an und trug ein Kopftuch. Vaughan hatte die drei noch nie gesehen. Der Laster war, wie gewöhnlich, beladen worden, ehe er ihn übernahm.

Er sagte: «Sie sind jetzt in West-Berlin und können gehen, wohin Sie möchten. Am Ende der Straße finden Sie eine Brücke über die Spree. Gehen Sie von dort immer geradeaus, dann kommen Sie zu einer U-Bahn-Station. Gute Nacht und viel Glück.»

Er ging nach oben ins Büro. Meyer saß am Schreibtisch, in einer Hand eine Flasche Whisky, in der anderen ein gefülltes Glas, das er mit einem Zug leerte.

Er schenkte nach, und Vaughan nahm das Glas. «Warum sehen Sie immer so aus, als rechneten Sie jeden Moment damit, daß die Gestapo erscheint?»

«Weil das passieren konnte, als ich noch jung war.»

Es klopfte an der Tür. Als sie sich umdrehten, trat das junge Mädchen zögernd ins Büro. «Major Vaughan, könnte ich kurz mit Ihnen reden?»

Ihr Englisch war beinahe zu perfekt, ohne den geringsten Akzent. Vaughan antwortete: «Woher wissen Sie, wie ich heiße?»

«Herr Schmidt sagte es mir, als wir das erstemal über die Flucht sprachen.»

«Wo war das?»

«Im Restaurant vom alten Hotel *Adlon*. Herr Schmidt wurde mir von Freunden empfohlen. Sie sagten, er sei in diesen Dingen sehr zuverlässig.»

«Siehst du», sagte Meyer. «Es wird jeden Tag schlimmer. Jetzt bindet dieser Idiot schon jedem Fremden unter die Nase, wie du heißt.»

«Ich brauche Hilfe», sagte das Mädchen. «Ganz spezielle Hilfe. Er dachte, Sie könnten mir vielleicht einen Rat geben.»

«Ihr Englisch ist wirklich ausgezeichnet», sagte Vaughan.

«Das ist kein Wunder. Ich bin in Cheltenham geboren. Ich heiße Margaret Campbell. Mein Vater ist Gregory Campbell, der Physiker. Haben Sie schon einmal von ihm gehört?»

Vaughan nickte. «Er und Klaus Fuchs haben den Russen Ende der fünfziger Jahre so ungefähr alle Atomgeheimnisse verraten, die wir hatten. Fuchs landete auf der Anklagebank im Old Bailey.»

«Während mein Vater mit seiner zwölfjährigen Tochter in Ostdeutschland Asyl fand.»

«Ich dachte, Sie hätten von da an herrlich und in Freuden leben können», sagte Vaughan. «Im Arbeiter- und Bauernparadies, so sagt man doch? Als ich das letzte Mal von Ihrem Vater hörte, hieß es, er arbeite als Professor für Kernphysik an der Universität Dresden.»

«Er hat Lungenkrebs», sagte sie nur. «Unheilbar. Höchstens noch ein Jahr, Major Vaughan. Er möchte unbedingt in den Westen.»

«Ich verstehe. Und wo ist er jetzt?»

«Man hat uns ein Haus auf dem Lande zugewiesen. Ein ehemaliges Bauernhaus in einem Dorf, das Neustadt heißt. Es liegt bei Stendal. Ungefähr achtzig Kilometer von der Grenze entfernt.»

«Warum versuchen Sie es nicht beim britischen Geheimdienst? Vielleicht glaubt man dort, es könne sich lohnen, ihn zurückzuholen.»

«Das habe ich schon getan», sagte sie. «Über einen anderen Kontaktmann an der Universität. Sie sind nicht interessiert – nicht mehr. Auf dem Gebiet meines Vaters gehört man schnell zum alten Eisen, und er ist schon sehr lange krank.»

«Und Schmidt? Könnte er nicht helfen?»

«Er sagte, das Risiko sei zu groß.»

«Er hat recht. Ein bißchen Fluchthilfe hier an der Sektorengrenze ist eine Sache. Aber Ihr Vater – dort draußen ist unbekanntes Land.»

Was immer es gewesen sein mochte, das sie aufrecht hielt, in diesem Augenblick schien es sie jäh zu verlassen. Ihre Schultern sanken nach vorn, in ihren dunklen Augen war nur noch Verzweiflung. Sie wirkte sehr jung und auf eine merkwürdig rührende Art verletzlich. «Vielen Dank, meine Herren.» Sie wandte sich müde zur Tür, hielt dann inne. «Vielleicht könnten Sie mir noch sagen, wo ich Pater Sean Conlin finden kann.»

«Conlin?» sagte Vaughan.

«Von der Auferstehungsliga. Der christlichen Untergrundbewegung. Soweit ich verstanden habe, hilft man dort Leuten, die sich selbst nicht mehr helfen können.»

Er saß da und starrte sie an. Eine lange Pause trat ein. Dann brach Meyer das Schweigen: «Warum sollen wir es ihr eigentlich nicht sagen?» Vaughan sagte immer noch nichts, und es war Meyer, der ihr antwortete.

«Gehen Sie über die Brücke und dann weiter geradeaus, wie Simon vorhin gesagt hat. Knapp einen halben Kilometer weiter ist der U-Bahnhof. Kurz davor sehen Sie eine katholische Kirche – zum Unbefleckten Herzen. Er nimmt sicher gerade Beichten ab.»

«Um vier Uhr morgens?»

«Leute, die von der Nachtschicht kommen, Huren und so weiter. Sie können dann besser schlafen», sagte Vaughan. «Solch ein Mann ist er, Miss Campbell, wenn Sie verstehen, was ich meine. Er ist das, was manche Leute als einen heiligen Narren bezeichnen würden.»

Sie stand mit den Händen in den Taschen da und runzelte leicht die Stirn. Dann drehte sie sich um und ging wortlos hinaus.

Meyer sagte: «Wirklich ein nettes Mädchen. Was sie alles durchgemacht haben muß! Ein Wunder, daß sie es bis hierher geschafft hat.»

«Genau», sagte Vaughan. «Und an Wunder glaube ich schon lange nicht mehr.»

«Mein Gott», sagte Meyer. «Mußt du denn an jeder Straßenecke einen Agenten sehen? Traust du niemandem mehr?»

«Ich traue kaum noch mir selbst», sagte Vaughan sarkastisch.

Das Einfahrtstor schlug zu. Meyer sagte: «Du bleibst also einfach sitzen und läßt ein junges Mädchen allein losgehen, und noch dazu in dieser Gegend?»

Vaughan seufzte, nahm seine Mütze und ging hinaus. Meyer horchte auf das Echo seiner Schritte unten. Die Tür schlug wieder zu.

«Heiliger Narr.» Er gluckste vor sich hin und schenkte sich noch einen Scotch ein.

Vaughan sah Margaret Campbell dreißig oder vierzig Meter vor sich durch den Lichtkegel einer Straßenlampe gehen. Als sie die Straße überquerte und die Brücke betrat, kam ein Mann mit einem Schlapphut und dunklem Mantel aus den Schatten der entgegengesetzten Seite und versperrte ihr den Weg.

Das Mädchen blieb ängstlich stehen, und er redete sie an und legte ihr eine Hand auf den Arm. Vaughan zog eine Smith & Wesson, Kaliber .38, aus der Innentasche, entsicherte sie und hielt sie an seinen rechten Schenkel.

«Hören Sie auf, die Dame zu belästigen», rief er, als er die sechs Stufen hochsprang, die zur Brücke führten.

Der Mann drehte sich blitzschnell um und riß eine Walther hoch. Vaughan schoß ihn in den rechten Unterarm. Der Mann prallte gegen das Brückengeländer und ließ die Walther in das dunkle Wasser plumpsen. Er gab keinen Ton von sich, hielt nur seinen Arm umklammert und preßte die Lippen zusammen – ein ziemlich junger Mann mit einem harten, knochigen Gesicht und hohen, slawisch wirkenden Wangenknochen. Zwischen seinen Fingern drang Blut hervor. Vaughan drehte ihn um, stieß ihn an das Geländer und durchsuchte ihn mit geübten Griffen.

«Was hat er zu Ihnen gesagt?» fragte er Margaret Campbell.

Ihre Stimme zitterte ein bißchen, als sie antwortete. «Er wollte meine Papiere sehen. Er sagte, er sei Polizist.»

Vaughan hatte mittlerweile die Brieftasche des Mannes aufgeklappt und zog einen grünen Ausweis heraus. «Was in gewisser Beziehung stimmt. SSD – Staatssicherheitsdienst. Er heißt Roder, wenn es Sie interessiert.»

Sie wirkte völlig verwirrt. «Aber er kann mir nicht gefolgt sein. Niemand kann mir gefolgt sein. Ich verstehe das nicht.»

«Ich auch nicht. Aber unser kleiner Freund wird vielleicht die Güte haben, eine Erklärung abzugeben.»

«Gehen Sie zum Teufel», sagte Roder.

Vaughan schlug ihm den Lauf der Smith & Wesson ins Gesicht. Aus einer großen Platzwunde schoß Blut, und Margaret Campbell schrie auf und ergriff seinen Arm.

«Hören Sie auf!»

Sie war überraschend kräftig, und während der kurzen Auseinandersetzung lief Roder zum anderen Ende der Brücke und stolperte die Treppe hinunter in die Dunkelheit. Vaughan schüttelte sie schließlich ab, drehte sich um und sah gerade noch, wie Roder verschwand.

«Ich gratuliere», sagte er. «Ich meine, Sie waren eine große Hilfe, verstehen Sie?»

Ihre Stimme war nur noch ein schwaches Flüstern. «Aber Sie hätten ihn umgebracht, nicht wahr?»

«Wahrscheinlich.»

«Ich konnte nicht daneben stehen und nichts tun.»

«Ich weiß. Sehr menschlich von Ihnen. Sie haben Ihrem Vater sicher einen unschätzbaren Dienst erwiesen.» Sie riß die Augen auf und zuckte zusammen, und er steckte seine Smith & Wesson in die Innentasche zurück. «Ich bringe Sie jetzt zu Pater Conlin. Er liebt ebenfalls edle Gesten. Sie werden sich gut mit ihm verstehen.»

Er nahm ihren Arm, und sie gingen zusammen über die Brücke.

Pater Sean Conlin hatte zusammen mit Pastor Niemöller die Hölle von Sachsenhausen und Dachau überlebt. Dann hatte er fünf Jahre in Polen gelebt und begriffen, daß sich im Grunde nichts geändert hatte. Daß er immer noch gegen den Feind kämpfte, der lediglich einen anderen Namen trug.

Aber sein Hang, die Dinge so zu tun, wie er es für richtig hielt, und sein totaler Mangel an Respekt für jede Art von Autorität hatten ihn schon vor Jahren zum Stein des Anstoßes für den Vatikan werden lassen, und einmal hatte der Papst höchstpersönlich ihn zur Ordnung gerufen, was ihn in ganz Europa berühmt machte. So war vielleicht zu erklären, warum er, schon zu Lebzeiten eine Legende, mit dreiundsechzig Jahren immer noch ein einfacher Priester war.

Er saß im Beichtstuhl, ein beinahe schmächtiger, weißhaariger Herr mit Stahlbrille, Chorhemd und einer violetten Stola, müde und frierend, denn er hatte diese Nacht noch mehr zu tun gehabt als sonst.

Er hoffte nur, daß sein letztes Schäflein, eine Prostituierte aus der Gegend, bald gehen würde. Sie tat es, und er wartete noch eine Weile, ehe er sich erhob. Da wurde plötzlich an das Holz geklopft, und eine vertraute Stimme sagte: «Wissen Sie, ich habe lange darüber nachgedacht. Vielleicht beschließen die Menschen nur dann, sich Gott anzuvertrauen, wenn der Teufel nichts mehr von ihnen wissen will.»

«Simon, sind Sie es?» antwortete der alte Mann.

«Zusammen mit einer wahren Bußfertigen. Einer jungen Frau, die ungefähr folgendes beichten möchte: Vater, vergeben Sie mir, denn ich habe gesündigt. Ich bin die Tochter von Gregory Campbell.»

Conlin rührte sich nicht. «Ich denke, es wäre am besten, wenn Sie sie in die Sakristei brächten. Dort können wir eine Tasse Tee trinken, und sie kann mir selbst sagen, was sie zu sagen hat.»

In der Sakristei war es fast so kalt wie in der eigentlichen Kirche. Conlin saß mit einer Tasse Tee an dem kleinen, rohgezimmerten Tisch und rauchte eine Zigarette, während das junge Mädchen von sich erzählte. Sie war Ärztin und hatte im letzten Jahr ihr Abschlußexamen gemacht, in Dresden.

«Und Ihr Vater? Wo ist er jetzt?»

«Auf dem Land, in der Nähe von Stendal. In einem kleinen Dorf, das Neustadt heißt.»

«Ich kenne es», antwortete er. « Es gibt dort ein Franziskanerkloster.»

«Das wußte ich nicht, aber ich kenne die Gegend auch kaum. Am Fluß ist eine alte Burg.»

«Das muß Schloß Neustadt sein. Irgendeine Adelige hat es den Franziskanern um die Jahrhundertwende geschenkt. Es sind übrigens keine Katholiken, sondern Lutheraner.»

Er wandte sich an Vaughan: «Und was haben Sie mir zu sagen?»

«Ich habe kein gutes Gefühl bei der Sache.»

«Warum?»

«Der SSD-Mann auf der Brücke. Was machte er dort?»

«Vielleicht war er auf Sie und Julius angesetzt. Früher oder später mußte es ja so kommen.»

«Entschuldigen Sie, aber spielt es noch eine Rolle, was Major Vaughan dazu meint?» fragte Margaret Campbell.

Der alte Herr lächelte. «Es könnte Ihnen etwas nützen.»

Vaughan stand auf. «Ich denke, ich werde jetzt einen kleinen Spaziergang machen. Nur um nachzusehen, was draußen los ist.»

«Glauben Sie, da sind noch andere?» fragte sie.

«Wäre nicht das erstemal.»

Er ging hinaus. Sie sagte zu Conlin: «Dieser Mann macht mir Angst.»

Conlin nickte. «Unser Simon ist eine sehr gefährliche und tödliche Waffe. Sehen Sie, Miss Campbell, bei dem Spiel, das er spielt, hat er gegenüber seinem Gegner eine sehr reale Vorgabe.»

«Und welche wäre das?»

«Sie besteht darin, daß es ihn völlig kaltläßt, ob er weiterlebt oder stirbt.»

«Aber warum?» fragte sie. «Ich verstehe das nicht.»

Also erzählte er es ihr.

Als Vaughan in die Sakristei zurückkam, hatten sie die Köpfe zusammengesteckt und unterhielten sich leise. Der alte Priester blickte auf und lächelte. «Ich möchte Sie um einen Gefallen bitten. Würden Sie Miss Campbell nachher wieder nach Ost-Berlin bringen? Sie werden das doch für mich tun, nicht wahr, mein Junge?»

Vaughan zögerte. «Na gut», sagte er. «Aber das ist alles, was ich in dieser Angelegenheit für Sie machen kann.»

«Mehr brauchen Sie auch nicht zu tun.» Conlin wandte sich an Margaret Campbell. «Wenn Sie wieder drüben sind, fahren Sie bitte sofort nach Neustadt zurück und warten dort auf mich. Ich werde übermorgen kommen.»

«Sie selber?»

«Aber selbstverständlich.» Er lächelte ein bißchen schelmisch. «Warum sollten andere den ganzen Spaß haben?» Er stand auf und legte ihr die Hand auf die Schulter. «Fürchten Sie nichts, liebes Kind. Die Auferstehungsliga genießt in dieser Hinsicht einen gewissen Ruf. Wir werden Sie nicht im Stich lassen.»

Sie drehte sich um und ging hinaus. Der alte Mann seufzte und schüttelte den Kopf. Vaughan sagte: «Woran denken Sie?»

«Ein Mädchen von zwölf Jahren, das nur noch den Vater hatte, wurde bei Nacht und Nebel von allem, was warm und sicher und vertraut war, in ein fremdes und unheimliches Land gebracht, dessen Sprache es noch nicht einmal verstand. Ich denke, es ist in mancher Weise immer noch jenes verlorene und ängstliche Kind.»

«Wie rührend», sagte Vaughan. «Aber ich bin weiterhin der Meinung, daß Sie sich irren.»

«Oh, Sie Kleingläubiger.»

«Genau.»

Margaret Campbell stand schon an der Kirchentür, als Vaughan sie einholte. Die Straße war menschenleer und wirkte in dem grauen Morgenlicht geisterhaft und wenig einladend. Als sie über das Pflaster gingen, sagte sie: «Warum führen Sie dieses Leben? Ein Mann wie Sie hätte das doch nicht nötig. Ist es wegen der Dinge, die auf Borneo geschahen?»

«Conlin und Sie haben anscheinend über *alles* gesprochen», sagte er stoisch.

«Stört es Sie?»

«Mich stört selten etwas.»

«Ja, den Eindruck hatte ich auch gleich.»

Er blieb in einer Türöffnung stehen, um sich eine Zigarette anzuzünden, und sie lehnte sich an die Mauer und beobachtete ihn.

Vaughan sagte: «Der alte Mann war ganz ergriffen.»

Er schob behutsam eine feuchte Haarsträhne unter ihr Kopftuch zurück. Sie schloß die Augen und trat zögernd einen Schritt nach vorn. Sein Arm glitt um ihre Taille, und sie ließ den Kopf an seine Schulter sinken.

«Ich bin so müde. Ich wünschte, alles wäre plötzlich nicht mehr da und ich könnte allein sein, um ein Jahr und einen Tag lang zu schlafen.»

«Ich kenne dieses Gefühl», sagte er. «Aber wenn Sie wieder die Augen öffnen, werden Sie feststellen, daß sich nichts geändert hat. Es bleibt immer alles beim alten.»

Sie sah ihm in die Augen. «Sogar für Sie, Vaughan? Nach allem, was Pater Conlin gesagt hat, hätte ich eher vermutet, Sie gehörten zu den Männern, bei denen das Unmögliche nur ein bißchen länger dauert.»

«Selbst der Teufel hat ab und zu seinen freien Tag, hat er Ihnen das nicht erzählt?»

Er küßte sie sanft auf den Mund. Sie hatte plötzlich ein panikartiges Gefühl und machte sich von ihm los, wandte sich ab und ging weiter. Er folgte ihr fröhlich pfeifend.

An der Brücke war ein Café, das auch nachts geöffnet hatte. Als sie sich näherten, begann es zu regnen. Er griff nach ihrer Hand, und sie fingen an zu laufen. Als sie das Café erreichten, waren sie außer Atem und durchnäßt.

Das Café war ein kleiner, trauriger Raum, mit einem halben Dutzend Holztischen und den dazugehörigen Stühlen. In einer Ecke schlief ein Mann mit einem dunkelblauen Mantel. Er war der einzige Gast. Der Barkeeper saß an der Theke, die eine Zinkplatte hatte, und las Zeitung.

Sie warteten an einem Tisch am Fenster, das auf den

Fluß ging. Margaret Campbell konnte hören, wie Vaughan hinter ihr Kaffee und Kognak bestellte. Als er neben ihr Platz nahm, sagte sie: «Sie sprechen sehr gut deutsch.»

«Meine Großmutter war aus Hamburg. Sie ist an der Elbe aufgewachsen, ich an der Themse. Sie kam zu uns, als ich noch klein war. Hat sich nach dem Tod meiner Mutter um mich gekümmert. Weil sie sich dann wie zu Haus fühlte, sagte sie.»

«Und wo war das?»

«Isle of Dogs, bei den Westindiendocks. Mein alter Herr war jahrelang Kapitän auf einem Themsekahn. Als kleiner Junge fuhr ich immer mit ihm. Bis nach Gravesend und zurück. Einmal fuhren wir sogar bis Yarmouth.»

Er zündete sich eine Zigarette an, und seine Augen wirkten einen Moment, als blickten sie zurück über einen unüberbrückbaren Golf. Sie sagte: «Wo ist er jetzt?»

«Tot», antwortete er. «Schon seit vielen Jahren.»

«Und Ihre Großmutter?»

«Eine V1 hat sie getötet, im November vierundvierzig. Eine Ironie des Schicksals, können Sie jetzt sagen.»

Der Barkeeper erschien mit einem Tablett, stellte vor jedem von ihnen eine Tasse Kaffee und ein Glas Kognak ab und entfernte sich wieder. Vaughan trank seinen Kognak mit einem Zug.

«Ein bißchen zu früh am Tag, oder?» bemerkte sie.

«Oder zu spät, je nach dem Standpunkt des Beschauers.»

Er langte nach ihrem Glas, sie legte die Hand auf seine. «Bitte?»

In seinen Augen war etwas, das an Überraschung grenzte, und dann lachte er leise. «Entschieden zu spät,

Maggie. Sie haben doch nichts dagegen, wenn ich Sie so nenne? Entschieden zu spät und zu weit gegangen. Sie kennen sicher das Gedicht von Eliot, in dem es heißt, daß wir am Ende unseres Suchens unweigerlich dort ankommen, wo wir angefangen haben, und das Gefühl haben, wir erkennten den Platz erst jetzt richtig?»

«Ja.»

«Er irrte sich. Am Ende unseres Suchens erkennen wir die Sache als das, was sie von Anfang an gewesen ist. Eine verdammte Zeitverschwendung.»

Er griff wieder nach dem Glas, doch sie stieß es schnell um und starrte ihn an. Ihr Gesicht war schneeweiß.

«Was soll das beweisen?»

«Nichts», sagte sie. «Nehmen Sie es einfach als einen medizinischen Ratschlag.»

Er seufzte. «Na gut. Wenn Sie so weit sind, gehen wir am besten. Ich bin sicher, Sie können es ohnehin nicht abwarten, wieder auf Ihre Seite des Zauns zu kommen.»

Als sie auf die Brücke zugingen, sagte sie: «Sie trauen mir immer noch nicht, stimmt's?»

«Nicht richtig.»

«Warum?»

«Ich habe keinen bestimmten Grund. Instinktiv, wenn Sie so wollen. Jahrelange schlechte Erfahrungen.»

«Und doch bringen Sie mich wieder über die Mauer, weil Pater Conlin Sie darum gebeten hat. Das verstehe ich nicht.»

«Ich weiß. Es ist mysteriös, nicht wahr?»

Er nahm ihren Arm, und sie schritten über die Brücke, deren Bohlen unter ihren Füßen dumpf widerhallten.

# 2

Es war Dienstag abend um zehn, als der alte, mit Steckrüben beladene Militärlaster den Hügel vor Neustadt hinaufschnaufte. Nach einem knappen Kilometer stoppte er am Straßenrand unter einigen Kiefern. Pater Conlin trug eine Cordjacke und eine Pudelmütze und hatte sich einen schmuddeligen blauen Schal um den Hals gebunden. Sein Begleiter, der Fahrer des Lastwagens, der einen alten Feldrock trug, hatte dringend eine Rasur nötig.

«Sind Sie sicher, daß es hier ist, Karl?» fragte Conlin.

«Das Haus ist am Ende des Feldwegs durch den Wald, ein paar hundert Meter weiter. Sie können es nicht verfehlen, es ist das einzige Haus weit und breit», erklärte ihm Karl.

Conlin sagte: «Ich schaue mich kurz um. Sie warten bitte hier. Wenn alles in Ordnung ist, bin ich in ein paar Minuten wieder da.»

Er entfernte sich. Karl zog einen Zigarettenstummel hinter dem Ohr hervor und zündete ihn an. Er blieb eine Weile sitzen und rauchte, ehe er die Tür öffnete, ausstieg und neben den Lastwagen pinkelte. Draußen war alles still, so daß ihn der Schlag auf den Kopf völlig überraschend traf. Mit einem leisen Stöhnen fiel er zu Boden und blieb regungslos liegen.

Hinter einem Fenster des Bauernhauses war Licht zu sehen, denn man hatte die Vorhänge nicht ganz zugezogen. Als Pater Conlin sich vorsichtig näherte und hineinspähte, erblickte er Margaret Campbell in Pullover und Hose vor einem prasselnden Feuer. Sie las ein Buch.

Er klopfte an die Scheibe. Sie sah auf, trat ans Fenster und schaute hinaus. Er lächelte, aber sie erwiderte das Lächeln nicht. Sie ging einfach zur Tür und öffnete sie. Conlin trat in das warme Zimmer und schüttelte die Regentropfen von seiner Mütze: «Wir hätten uns keine bessere Nacht aussuchen können.»

«Sie sind gekommen», sagte sie mit erstickter Stimme.

«Haben Sie geglaubt, ich käme nicht?» Er wärmte sich am Feuer und lächelte ihr zu. «Ihr Vater – wie geht es ihm?»

«Ich weiß es nicht», sagte sie tonlos. «Ich habe ihn schon seit Wochen nicht mehr gesehen. Sie erlaubten es nicht.»

Da begriff er es natürlich, begriff alles, jetzt, wo es zu spät war. «Oh, mein armes Kind», sagte er, und in seiner Stimme war nichts als Sorge um sie, in den hellblauen Augen nichts als Mitleid. «Wozu hat man Sie getrieben?»

Hinter ihm ging die Küchentür knarrend auf, ein kalter Luftzug strich über seinen Nacken, und er drehte sich um. In der Türöffnung stand ein großgewachsener, gepflegter Mann mit dunklem Haar, das sich an den Schläfen silbern färbte. Er hatte ein männliches, hartes Gesicht – ein Soldatengesicht. Er trug einen dicken Wintermantel mit Pelzkragen und rauchte einen langen Stumpen.

«Guten Abend, Pater Conlin», sagte er. «Sie wissen, wer ich bin?»

«Ja», sagte Conlin. «Helmut Klein. Ich glaube, Sie konnten sich früher der zweifelhaften Auszeichnung erfreuen, der jüngste Standartenführer der Waffen-SS zu sein.»

«Sehr richtig», sagte Klein.

Zwei Männer in Regenmänteln traten aus der Küche und bauten sich neben ihm auf. Im selben Augenblick wurde die Haustür geöffnet, und einige Volkspolizisten mit Maschinenpistolen kamen, gefolgt von einem Feldwebel, in den Raum.

«Wir haben den Fahrer, Herr Oberst.»

«Wie bitte, nicht *Genosse*?» sagte Pater Conlin. «Nicht sehr sozialistisch von Ihnen, Oberst.» Er wandte sich an Margaret Campbell. «Oberst Klein und ich sind alte Feinde, jedenfalls aus der Ferne. Er ist der Leiter von Abteilung fünf des Staatssicherheitsdienstes. Er und seine Männer haben die Aufgabe, die Flüchtlingsorganisationen in Westeuropa mit allen Mitteln zu bekämpfen. Aber das wissen Sie sicher mittlerweile.»

Ihre Augen brannten, ihr Gesicht war totenbleich. Sie wandte sich an Klein. «Ich habe getan, was Sie von mir verlangten. Darf ich jetzt meinen Vater sehen?»

«Das ist leider nicht möglich», sagte Klein gelassen. «Er ist vergangenen Monat gestorben.»

Im Raum war kaum noch ein Atemzug zu hören, und als sie sprach, brachte sie nur ein rauhes Flüstern hervor: «Aber das kann nicht sein. Es ist erst drei Wochen her, als Sie mich zum erstenmal kommen ließen. Als Sie mir vorschlugen, ich solle ...» Sie sah ihn mit nacktem Entsetzen im Gesicht an. «O mein Gott. Er war bereits tot, als Sie mich zu diesem Spiel überredeten.»

Pater Conlin streckte die Hand nach ihr aus, aber sie wich zurück und warf sich auf Klein. Er schlug sie so heftig, daß sie in die Ecke neben der Tür flog und dort betäubt liegen blieb. Als Conlin versuchte, zu ihr zu gehen, packten ihn die beiden Männer in Regenmänteln, und die Volkspolizisten traten näher.

«Und jetzt?» fragte der alte Priester.

«Was erwarten Sie, Peitschen und Folterinstrumente, Pater?» fragte Klein. «Nichts dergleichen. Wir haben Ihnen ein Zimmer in Schloß Neustadt reserviert. Sie können es sehr gemütlich haben – oder auch nicht, die Entscheidung liegt bei Ihnen. Mir geht es nur um eine kleine Gesinnungsänderung. Natürlich in aller Öffentlichkeit.»

«Dann verschwenden Sie Ihre Zeit», sagte der alte Mann.

Hinter ihnen schlug die Tür zu, als Margaret Campbell in die Nacht hinauslief.

Sie hatte keine Ahnung, wohin sie rannte, denn nach dem entsetzlichen Schock, der sie getroffen hatte, war ihr Gehirn nicht mehr imstande, sich zu konzentrieren. Klein hatte gelogen und ihre Liebe zu ihrem Vater benutzt, um einen außergewöhnlichen Mann in eine Falle zu locken. Ihr Verstand wollte es noch nicht wahrhaben, und sie lief, als habe sie die Absicht, vor den Folgen ihrer Tat zu fliehen, stolperte in der Dunkelheit zwischen den Bäumen hindurch und hörte hinter sich die Rufe der Verfolger. Vor ihr lag nur noch der Fluß, dessen Wasser von den starken Regenfällen angeschwollen war und sich brausend über das Wehr ergoß.

Einer der Volkspolizisten feuerte eine Salve aus seiner

Maschinenpistole ab, und sie schrie angstvoll auf, lief noch schneller, schützte sich mit einem erhobenen Arm vor den Zweigen, die ihr ins Gesicht peitschten, strauchelte über einen Stamm und stürzte die steile Böschung hinab in die Flut.

Die Volkspolizisten erreichten den Fluß kurz darauf, und der Feldwebel richtete seine Taschenlampe auf die Stelle, wo sie verzweifelt einen Arm aus dem Wasser streckte. Dann ging sie unter.

Am nächsten Abend um kurz nach acht Uhr hielt ein schwarzer Wagen vor dem Eingang des Ostberliner Ministeriums für Staatssicherheit, Normannenstraße 22. Helmut Klein stieg hinten aus und hastete die Eingangsstufen hoch, denn er hatte einen wichtigen Termin – wahrscheinlich den wichtigsten Termin seiner gesamten Laufbahn –, und er war bereits zu spät.

Abteilung fünf lag im dritten Stock. Als er den Vorraum betrat, sprang seine Sekretärin, Frau Apel, aufgeregt hinter ihrem Schreibtisch auf. «Er ist vor zehn Minuten gekommen», flüsterte sie und warf einen besorgten Blick auf die drei Männer in dunklen Mänteln, die an der Tür zum Büro standen. Harte, abgebrühte Typen, zu allem bereit und – nach ihren Blicken zu urteilen – zu den grausamsten Dingen fähig. Am Fenster saß ein vierter Mann, der eine Illustrierte las. Er war klein und breitschultrig, hatte dunkles Haar und graue Augen, die irgendwie transparent wirkten. Sein linker Mundwinkel war zu einem ironischen Lächeln verzogen, das aber keinen Humor ausstrahlte, nur eine gewisse Verachtung für die Welt im allgemeinen. Er hatte einen marineblauen

Trenchcoat an. Klein reichte Frau Apel seinen Mantel und ging mit ausgestreckter Hand auf ihn zu. Er sprach englisch. «Nun, wir haben ihn, Harry. Ihr Plan hat geklappt. Das Mädchen hat alles getan, was wir ihr gesagt haben.»

«Das hoffe ich.» Die Stimme war leise und kultiviert. Amerikanisch mit Bostoner Akzent. «Wo ist sie jetzt?»

«Tot.» Klein schilderte kurz, was geschehen war.

«Wie schade», sagte der kleine Herr. «Sie war sehr hübsch. Er ist übrigens dort drin. Er hat mich fast mit seiner Jacke gestreift, als er an mir vorbeirauschte.»

Klein blickte schnell zu den Sicherheitsbeamten an der Tür und senkte die Stimme. «Auf solche Bemerkungen können wir hier verzichten. Versuchen Sie bitte, sich zu benehmen, wenn ich Sie hereinrufe.»

Er öffnete die Tür zu seinem Büro und ging hinein. Der Mann im Trenchcoat steckte sich eine Zigarette zwischen die Lippen, dachte aber nicht daran, sie anzuzünden. Er lächelte Frau Apel zu, und sie merkte, daß sie aus irgendeinem Grund nervös wurde.

«Wichtiger Tag heute, nicht wahr?» sagte er auf deutsch.

«Eine große Ehre.» Sie zögerte. «Es kann eine Weile dauern. Möchten Sie einen Kaffee, Herr Professor?»

Er lächelte. «Nein, vielen Dank. Ich gehe wieder ans Fenster und warte. Von dort habe ich eine sehr gute Sicht auf Ihre Beine unter dem Schreibtisch. Bei Ihnen kann ein Mann unruhig werden – hat Ihnen das schon mal jemand gesagt?»

Er kehrte zum Fenster zurück. Sie saß mit trockener Kehle da und wußte nicht, was sie antworten sollte, während er sie mit seinen grauen, leeren Augen, die nichts preisgaben, musterte und wieder das ironische Lächeln aufsetzte, als wolle er sich über sie lustig machen. Sie griff hastig nach einem Blatt Papier. Als sie es in die Schreibmaschine einspannte, zitterten ihre Hände.

Als Klein sein Büro betrat, blickte der Mann hinter dem Schreibtisch aufmerksam hoch. Sein Anzug war solide, konservativ, sein Bart sorgfältig gestutzt, die Augen hinter den dicken Brillengläsern wirkten wohlwollend, beinahe väterlich – und doch war dies der mächtigste Mann der DDR: Walter Ulbricht, Vorsitzender des Staatsrats.

«Sie haben sich verspätet», sagte er.

«Eine Tatsache, die ich außerordentlich bedaure, Genosse Vorsitzender», erwiderte Klein. «Die Straßen von Magdeburg waren überschwemmt. Wir mußten einen Umweg machen.»

«Lassen wir die Entschuldigungen», sagte Ulbricht ungeduldig. «Haben Sie ihn?»

«Ja, Genosse Vorsitzender.»

Ulbricht zeigte keine sichtbare Regung. «Ich fliege morgen früh nach Moskau, und da ich mindestens eine Woche fort sein werde, möchte ich mich vorher vergewissern, daß diese Angelegenheit nach Plan läuft. Dieser Mann, den Sie für die Aufgabe ausgesucht haben, dieser Amerikaner, Van Buren – ist er da?»

«Er wartet im Vorzimmer.»

«Und Sie glauben, er könnte es schaffen?»

Klein öffnete seine Aktentasche, holte einen Schnellhefter heraus und legte ihn vor Ulbricht auf den Schreibtisch. «Seine Personalakte. Wenn Sie die Freundlichkeit hätten, einen Blick hineinzuwerfen, bevor Sie mit ihm reden, Genosse? Ich denke, sie spricht für sich.»

«Sehr schön.» Ulbricht rückte seine Brille zurecht, schlug die Akte auf und begann zu lesen.

In den ersten Monaten des Jahres 1950 behauptete der amerikanische Senator Joseph McCarthy, er habe Beweise dafür, daß das State Department von kommunistischen Beamten unterwandert sei. Arthur Van Buren, Professor für Ethik an der Columbia-Universität, hatte die Unbesonnenheit, der *New York Times* mehrere Leserbriefe zu schreiben, in denen er die Theorie vortrug, diese neue Entwicklung bedeute nicht mehr und nicht weniger als die Anfänge eines faschistischen Staats in Amerika.

Es erging ihm wie vielen anderen Persönlichkeiten, und man zitierte ihn im Lauf der größten Hexenjagd der amerikanischen Geschichte vor einen Unterausschuß des Senats. Als die Hearings vorbei waren, war auch sein guter Ruf dahin. Er war in den Augen der Welt als Kommunist abgestempelt und mußte jeden Gedanken an eine weitere Karriere aufgeben. Er erschoß sich im März 1950.

Harry Van Buren, sein einziger Sohn, war damals vierundzwanzig Jahre alt. Er hatte an der Columbia-Universität ein Diplom in Psychologie gemacht, am Guys' Hospital in London im Labor für experimentelle Psychiatrie gearbeitet und im Februar 1950 an der Universität London in Medizin promoviert. Er kam gerade noch rechtzeitig heim, um an der Beerdigung seines Vaters teilzunehmen. Er wußte nicht recht, was er von der ganzen Affäre halten sollte. Seine Mutter war gestorben, als er fünf war. Der Bruder seines Vaters handelte mit Werkzeugmaschinen und war beinahe Millionär. Seine einzige Tante, Mary, war mit einem Mann verheiratet, der siebenundvierzig Hotels besaß. Sie schienen sich in erster Linie Sorgen darüber zu machen, daß der Senator aus Wisconsin recht haben könnte: daß sein Vater tatsächlich ein Roter gewesen war. Harry hatte die Pflicht, die Ehre der Familie wiederherzustellen, was er tat, indem er sich bei Ausbruch des Koreakriegs freiwillig zu den Marineinfanteristen meldete.

Es war natürlich eine absurde Reaktion, was er als studierter Psychologe auch einsah. Obgleich er seine wahren Motive bald erkannte, machte er keinen Rückzieher und log in seinen Militärpapieren über seine Erziehung, aus dem Bedürfnis heraus, sein Schuldgefühl loszuwerden, wie er sich einredete.

Er tat Messedienst, schrubbte Decks, ertrug die unmittelbare Nähe von Kameraden, die er brutal und vulgär fand, und blieb für sich. Er steckte alle Schikanen ein und entwickelte für die anderen Mariner eine Verachtung, die er nie für möglich gehalten hätte.

Und dann kam Korea. Ein Alptraum an Stupidität. Der Winter war so kalt, daß das halbautomatische M1 einfror, wenn es zu sehr geölt wurde. Viele Handgranaten explodierten nicht, und die Mäntel der wassergekühlten schweren Maschinengewehre mußten mit Frostschutzmittel gefüllt werden.

Im November 1950 nahm er mit der Ersten Marinedivision Kurs auf Koto-Ri, um den Krieg mit einem großen Schlag zu beenden, wie es General Douglas MacArthur vorschwebte. Aber die Chinesen hatten andere Vorstellungen, und die Mariner liefen am Choisin-Becken in eine Falle, die prompt zuschnappte und zu einem der größten Rückzugsgefechte in der Kriegsgeschichte führte.

Eine Zeitlang spielte er gehorsam seine Rolle, zusammen mit den anderen, die ringsum kämpften und starben. Er tötete Chinesen mit Kugeln und Bajonett, urinierte auf den Bolzenmechanismus seines Karabiners, wenn er eingefroren war, und schleppte sich mit Frostbeulen am linken Fuß und einem Steckschuß in der rechten Schulter weiter. Und als ihn an einem nebligen Morgen ein Stiefeltritt in die Seite weckte, war er beinahe erleichtert, ein chinesisches Gesicht zu erblicken.

In einem Kriegsgefangenenlager in der Mandschurei hatte er nach einem Monat Arbeit in der Kohlengrube genug. Seine Chance verdankte er den Umerziehungskursen. Der Chefinstrukteur war ein unglaublicher Primitivling. Van Buren indessen widersprach ihm nicht etwa, sondern stimmte seinen Lehren unüberhörbar zu. Als er das einige Tage getan hatte, wurde er zu einer Vernehmung abgeholt, in deren Verlauf er alles über seine Vergangenheit erzählte.

Zuerst setzte man ihn als Unterwanderer bei seinen Mitgefangenen ein, bis er die Aufmerksamkeit von Ping-Tschau, dem berühmten Psychologen von der Universität Peking, erregte, der damals die Verhaltensmuster amerikanischer Kriegsgefangener untersuchte. Tschau gehörte zur Pawlow-Schule, und seine Arbeit über die Konditionierung des menschlichen Verhaltens genoß in wissenschaftlichen Kreisen bereits große Anerkennung.

Er entdeckte in Van Buren einen Geist, der auf der gleichen Antenne lag wie seiner. Der Amerikaner ging nach

Peking, um an der psychologischen Fakultät der dortigen Universität zu arbeiten. Eine Rückkehr nach Amerika kam für ihn nicht mehr in Frage. Dem Pentagon und dem State Department fiel seine Existenz bald unangenehm auf, aber man redete aus offensichtlichen Gründen nicht darüber und führte ihn weiter auf der Liste der im Koreakrieg vermißten Soldaten.

1959 war er ein Spezialist für «Denkreform» und ging auf Veranlassung höchster Stellen nach Moskau, um dort an der Universität zu lesen. 1960 hatte er auf dem Fachgebiet, das in der Presse mit dem populären Ausdruck «Gehirnwäsche» bezeichnet wird, einen legendären Ruf. In den Ländern des Ostblocks gab es keinen einzigen Geheimdienst, der seine Dienste nicht irgendwann einmal in Anspruch genommen hatte.

Und dann, im April 1963, als er in der Deutschen Demokratischen Republik an der Universität Dresden eine Gastprofessur ausübte, bekam er Besuch von Hans Klein, Leiter von Abteilung fünf des Ministeriums für Staatssicherheit.

Walter Ulbricht klappte die Akte zu und sah auf. «Die Sache hat nur einen Haken.»

«Und das wäre, Genosse Vorsitzender?»

«Professor Van Buren ist kein Kommunist – und ist es auch nie gewesen.»

«Ich bin ganz Ihrer Meinung», sagte Klein. «Aber er ist etwas, das für unsere Zwecke viel wichtiger ist, wenn ich so sagen darf: ein leidenschaftlicher Wissenschaftler. Er ist in erstaunlicher Weise von seiner Arbeit besessen. Ich bin überzeugt, daß er die Fähigkeit hat, die Aufgabe, die wir ihm gestellt haben, zu unserer Zufriedenheit zu lösen.»

«Na schön», sagte Ulbricht. «Holen Sie ihn herein.»

Klein öffnete die Tür und rief: «Harry, wenn Sie jetzt bitte hereinkommen würden?»

Van Buren trat, die Hände in den Manteltaschen vergraben, ins Büro. Vor dem Schreibtisch blieb er, den Mund immer noch zu jenem leichten, spöttischen Lächeln verzogen, stehen.

«Gibt es hier etwas, das Sie lustig finden?» erkundigte sich Ulbricht.

«Ich bitte vielmals um Entschuldigung, Genosse Vorsitzender», sagte Van Buren, «aber das Lächeln ist außerhalb meiner Kontrolle. Ich verdanke es einem chinesischen Bajonett, das mich im Winter 1950, als ich bei den US-Marines diente, im Gesicht traf. Acht schlampige Stiche von einem Sanitätsgefreiten, der es wohl nicht besser verstand. Er schenkte mir das ewige Lächeln der Mona Lisa.»

«Diese Affäre Conlin», sagte Ulbricht ungeduldig. «Sie sind sich über die Bedeutung im klaren?»

«Man hat sie mir erklärt.»

«Dann erlauben Sie, daß ich Ihr Gedächtnis auffrische. Wie Sie wissen, hat Conlin zusammen mit Niemöller gegen die Nazis opponiert. Er wurde dafür nach Dachau geschickt.»

«Er hat das KZ überlebt», sagte Van Buren. «Was bedeutet, daß er ziemlich hart im Nehmen sein muß. Ich habe mich über ihn informiert. Bei seinem Prozeß konnten die Nazis 1938 beweisen, daß seine Organisation in zwei Jahren über sechstausend Juden ins Ausland schleuste. Die Israelis verliehen ihm vor zwei Jahren die Ehrenbürgerschaft von Tel Aviv.»

«Das hat alles nichts mit der Angelegenheit zu tun, um die es jetzt geht», sagte Ulbricht. «Wir stehen vor einer Situation, in der Tausende von irregeleiteten Genossen trotz aller Schwierigkeiten versuchen, die Staatsgrenze der DDR zu überschreiten, um nach Westdeutschland zu kommen. Dabei wenden sie sich in erster Linie an Organisationen, die auf der anderen Seite sitzen und aus rein finanziellen Motiven heraus operieren.»

«Oder sie versuchen es bei Conlin?»

«Genau. Seine Auferstehungsliga verlangt nämlich keinen Pfennig.»

«Wie barmherzig.»

«Und das wird natürlich von allen Medien breitgetreten», sagte Klein. «Es hat Conlin wieder berühmt gemacht. Vor nur vier Monaten war er in Amerika auf der Titelseite von *Life* abgebildet. Letztes Jahr hätte man ihm fast den Friedensnobelpreis verliehen, aber er mußte ablehnen, weil die Kirche nicht damit einverstanden war.»

«Ich könnte mir vorstellen, es war das erste Mal seit vielen Jahren, daß er vom Vatikan Notiz nahm», kommentierte Van Buren.

Ulbricht erklärte: «Wissen Sie, daß Präsident Kennedy nächsten Monat nach West Berlin kommt?»

«Ich habe davon gehört.»

Ulbricht war sichtbar erregt, nahm seine Brille ab und begann hastig die Gläser zu putzen. Als Kommunist der alten Schule hatte er es zumindest in der DDR verstanden, die Entstalinisierungsbewegung aufzuhalten, die nach dem Tod des Diktators im ganzen Ostblock eingesetzt hatte. Es gab keinen Menschen, den er mehr haßte als den gegenwärtigen Präsidenten der Vereinigten Staaten, besonders nach dessen Triumph in der Kubakrise.

«Wenn man bei einem öffentlichen Prozeß beweisen könnte, daß Pater Conlins Tätigkeit weniger durch christliche Nächstenliebe als durch politische Beweggründe motiviert wurde... Wenn man ihn dazu bringen könnte, vor aller Welt zuzugeben, daß er die CIA bei ihrer Wühlarbeit gegen unsere Republik unterstützte, würde das eine katastrophale Wirkung auf Kennedys Berlin-Besuch haben. Es würde ihn als diplomatische Geste völlig wertlos machen.»

«Ich verstehe.»

«Um Himmels willen, Mann.» Ulbricht war beinahe in Zorn geraten. «Ratten in Käfigen, Hunde, die beim Läuten einer Glocke Speichel absondern. Ich kenne diese Pawlowsche Psychologie so gut wie jeder Laie, aber sind Sie wirklich imstande, einen Menschen zu ändern? Ihn so handeln zu lassen, als wäre er ein anderer? Denn genau das ist es, was wir brauchen. Conlin muß vor den Kameras der kapitalistischen Länder auf der Anklagebank sitzen und offen zugeben, daß er als Geheimagent für die Westmächte gearbeitet hat.»

«Genosse», sagte Van Buren kurz, «ich könnte sogar den Teufel dazu bringen, daß er denkt, er sei Jesus Christus persönlich und wandle auf den Wellen. Vorausgesetzt allerdings, man gibt mir genug Zeit.»

«Und das ist genau das, was wir Ihnen nicht geben können», sagte Klein. «Das Problem mit der kleinen Campbell hat sich von selbst gelöst – sie kann nicht mehr reden. Aber es wird andere Probleme geben. Conlins

Kollegen von der Auferstehungsliga werden in ein paar Tagen merken, daß irgend etwas schiefgelaufen ist.» Er zögerte und sagte dann langsam zu Ulbricht: «Und dann, Genosse, gibt es bei uns natürlich immer noch einige Verräter, die . . .»

«Das weiß ich, Mann, ich bin doch kein Narr», unterbrach Ulbricht ihn. «Sie wollen darauf hinaus, daß es im Westen Leute gibt, die dahinterkommen, was passiert ist, und dann versuchen werden, etwas dagegen zu unternehmen?» Er schüttelte den Kopf. «Nicht offiziell, glauben Sie mir. Die Amerikaner tun im Augenblick alles, um ihre Beziehungen zu den Sowjets zu verbessern, und die Bemühungen von Papst Johannes, mit dem Ostblock ins reine zu kommen, sprechen für sich. Und was könnten diese Leute schon sagen? Conlin hat einfach aufgehört zu existieren. Er hätte schließlich gar nicht erst hierherkommen sollen, stimmt's?»

Er gestattete sich ein Lächeln.

«Natürlich, Genosse», sagte Klein.

«Ich verlasse mich hundertprozentig auf Ihre Fähigkeit, solche Versuche wie üblich von vornherein zum Scheitern zu bringen, Oberst.»

Dann trat eine Pause ein. Ulbricht rückte seine Brille zurecht und sagte zu Van Buren: «Sie haben einen Monat. Einen Monat, weil dann Kennedy kommt. Haben Sie die Papiere, Oberst Klein?» Klein zog beflissen einen Stapel von Dokumenten aus der Tasche und legte sie Ulbricht hin, der nach seinem Füllhalter griff und sie der Reihe nach unterzeichnete.

«Diese Papiere verschaffen Ihnen die uneingeschränkte Unterstützung der Zivil- und Militärbehörden in der Gegend von Neustadt, wo Conlin im Schloß gefangengehalten wird. Sie haben sogar Macht über Leben und Tod, Genosse. Sehen Sie zu, daß Sie sie klug gebrauchen.»

Van Buren nahm die Ermächtigungen wortlos entgegen, und Klein eilte mit dem Mantel des Vorsitzenden herbei, als Ulbricht aufstand. Er half ihm hinein und begleitete ihn dann zur Tür. Ulbricht wandte sich noch einmal um und sah die beiden an. «Als ich klein war, las meine Mutter mir gern aus der Bibel vor. ‹So ist's recht getan, du guter und treuer Diener ...› An diesen Ausspruch kann ich mich noch gut erinnern. Den Männern, die Erfolg haben, bringt der Staatsrat dasselbe Gefühl entgegen, aber den Versagern ...»

Er setzte seinen Hut auf und ging, die Tür hinter sich schließend, hinaus.

Klein wandte sich an Van Buren. «Nun, mein Freund, es kann losgehen», sagte er.

# 3

Für Margaret Campbell war der Weg zurück ins Leben wie ein Alptraum. Sie erinnerte sich nur noch an scheußlich gurgelndes Wasser, an erbarmungslose Kälte und endloses Dunkel, als sie schließlich wieder die Augen aufschlug und neben sich einen grauhaarigen Mann in den besten Jahren erblickte. Er trug eine braune Kutte und war mit einer Kordel gegürtet, an deren Ende ein großes Kruzifix hing.

Ihr Mund war so ausgetrocknet, daß sie kein Wort hervorbringen konnte. Er legte einen Arm um ihre Schulter und hielt ihr ein Glas an die Lippen.

«Hier, trinken Sie, aber bitte langsam», sagte er.

Sie hustete ein bißchen und antwortete mit heiserer Stimme: «Wer sind Sie?»

«Bruder Konrad vom Franziskanerorden Jesus und Maria. Dies ist unser Neustädter Haus.»

«Wie bin ich hierhergekommen?»

«Einer der Brüder hat Sie heute gefunden. Sie hingen über einem Baumstamm, der sich am Wehr verfangen hatte. Die Elbe führt wegen der starken Regenfälle viel mehr Wasser als sonst.»

Sie versuchte sich zu bewegen und spürte einen stechenden Schmerz im linken Bein. Instinktiv fuhr sie mit der Hand an die Stelle und fühlte einen dicken Verband. «Ist es gebrochen?»

«Ich glaube nicht. Nur böse verstaucht. Ein verletzter Oberschenkelmuskel.»

«Sie scheinen sehr sicher zu sein?»

«Ich bin in diesen Dingen nicht ganz unerfahren, Fräulein. Ich habe im Krieg als freiwilliger Sanitäter gedient, meist an der Ostfront. Leider wohnt der nächste Arzt erst in Stendal, aber wenn Sie es für notwendig halten ...»

«Nein», sagte sie. «Der nächste Arzt liegt hier.»

«Ich verstehe.» Er nickte gelassen. «Andererseits sollten Sie folgendes bedenken. Unser Herr hat zwar gesagt: ‹Arzt, hilf dir selber›, aber dieser Ratschlag ist nicht leicht zu befolgen.»

«Ich muß mich offenbar auf Sie verlassen.»

«Genau.» Er gab ihr zwei weiße Tabletten und reichte ihr wieder das Glas Wasser. «Nehmen Sie die gegen die Schmerzen.» Dann schüttelte er ihr Kopfkissen auf, damit sie bequemer lag. «Am besten wäre es, wenn Sie jetzt schliefen. Wir können uns später unterhalten, Fräulein.»

«Campbell», sagte sie. «Margaret Campbell.»

«Haben Sie jemanden, den ich benachrichtigen kann?»

«Nein.» Sie ließ den Kopf auf das Kissen sinken und starrte zur Decke. «Ich habe niemanden.»

Gegen Abend war sie hellwach und hatte den Kopf zur Seite gedreht, um über das Fensterbrett schauen zu können, als er das Zimmer betrat. Er legte ihr die Hand auf die Stirn. «Schon besser», sagte er. «Das Fieber ist gefallen. Ein Wunder, wenn man bedenkt, wie lange Sie im Wasser gelegen haben.»

Sein Gesicht war kraftvoll, entschlossen und männlich. Es strahlte einen Frieden aus, der sie beruhigte.

«Der Orden Jesus und Maria?» sagte sie und erinnerte sich an ihr erstes Zusammentreffen mit Conlin. «Sie sind Lutheraner, nicht wahr?»

«Das stimmt», antwortete er. «Unsere Bewegung wurde in den letzten Jahren des vorigen Jahrhunderts in England ins Leben gerufen. Damals interessierte man sich sehr für die Taten des heiligen Franziskus, und einige Leute wollten sein Werk innerhalb der anglikanischen Kirche fortführen.»

«Und wie sind Sie ausgerechnet nach Neustadt gekommen?»

«Eine gewisse Lady Marchant heiratete den Grafen von Falkenberg, den reichsten Grundbesitzer der Gegend. Nach dem Tod ihres Mannes überschrieb sie dem Orden das Schloß. Der Orden kam 1905 her, unter der Führung von Bruder Andrew, einem Schotten. Damals waren es zwölf Mönche – nach dem Vorbild der zwölf Jünger – und acht Nonnen.»

«Nonnen?» sagte sie verwirrt. «Sind denn auch Nonnen hier?»

«Heute nicht mehr.»

«Aber dies ist doch nicht Schloß Neustadt», sagte sie. «Das ist unmöglich.»

Er lächelte. «Wir wurden 1938 aus dem Schloß gewiesen. Die Wehrmacht benutzte es eine Zeitlang als lokales Hauptquartier. Gegen Ende des Krieges diente es zur Unterbringung wichtiger Gefangener.»

«Und später?»

«Der Staat fand keine rechte Verwendung dafür, unternahm aber nie konkrete Schritte, um es uns zurückzugeben. Dieses Haus, in dem wir nun schon einige Jahre wohnen, ist das ehemalige Schloßgut. Wenn ich Sie ein bißchen aufstütze, können Sie den Fluß und das Schloß auf dem Hügel sehen.»

Er setzte sich neben sie und half ihr, sich aufzurichten, so daß sie in den schönen, von einer Mauer umgebenen Garten sehen konnte. Auf der anderen Seite war ein Friedhof. Rechts wälzten sich die angeschwollenen Fluten der Elbe zwischen Bäumen dahin, und auf dem Hügel hinter dem Dorf ragten die dicken Mauern und schlanken Türme von Schloß Neustadt in den winterlichen Dunst. Die Zufahrt schlängelte sich wie ein schmales graues Band zum massigen Eingangstor.

Die Tür wurde geöffnet, und ein Mann, der etwa in Bruder Konrads Alter war, trat mit einem Tablett ins Zimmer. «Das ist Bruder Florian», sagte Konrad. «Er hat Sie aus dem Wasser gefischt.»

Florian stellte das Tablett auf ihren Knien ab – dampfende Suppe in einer kleinen hölzernen Schüssel, Schwarzbrot und Milch. Sie legte die Hand auf seinen Ärmel. «Wie kann ich Ihnen danken?»

Er lächelte wieder und ging wortlos aus dem Zimmer. «Er darf nicht reden», erklärte Konrad ihr. «Er hat für den nächsten Monat ein Schweigegelübde abgelegt.»

Sie probierte die Suppe und fand sie ausgezeichnet. «Übrigens, die Nonnen», sagte sie. «Was ist aus ihnen geworden?»

Sein Gesicht wurde plötzlich sehr ernst, und aus seinen Augen sprach Schmerz. «Sie sind alle gegangen», antwortete er. «Die letzte vor ungefähr zwei Jahren. Wir sind jetzt nur noch zu sechst, mich eingerechnet. Ich könnte mir vorstellen, daß in einem Jahr niemand mehr da ist, wenn der Staat seinen Willen durchsetzt.»

«Aber ich verstehe nicht», sagte sie. «In der Verfassung heißt es doch ganz unmißverständlich, daß kein Mensch an der Ausübung seiner Religion gehindert werden darf.»

«Das stimmt. Der jüngste von uns, Bruder Franz, ist erst vor sechs Monaten in den Orden eingetreten, trotz der vielen Hindernisse, die ihm die Behörden in den Weg gelegt haben. Sind Sie gläubig, Fräulein Campbell?»

«Nein», sagte sie.

«Der Staat redet mit zwei Zungen. Das Recht auf freie Religionsausübung ist in der Verfassung verankert, wie Sie sagten. Aber gleichzeitig hat Ulbricht dem Land in mehr als einer Rede gesagt, daß ein Mitglied der Kirche nicht auch ein gutes Parteimitglied sein kann.»

«Aber die Verfassung steht über der Regierung. Was wollen die Machthaber dagegen unternehmen?»

«Sie ersetzen die christlichen Dienstleistungen durch staatliche, wenn ich mich so ausdrücken darf. Hochzeit, Taufe, Beerdigung – für alles gibt es staatliche Zeremonien. Wer zur Kirche geht, leugnet den Staat, und das erklärt die Tatsache, daß es hier, in einer Gegend, die immer gut katholisch war, seit fünf Jahren keinen einzigen katholischen Priester mehr gibt und die Kirchentür zugesperrt ist.»

Margaret wurde von widersprüchlichen Empfindungen heimgesucht. Die Religion hatte sie eigentlich nie interessiert. Zu Hause war einfach kein Platz dafür gewesen, denn ihr Vater hatte sich den größten Teil seines Lebens als Atheist gefühlt. Sie hatte die typische Ausbildung bekommen, die der Staat den Kindern der Elite zuteil werden ließ. Bessere Schulen als die anderen, leichterer Zugang zur Universität als die anderen. Eine streng abgeschirmte Welt, in der alles perfekt geregelt war. Was Bruder Konrad sagte, war im Grunde neu für sie, und sie mußte es erst verarbeiten.

«Warum sind die Nonnen gegangen?» fragte sie.

«Im *Neuen Deutschland* hieß es immer wieder, Orden wie der unsere seien unmoralisch. Altweibergeschichten, wie sie seit Jahrhunderten verbreitet werden. In Teichen bei den Klöstern habe man die Leichen neugeborener Kinder entdeckt und anderer Unsinn. Dann ordneten die Gesundheitsbehörden monatliche Untersuchungen auf Geschlechtskrankheiten an.» Er lächelte traurig. «Man braucht viel Willenskraft, um diesen fortwährenden Druck zu ertragen. Die Nonnen unseres Ordens gaben der Reihe nach auf und kehrten in das weltliche Leben zurück, genau wie die meisten unserer Brüder.»

«Aber Sie machen weiter», sagte sie. «Mit einigen Gleichgesinnten, trotz allem. Warum?»

Er seufzte. «Das ist schwer zu erklären.» Dann lächelte er wieder. «Aber vielleicht kann ich es Ihnen zeigen.»

Er brachte ihr einen alten Rollstuhl, einen Morgenmantel, den sie sich über die Schultern legen konnte, und schob sie durch den Korridor mit dem Steinplattenbelag in den Hof, wo er am anderen Ende stehenblieb, um eine knorrige Eichentür aufzustoßen.

Ihr war, als beträte sie eine andere Welt – in der winzigen, schlichten Kapelle ohne jede Sitzgelegenheit. Weiß getünchte Wände, ein schmuckloser Altar, ein hölzernes

Standbild des heiligen Franziskus, ein kleines, hellrotes Rosettenfenster, das den Raum mit warmem Abendlicht färbte.

«Mir bereitet es eine tiefe Freude, einfach hier zu sein», sagte Bruder Konrad. «Denn an diesem Ort bin ich mir all meiner Fehler und Schwächen bewußt – mit äußerster Klarheit. Hier sehe ich mich so, wie ich wirklich bin, und hier spüre ich das unendliche Erbarmen und die Liebe des Herrn. Und das macht das Leben für mich lebenswert, Fräulein Campbell.»

Sie saß in dem Rollstuhl, blickte zu dem leuchtenden Fenster hinauf und faßte einen Entschluß. «Haben Sie schon einmal etwas von der Auferstehungsliga gehört?»

«Warum fragen Sie?»

«Haben Sie und Ihre Freunde schon einmal etwas für diese Organisation getan?»

«Wir sind ein geschlossener Orden», sagte er feierlich. «Wir streben nach einem kontemplativen Leben.»

«Aber Sie kennen die Arbeit von Pater Sean Conlin?»

«Ich kenne sie.»

«Und Sie sind mit ihren Zielen einverstanden?»

«Ja.»

Sie drehte sich um und sah ihm in die Augen. «Er ist dort oben in Schloß Neustadt. Als Gefangener des SSD. Das Martyrium von Dachau hat ein zweites Mal für ihn angefangen, und es ist alles meine Schuld.»

Wegen des offenen Fensters war es kalt im Zimmer, aber ihr Gesicht brannte, als wäre das Fieber wiedergekommen, und der Abendwind konnte es nur wenig kühlen. Sie rückte unruhig im Rollstuhl hin und her, als die Tür aufging und Bruder Konrad mit einem Glas eintrat.

«Kognak», sagte er. «Trinken Sie ihn. Er wird Ihnen guttun.» Er zog sich einen Stuhl heran. «Jetzt erzählen Sie mir bitte mehr von diesem amerikanischen Professor, diesem Van Buren.»

«Ich habe ihn vor etwa anderthalb Jahren in Dresden kennengelernt. Ich war damals im letzten Medizinsemester, und er hielt eine Vorlesung über Parapsychologie, für die er sich allerdings nur soweit interessierte, als sie sein eigentliches Fach betraf. Er wollte unbedingt meinen Vater kennenlernen. Er sagte, er habe seine Arbeit schon immer bewundert. Sie wurden gute Freunde. Er verschaffte mir sogar eine Praktikantenstelle in seiner Abteilung, am Psychologischen Institut. Eine große Chance – das glaubte ich jedenfalls damals.»

«Hat die Arbeit Ihnen nicht gefallen?»

«Nicht richtig. Harry Van Buren ist ein bemerkenswerter Mann, zweifellos einer der klügsten Köpfe, mit dem ich je zu tun hatte. Er schien mir aber einen entscheidenden Fehler zu haben. Er ist so sehr von seiner Arbeit besessen, daß der Mensch nur noch zweitrangige Bedeutung für ihn hat. Ich habe am Institut erlebt, wie er Leute umdrehte, von Grund auf änderte. Sicher, wenn es Versuchspersonen mit irgendwelchen Psychosen waren, war das eine sehr gute Sache, ein Wunder, wenn Sie so wollen. Aber die anderen, die gesunden . . .»

Konrad sagte sanft: «Also hat er Ihr Vertrauen mißbraucht?»

«Mein Vater war unheilbar krank – Lungenkrebs im Endstadium. Er kam vor ein paar Wochen ins Krankenhaus, an das genaue Datum erinnere ich mich nicht mehr.

Man sagte mir, der Direktor wolle mich sprechen. Als sie mich in sein Büro brachten, wurde ich dort von Harry und Oberst Klein vom SSD erwartet.»

«Und dann?»

«Oberst Klein sagte mir, die Strahlenbehandlung, die nötig sei, um meinen Vater am Leben zu halten, sei teuer und das Gerät werde anderweitig benötigt. Im allgemeinen tue man bei solchen Fällen nichts mehr gegen die weitere Ausbreitung des Krebses und lasse die Krankheit ihren Lauf nehmen. Sie könnten jedoch eine Ausnahme machen, wenn ich ihnen einen Gefallen täte.»

«Sie sollten Conlin über die Grenze locken, damit er in ihre Falle liefe?»

Sie nickte. «Harry erklärte mir haarklein, weshalb es nötig sei. Es war, als versuche er, mich mit allen Kräften zu überzeugen. Wie er Pater Conlin dazu bringen könne, vor aller Welt zu sagen, was man ihm eingetrichtert habe. Harry sagte, es sei nötig, weil Conlin ein Feind der DDR sei. Weil er und seine Organisation zu Spionageaufträgen eingesetzt würden.»

«Und Sie haben ihm geglaubt?»

«Ich konnte nur noch an meinen Vater denken.»

«Sie sind wenigstens ehrlich.»

Sie fuhr fort: «Harry bezeichnet seine Methode als Denkreform. Sie funktioniert tatsächlich. Er wird Pater Conlin dazu bringen, alles zu verleugnen, was ihm bisher heilig war.»

Nach einer langen Pause sagte Bruder Konrad: «Und was soll ich Ihrer Ansicht nach unternehmen, Fräulein Campbell?»

«Als sie mich über die Sektorengrenze schickten, benutzten sie zu diesem Zweck einen Mann namens Schmidt, einen professionellen Fluchthelfer, der in Ost-Berlin wohnt. Klein sagte, sie ließen ihn gewähren, weil er ihnen oft ohne sein Wissen wichtige Dienste leiste. Sie schleusen nämlich viele Agenten in den Westen, die als Flüchtlinge getarnt sind. Sie verstehen?»

«Natürlich. Und sie ließen Sie beschatten?»

«O ja. Ein Mann vom SSD, aber der Schleuser aus dem Westen, ein gewisser Major Vaughan, entdeckte ihn sofort. Dieser Major und sein Partner haben ein Bestattungsinstitut in der Rehdenstraße, in West-Berlin, das sie als Basis benutzen. Julius Meyer und Co.»

«Sie glauben, er könne helfen?»

«Vielleicht. Er war der einzige, der erkannte, daß ich log. Ist das nicht merkwürdig?»

Sie sank in sich zusammen und wurde von heftigem Schluchzen geschüttelt. Konrad legte ihr kurz die Hand auf die Schulter, stand dann auf und verließ das Zimmer. Draußen blieb er eine Weile stehen und runzelte die Stirn, schritt dann schnell zum Ende des Korridors und öffnete eine Tür, die auf den Wirtschaftshof an der Hinterseite des Haupthauses führte. Bruder Urban, ein zierlicher alter, weißhaariger Mann, der einen Sack über der Schulter trug, trieb gerade die kleine Kuhherde des Klosters von der Weide zum Melken, und das melodische Läuten der Kuhglocken erfüllte die Luft. Bruder Konrad öffnete die große Tür zum Stall.

«Wann bringt Franz morgens immer die Milch zum Gasthof?» fragte er ihn.

«Gewöhnlich um halb acht, Bruder», antwortete der alte Mann.

«Und Berg, der Mann vom Schloß? Um wieviel Uhr holt er seine Milch ab? Weißt du das zufällig?»

«Meist wartet er schon am Gasthof, wenn Franz kommt.»

«Gut.» Bruder Konrad nickte. «Wenn du Franz siehst, sag ihm bitte, daß ich morgen früh mitfahren werde, wenn er die Milch hinbringt.»

Seltsam, wie leicht ihm plötzlich ums Herz wurde. Er gab der letzten Kuh einen Klaps auf den knochigen Rükken, und sie drängte zusammen mit den anderen Tieren unter dem aufgeregten Bimmeln der Glocken in den Stall.

Margaret Campbell humpelte an das offene Fenster und lehnte sich hinaus, um ihr brennendes Gesicht zu kühlen. Es war schon fast dunkel, aber man konnte noch die schwarze Masse von Schloß Neustadt erkennen, das sich am abendlichen Himmel abzeichnete. Sie sah ein schwaches Licht, das sich von einem Fenster zum anderen bewegte, als gehe jemand mit einer Fackel durch das Gemäuer. Plötzlich erlosch es. Sie mußte an Conlin denken, der dort oben in seinem dunklen Gefängnis saß, und erschauerte.

Klein hatte Van Buren einen alten Mercedes, einen Stabswagen aus dem Krieg, zur Verfügung gestellt, der noch ausgezeichnet lief, und trotz der schlechten Sicht genoß der Amerikaner die anderthalbstündige Fahrt von Berlin an die Elbe. Er hatte Zeit, um an die vor ihm liegende Aufgabe zu denken, und er war gern allein. Er war schon immer ein Einzelgänger gewesen und hatte sich als Zuschauer, nicht als aktiver Teilnehmer gefühlt. So konnte man die Dinge klarer sehen. Die Stärke des Gegners abschätzen, der in diesem Fall Conlin hieß.

Kurz nach Einbruch des Abends erreichte er Neustadt. Im Dorf brannten Lichter, aber das Schloß lag im Dunkeln. Er bog in die schmale Zufahrtsstraße ein und mußte wegen der scharfen Kurven die Geschwindigkeit stark zurücknehmen. Am Eingangstor stand ein Wachtposten im Regen. Van Buren hielt ihm seinen Ausweis hin. «Hauptmann Süßmann erwartet mich.»

Der Posten prüfte den Ausweis im Schein seiner Taschenlampe und nickte. «Geradeaus zum Haupthof. Ich melde Sie telefonisch an.»

Van Buren fuhr durch den dunklen Eingangstunnel. Am anderen Ende stand ein weiterer Posten, der ebenfalls seinen Ausweis untersuchte, ehe er die Schranke hob und ihn passieren ließ. Die Sicherheitsvorkehrungen schienen sehr gründlich zu sein.

Er fuhr durch den Innenhof und hielt vor einer breiten Steintreppe, die zu einer offenen Holztür führte. Eine kleine Gruppe von Soldaten erwartete ihn. Zwei Wachtmeister mit Laternen, ein Feldwebel und ein junger Mann, dessen Uniform mit den Schulterstücken eines Hauptmanns verziert war.

Der Hauptmann salutierte, als Van Buren aus dem Wagen stieg. «Ich freue mich, Sie kennenzulernen, Herr Professor. Hans Süßmann.» Er nickte zu dem Feldwebel, einem großen, brutal wirkenden Burschen hin. «Becker.»

Van Buren sah zu den dunklen Fenstern hoch. «Was ist denn passiert?»

«Das Schloß hat seit der Zeit, wo es als Wehrmachtsquartier benutzt wurde, eine eigene Energieversorgung. Der Generator ist ausgefallen, es dürfte aber nichts Ernstes sein. Ein paar Elektriker reparieren ihn gerade.»

Van Buren holte ein Lederetui aus der Tasche und nahm eine Zigarette heraus. Süßmann gab ihm Feuer. Der Amerikaner sagte: «Sie haben doch Ihre Anweisungen von Oberst Klein? Sie wissen, worum es geht?»

«Jawohl.»

«Wie viele Männer haben Sie?»

«Zwanzig. Alle eigens ausgewählt.»

«Sehr gut. Gehen wir hinein.»

Im Hintergrund der imposanten Eingangshalle führte eine marmorne Treppe nach oben ins Dunkel. Auf einem Tisch in der Mitte stand ein silberner Leuchter mit einem halben Dutzend brennenden Kerzen. Daneben erblickte Van Buren einen kleinen, untersetzten Mann. Sein dunkler Bart war weiß gesprenkelt, sein Haar zerzaust, und sein altes Wolljackett war an den Ellbogen nicht sehr fachmännisch geflickt.

«Das ist Herr Berg», stellte Süßmann vor. «Der Verwalter. Das Schloß ist seit dem Krieg nicht mehr offiziell benutzt worden.»

Van Buren wandte sich an Berg: «Wir telefonierten bereits. Haben Sie getan, was ich Ihnen sagte?»

«Ja, Herr Professor.»

«Gut. Ich möchte Conlin gleich sehen.»

Süßmann nickte Berg zu, und dieser nahm den Leuchter und führte die beiden anderen die Marmortreppe hinauf. Im Gehen bat Van Buren: «Erzählen Sie mir etwas über das Dorf.»

«Es hat hundertdreiundfünfzig Einwohner, die fast alle in der Landwirtschaft tätig sind. Der Besitzer des Gasthofs ist zugleich Bürgermeister, er heißt Karl Ehrlich. Er ist übrigens Bergs Schwager. Es hat nie irgendwelche Schwierigkeiten gegeben, alles harmlose Leute. Und dann gibt es noch ein paar Ordensbrüder. Sie bewirtschaften das alte Gut am Fuß des Hügels, beim Fluß.»

«Großer Gott!» sagte Van Buren ehrlich überrascht.

«Lutheranische Franziskaner. Berg sagt, sie versorgen das Dorf mit Milch.»

Sie gingen jetzt einen langen Korridor entlang. Der Leuchter, den Berg trug, warf gespenstisch zuckende Schatten an die Wände. Am anderen Ende standen zwei Posten neben einer Tür.

Süßmann schloß auf. Van Buren sagte: «Ich möchte zuerst allein mit ihm sprechen.»

«Wie Sie wünschen, Herr Professor.»

Süßmann öffnete die Tür. Van Buren nahm den Leuchter von Berg entgegen und ging hinein.

Es war ein beinahe prunkvolles Schlafgemach mit Dekkenmalereien. Conlin kauerte am Kopfende des Bettes, da man ihm die Arme mit Handschellen an ein Bein gefesselt hatte. Bei dem plötzlichen Licht blickte er auf und kniff die Augen zusammen. Van Buren blieb neben ihm stehen, hielt den Leuchter in die Höhe und blickte auf ihn hinab. Dann stellte er den Leuchter vorsichtig auf die Erde, ging in die Hocke, holte eine Zigarette aus dem Etui und zündete sie an.

«Man hat mir berichtet, daß Sie ein starker Raucher sind.»

«Diese Information trifft zu.»

Van Buren steckte dem alten Priester die Zigarette zwischen die Lippen. «Genießen Sie sie, solange Sie noch können. Es wird für lange Zeit die letzte sein. Ich bin Harry Van Buren. Sagt Ihnen der Name etwas?»

«O ja», erwiderte der alte Mann gelassen. «Das will ich meinen. Denkreform – eine interessante Sache.»

«Dann wissen Sie, was Sie zu erwarten haben?»

«Sie werden nur Ihre Zeit verschwenden, mein Sohn.» Conlin lächelte. «Mich haben schon viele Experten in die Mangel genommen.»

«Aber nicht richtig», sagte Van Buren. «Es waren Stümper.» Er nahm Conlin die Zigarette aus dem Mund, wandte sich zur Tür und öffnete sie. Während er Berg den Leuchter reichte, sagte er zu Süßmann: «Wir bringen ihn jetzt nach unten.»

Neben dem Treppenhaus in der Eingangshalle führte eine Eichentür zu den unteren Geschossen des Bauwerks. Berg schloß die Tür auf und erklärte: «Es gibt drei Kellergeschosse. Sie stammen aus dem vierzehnten Jahrhundert, wie ich Ihnen schon am Telefon sagte, Herr Professor.»

Sie stiegen eine endlos lange Steintreppe hinunter und durchschritten dann ein tunnelartiges Gewölbe, das vor ihnen in das pechschwarze Dunkel hinabführte. Berg ging mit einer Laterne voran, Van Buren und Süßmann folgten, dann kam Conlin, der von zwei Soldaten an den Armen festgehalten wurde; Becker bildete das Schlußlicht. Berg mußte noch zwei massive Türen öffnen, ehe sie das unterste Geschoß erreichten. Es war jetzt sehr klamm und kalt. Schließlich blieb der Verwalter an einer eisenbeschlagenen Tür stehen und schloß sie auf. Der Gang führte weiter ins Dunkel.

Van Buren sagte: «Wohin geht es hier?»

«Es gibt noch mehr Gänge und Gewölbe, Herr Professor. Verliese und Vorratskeller. Hier unten ist das Schloß ein richtiger Kaninchenbau.»

Berg öffnete die Tür. Van Buren folgte ihm, und der alte Verwalter hielt die Laterne hoch. Die Zelle, die sie betraten, war sehr alt, die vor Feuchtigkeit glänzenden Steinwände wirkten wie von der Zeit poliert. Der Fußboden war mit Steinplatten gefliest, und die Einrichtung bestand aus einer matratzenlosen Pritsche, neben der ein emaillierter Kübel stand. Die Tür hatte unten eine kleine Klappe, durch die man gerade einen Teller mit Essen schieben konnte.

«Entspricht das Ihren Vorstellungen, Herr Professor?»

«Genau.» Van Buren wandte sich an Süßmann: «Lassen Sie ihn hineinschaffen. Keine Schuhe – nur Hemd und Hose. Die Handschellen bleiben dran.»

Er sah Conlin nicht an, als er hinausging. Becker und die beiden Soldaten zerrten den Gefangenen in das Verlies. «Haben Sie mir nichts zu sagen, Herr Professor?» rief der alte Mann ihm nach.

«Nun, wenn Sie unbedingt wollen.» Van Buren drehte sich um und musterte ihn durch die offene Tür. «Frances Mary. Genügt das?»

Conlins Gesicht fiel sichtlich zusammen, und er wurde noch blasser. Becker und die beiden Soldaten kamen heraus, der Feldwebel machte die Tür zu und verschloß sie.

«Ich nehme den Schlüssel.» Van Buren streckte die Hand aus. «Und ich möchte, daß die Zelle rund um die Uhr bewacht wird. Verstanden?»

«Ja», sagte Süßmann.

«Er bleibt eine Woche hier unten. Absolute Dunkelheit und keinerlei Kommunikation. Eine Mahlzeit am Tag. Brot und Käse, kaltes Wasser, einfach durch die Klappe in der Tür schieben lassen. Keinerlei Geräusch, das ist das Wichtigste. Sagen Sie Ihren Männern, sie sollen sich dicke Wollsocken oder etwas ähnliches über die Stiefel ziehen.»

«Ich werde das Nötige veranlassen.»

«Gut. Ich fahre noch heute nacht wieder nach Berlin. Wenn irgend etwas passiert, setzen Sie sich sofort mit Oberst Klein in Verbindung.»

«Und wann kommen Sie wieder?»

«In genau einer Woche. Dann fangen wir richtig an.»

Sie gingen den Gang zurück und ließen Becker mit einem der Posten an der Zellentür stehen. Der Feldwebel instruierte den Mann und kam ihnen dann nach.

Conlin stand in der Zelle und horchte auf den dumpfen Klang ihrer Schritte, die sich immer weiter entfernten. *Frances Mary.* Es war lange her, seit er das letzte Mal an sie gedacht hatte. Wenn Van Buren über sie Bescheid wußte, was mochte er dann sonst noch wissen? Sein Herz klopfte zum Zerspringen, und der Schmerz, der ihn überfiel, war beinahe körperlich. Er holte tief Luft und setzte wegen der Dunkelheit vorsichtig einen Fuß vor den anderen, bis er die Pritsche fand und sich vorsichtig darauf legte. Er konnte aber nicht verhindern, daß sich die Sprungfedern des metallenen Rahmens in seinen Rücken bohrten. Es war grabesstill. *Phase eins,* dachte er. *Sensorische Deprivation, die zu totalem Kontaktverlust der Versuchsperson führt.*

Das Dunkel schien noch undurchdringlicher zu werden, und er wurde von Panik ergriffen, als er an Dachau denken mußte. Allein zu sein, völlig allein, war natürlich das Schlimmste, aber dann fiel ihm, wie schon so viele Male, plötzlich ein, daß er nicht allein war. Er schloß die Augen, faltete die Hände, was ihm wegen der Handschellen große Mühe bereitete, und fing an zu beten.

Am nächsten Morgen zogen Bruder Konrad und Bruder Franz ihren mit Milchkannen beladenen Handwagen auf den Hof des Wirtshauses. Berg lehnte an seinem alten Lieferwagen, den er vor dem Eingang zum Lokal geparkt hatte, rauchte eine Pfeife und unterhielt sich mit seinem Schwager.

Georg Ehrlich war ein kleiner, schwarzhaariger Mann mit einem feierlichen Ausdruck im Gesicht, der sich nie zu verändern schien. Er war Witwer und ließ das Wirtshaus mehr oder weniger von seiner Tochter führen, denn neben seinem Bürgermeisteramt war er auch noch LPG-Vorsitzender und lokaler Parteisekretär.

Er rang sich ein Lächeln für die beiden Franziskaner ab. «Konrad, welch seltenes Vergnügen!»

«Ich habe mit Ihnen zu reden», sagte Konrad. «Dienstlich. Und dann dachte ich, der Junge könnte zur Abwechslung einmal Hilfe gebrauchen.»

Franz, mit seinen neunzehn Jahren der jüngste Ordensbruder, der Bärenkräfte hatte, lächelte und lud mühelos eine volle Milchkanne ab.

Berg sagte: «Ich brauche ab heute mindestens eine Kanne. Tu mir einen Gefallen, Franz, und stell sie gleich auf den Wagen.»

«Eine volle Kanne?» sagte Konrad überrascht. «Wozu, um Himmels willen?»

«Ich habe Volksarmisten oben im Schloß. Zwanzig Mann.»

«Kommen Sie einen Augenblick herein», sagte Ehrlich. «Sigrid macht gerade Kaffee.»

Sie schritten durch einen Flur mit weiß getünchten Wänden und betraten eine Küche mit anheimelnden Eichenmöbeln. Ehrlichs Tochter Sigrid, ein hübsches blondes Mädchen mit einem blauen Kleid und weißer Schürze, legte soeben Holz nach. Sie blickte auf, und Ehrlich sagte: «Kaffee und vielleicht einen kleinen Kognak? Es ist kalt heute morgen.»

«Sehr freundlich von Ihnen», antwortete Konrad. «Aber so früh am Tag trinke ich noch nichts.» Er wandte sich an Berg: «Was erzählen Sie da von Soldaten im Schloß? Ich verstehe nicht. Was haben sie dort zu schaffen?»

«Sie bewachen einen Häftling, der vorgestern nacht eingeliefert wurde. Zwanzig Mann und ein Feldwebel und ein Hauptmann für einen einzigen Gefangenen! Stellen Sie sich vor.»

Konrad nahm die Tasse Kaffee, die Sigrid ihm reichte, mit einem Lächeln des Dankes entgegen. «Offensichtlich ein hohes Tier.»

«Das geht mich nichts an», sagte Berg. «Ich befolge nur die Befehle und stelle keine Fragen – wie wir alle.» Er beugte sich vor, und sein heiseres Flüstern wurde noch leiser. «Ihr werdet mir nicht glauben, wenn ich euch sage, wo sie ihn untergebracht haben. In einer Zelle im dritten Kellergeschoß! Einzelhaft. Volle sieben Tage, ehe wir auch nur die Tür öffnen dürfen. Das hat der Kerl aus Berlin gesagt und ist mit dem Schlüssel in der Tasche wieder abgefahren. Er heißt Van Buren. Professor Van Buren.»

Konrad runzelte die Stirn. «Gütiger Gott. Ich hätte gedacht, selbst Ratten könnten dort unten kaum überleben.»

«Genau.» Berg leerte sein Glas. «Ich fahre jetzt besser mit der Milch hoch. Die Herrschaften möchten sicher frühstücken.»

Er ging hinaus. Ehrlich holte seine Pfeife von einem Regal und fing an, sie zu stopfen. Konrad bemerkte: «Vermutlich ein Politischer.»

«Ich weiß es nicht, und ich zerbreche mir nicht den Kopf darüber», sagte Ehrlich. «Heutzutage ist es besser, wenn man sich nur um seine eigenen Angelegenheiten kümmert. Mein guter Schwager redet zuviel.»

«Das hat er schon immer getan.»

Der Wirt führte ein brennendes Streichholz an die Pfeife. «In welcher Sache wollten Sie mich sprechen?»

«Ach ja», sagte Bruder Konrad. «Ich hätte gern eine Reiseerlaubnis. Ich möchte nach Berlin und meine Schwester besuchen. Ich glaube, ich habe bei unserem letzten Gespräch erwähnt, daß sie vor einiger Zeit einen Herzanfall hatte.»

«Ja, es tat mir aufrichtig leid», sagte Ehrlich. «Wann möchten Sie fahren?»

«Möglichst noch heute morgen. Ich würde gern eine Woche bleiben. Ich werde natürlich nicht vergessen» – er hielt inne und lächelte – «Zivilkleidung anzulegen.»

Ehrlich sagte: «Ich stelle die Erlaubnis gleich aus, Sie können warten.» Er langte nach der Flasche. «Aber vorher trinken Sie einen mit mir, damit der Tag gut anfängt.»

«Wenn Sie unbedingt wollen», willigte Konrad widerstrebend ein. «Aber bitte nur halb voll.» Als er das Glas an die Lippen führte, lächelte er.

Margaret Campbell hatte eine schlechte Nacht gehabt. Ihr Bein schmerzte, und sie war erst kurz vor Morgengrauen erschöpft eingeschlafen. Um Viertel nach acht wurde sie von einem Klopfen an der Tür geweckt, und Bruder Konrad trat mit einem Frühstückstablett ins Zimmer. Sie hatte stechende Kopfschmerzen, und ihr Mund war wie ausgedörrt.

Er maß ihre Temperatur und schüttelte besorgt den Kopf. «Das Fieber ist wieder gestiegen. Wie fühlen Sie sich?»

«Furchtbar. Es ist vor allem das Bein. Ich konnte wegen der Schmerzen kaum schlafen. Die Tabletten, die Sie mir gestern abend gaben, haben nicht viel genützt.»

Er nickte. «Ich glaube, ich habe in meinem Medizinschrank noch stärkere. Ich lasse Urban den Schlüssel da, damit er sie Ihnen geben kann, wenn ich fort bin.»

Er setzte das Tablett auf ihren Knien ab. Sie warf ihm einen überraschten Blick zu. «Sie verreisen?»

«Aber natürlich», sagte er. «Nach West-Berlin, um diesen Major Vaughan aufzusuchen. Wollten Sie denn nicht, daß ich das tue?»

Sie sah ihn verblüfft an. «Aber das ist unmöglich.»

«Keineswegs. Der Lastwagen der LPG fährt um neun Uhr nach Stendal, und dort gibt es eine regelmäßige Busverbindung nach Berlin. Ich werde mittags da sein.»

«Aber wie wollen Sie über die Grenze kommen?»

«Die Liga wird mir helfen.»

«Die Auferstehungsliga? Aber als ich Sie fragte, ob Sie und Ihre Freunde jemals bei ihrer Arbeit mitgewirkt hätten, sagten Sie . . .»

«Daß wir ein geschlossener Orden sind? Daß wir nach einem kontemplativen Leben streben.»

Sie lachte plötzlich, zum erstenmal seit er sie kannte, so daß es einen Augenblick den Anschein hatte, sie sei ein anderer Mensch geworden. «Sie sind ein sehr listiger Mann, Bruder Konrad. Das sehe ich erst jetzt.»

«Einige Leute behaupten das gleiche», antwortete er lächelnd und schenkte ihr Kaffee ein.

Bruno Teusen stand an der offenen Balkontür, die auf die Terrasse seiner Wohnung in einem der neuen Blocks am Tiergartenviertel führte, und trank schwarzen Kaffee. Er war gut fünfzig Jahre alt, groß gewachsen und hatte ein höfliches, beinahe schüchternes Benehmen, das einen eisernen Willen und einen messerscharfen Intellekt verbarg.

Als Oberstleutnant bei den Gebirgsjägern war er mit fünfundzwanzig an der Ostfront schwer am Bein verwundet worden, so daß man ihn nach seiner Genesung zur Abwehr am Tirpitzufer versetzt hatte, wo er für Canaris persönlich arbeitete. 1944 waren seine Frau und sein neugeborener Sohn bei einem Luftangriff ums Leben gekommen, und er hatte nicht wieder geheiratet. 1955, als das Bundesamt für Verfassungsschutz gegründet wurde, war er als einer der ersten um seine Mitarbeit gebeten worden.

Das Bundesamt für Verfassungsschutz hatte vor allem

die Aufgabe, jeden Versuch zur Unterminierung der verfassungsmäßigen Ordnung abzuwehren, was einen fortwährenden und täglichen Kampf gegen Tausende von ostdeutschen Agenten bedeutete, die in der Bundesrepublik Deutschland arbeiteten. Teusen war Leiter des Berliner Büros, eine schwierige Aufgabe in einer Stadt, deren Bewohner immer noch dazu neigten, jeden Geheimdienst mit der Gestapo oder dem SD über einen Kamm zu scheren.

Er hatte einen harten Tag hinter sich und überlegte gerade, ob er allein essen und früh schlafen gehen oder eine junge Dame aus seiner Bekanntschaft anrufen sollte, als es an der Wohnungstür läutete. Er fluchte leise, ging zur Tür und sah durch den Spion.

Draußen stand Simon Vaughan mit Bruder Konrad, der Cordhosen, einen alten Blazer und eine Tweedmütze trug. Teusen öffnete.

«Hallo, Bruno.»

«Simon.» Teusen warf einen kurzen, prüfenden Blick auf Konrad: «Geschäftlich?»

«Ich fürchte ja.»

«Dann kommen Sie am besten herein.»

Er schloß die Tür und drehte sich zu seinen Besuchern um. Konrad nahm die Mütze ab. Vaughan sagte: «Darf ich Ihnen Oberst Bruno Teusen vorstellen? Bruno, das ist Bruder Konrad vom Franziskanerorden Jesus und Maria drüben in Neustadt. Ich denke, es wird Sie interessieren, was er zu berichten hat.»

Er ging durch das Wohnzimmer zur Hausbar, schenkte sich einen Scotch ein und schlenderte damit auf die Terrasse. Der Ausblick auf die erleuchtete Stadt war wundervoll, doch aus irgendeinem Grund konnte er seine Gedanken nicht von Margaret Campbell losreißen, die mit ihrem verletzten Bein in Neustadt in der Falle saß und wahrscheinlich Todesängste ausstand.

«Du dummes kleines Ding», sagte er leise. «Du hättest nicht mitmachen sollen.»

Eine Viertelstunde später traten Teusen und Bruder Konrad ebenfalls auf die Terrasse.

«Sehr beunruhigend», sagte der Oberst.

«Können Sie etwas tun?»

«Für Conlin?» Teusen zuckte die Achseln. «Ich habe nicht viel Hoffnung. Ich werde mich mit dem Bundesnachrichtendienst in Pullach in Verbindung setzen, aber ich glaube nicht, daß man dort viel unternehmen kann, außer die Parteien zu benachrichtigen, die sich für die Sache interessieren.»

«Und wer wäre das?»

«Der Vatikan zum Beispiel. Conlin ist schließlich Priester. Woher stammt er – aus Irland?»

«Ja, aber er ist amerikanischer Staatsbürger.»

«Dann interessieren sich die Vereinigten Staaten vielleicht für ihn, aber ich würde mich nicht darauf verlassen. Und wir haben keinen *konkreten* Beweis, daß Conlin überhaupt drüben ist. Wenn sich jemand offiziell an die Regierung der DDR wendet, wird sie einfach bestreiten, etwas von ihm zu wissen. Es klingt jedenfalls so, als sei ein Regiment Fallschirmjäger nötig, um ihn aus Schloß Neustadt herauszuholen, und die Skorzenys sind heutzutage dünn gesät.»

Bruder Konrad sagte: «Und das Mädchen?»

«Vielleicht können wir ihr helfen.» Teusen wandte sich an Vaughan. Wären Sie bereit, drüben das Ihre zu tun?»

Einen Moment lang sah Vaughan wieder ihr blasses Gesicht mit den dunklen, müden Augen im grauen Morgenlicht auf der Spreebrücke. Er lächelte. «Julius wird etwas dagegen haben.»

«Ich weiß. Wieder ein unnötiges Risiko.» Teusen blickte zu Konrad. «Wann müssen Sie zurück sein?»

«Meine Aufenthaltsgenehmigung für Ost-Berlin ist eine Woche gültig.»

«Und wo wohnen Sie jetzt?»

Konrad sah Vaughan unsicher an, und der Engländer erklärte: «Bei uns in der Rehdenstraße. Vielleicht müssen Sie in einem Sarg schlafen, aber Sie haben wenigstens ein festes Dach über dem Kopf.»

Teusen sagte: «Wir bleiben in Verbindung. Ich lasse morgen, spätestens übermorgen von mir hören. Bis dahin müßten wir die Antwort der interessierten Parteien haben!»

Er schloß hinter ihnen die Tür und schenkte sich einen Kognak ein. Dann ging er ans Telefon, wählte eine Münchener Nummer und ließ sich mit General Reinhard Gehlen, dem Leiter des BND, verbinden. Seine Müdigkeit war plötzlich wie fortgeblasen.

# 4

In Rom empfing Seine Heiligkeit Papst Johannes XXIII. am nächsten Morgen in seinem Gemach im Vatikan einige seiner engsten Mitarbeiter. Der sterbenskranke Papst, der seit über einem Jahr an den Folgen eines Magengeschwürs litt, lag, den Kopf durch Kissen aufgestützt, im Bett.

Neben ihm saß ein junger Monsignore, der mit leiser Stimme verschiedene Briefe vorlas; der Papst lauschte mit geschlossenen Augen. Nur dann und wann schlug er die Lider auf, um ein Dokument zu unterschreiben, das man ihm reichte, oder um sich von seinem Leibarzt eine Spritze gegen die Schmerzen geben zu lassen.

Das Telefon an der Seite des Bettes summte, und der Monsignore nahm ab. Er sagte: «Pater Pacelli wartet draußen.»

Der Papst nickte. «Er soll hereinkommen.»

«Das kann ich nicht gutheißen», erklärte der Leibarzt. «Eure Heiligkeit weiß . . .»

«Daß er nur noch sehr wenig Zeit hat und eine Menge Arbeit erledigen muß.»

Der Arzt wandte sich ab und klappte seine Tasche zu, während der Monsignore die Tür öffnete und einen großen, hageren, alten Herrn mit weißen Haaren und tiefliegenden Augen einließ, eine beinahe mittelalterlich anmutende Gestalt in einer schmucklosen schwarzen Robe.

«Sie sehen heute morgen noch mehr wie ein Raubvogel aus als sonst», sagte der Papst scherzend.

Pater Pacelli lächelte leicht, denn sie spielten dieses Spiel nun schon seit vielen Jahren. Er war siebzig, gehörte zum Jesuitenorden – wo er einen hohen Rang gleich unter dem Ordensgeneral einnahm – und leitete die Historische Forschungsabteilung am Collegio di San Roberto Bellarmino in der Via del Seminario. Dort war er auch seit über einem Vierteljahrhundert für eine Dienststelle verantwortlich, die man als vatikanischen Geheimdienst bezeichnen könnte.

Der Papst blickte von dem Schriftstück auf, das er gerade las. «Ihr Jesuiten, Pacelli. Die einfache schwarze Robe, der Verzicht auf jeden weltlichen Pomp. Finden Sie nicht auch, daß das falsche Demut ist?»

«Ich sage es mir jeden Tag in meinen Gebeten.»

«Die Soldaten Christi.» Der Papst schwenkte das Dokument in seine Richtung. «Wie dieser Pater Conlin. Er erinnert mich stark an einen gewissen Obristen der Infanterie, den ich in meiner Dienstzeit als Militärseelsorger im Ersten Weltkrieg kannte. Wenn er einen Angriff anführte, befahl er seinen Männern niemals, ihm zu folgen. Er setzte einfach voraus, daß sie es tun würden.»

«Taten sie es auch, Heiligkeit?»

«Unweigerlich. Ein solches Handeln zeugt von einer moralischen Überheblichkeit, der ich nie so ganz getraut habe. Und doch . . .» Er reichte dem jungen Monsignore das Schriftstück. «Können Sie sich für die Richtigkeit der Information verbürgen?»

«Sie stammt von einem hundertprozentig zuverlässigen Gewährsmann beim westdeutschen Nachrichtendienst.»

«Und die Amerikaner – hat man sie ebenfalls informiert?»

«Selbstverständlich, Heiligkeit. Pater Conlin ist amerikanischer Staatsbürger.»

«Für den seine Behörden nichts tun können.»

Pacelli nickte. «Wenn sich die Sache so verhält, werden die ostdeutschen Behörden zweifellos bestreiten, daß er sich auf ihrem Territorium befindet.»

«Sie würden es selbst uns gegenüber nicht zugeben», erklärte der Papst.

Es trat eine kurze Pause ein. Dann sagte Pacelli: «Irgendwann kommt natürlich der Augenblick, in dem sie ihn für den Schauprozeß aus der Versenkung holen müssen.»

«Damit er die Dinge sagt, die sie ihm in den Mund gelegt haben, wie Kardinal Mindszenty? Daß die Kirche mit Hilfe der CIA eine Art Untergrundkampf führt, um die Deutsche Demokratische Republik und alles, was Ulbricht und seine Freunde geschaffen haben, möglichst zu vernichten?»

«Eine Anschuldigung, die in ihren Augen gar nicht so weit aus der Luft gegriffen ist», antwortete Pacelli. «Darf ich mir erlauben, meine persönliche Meinung zu äußern, Heiligkeit? Mir scheint, es geht dieses Mal nicht so sehr gegen die Kirche wie gegen die Amerikaner. Präsident Kennedy wäre es sicher höchst unangenehm, wenn es ihnen gelänge, die Sache so zu inszenieren, daß sie mit seinem Berlin-Besuch zusammentrifft.»

«Genau. Und der Berlin-Besuch ist von allererster Bedeutung. Wenn er an der Mauer steht, zeigt er sich gewissermaßen an der vordersten Front, Pacelli. Er demonstriert dem Ostblock, daß Amerika fest mit den anderen Westmächten zusammenarbeitet.»

Der Papst schloß die Augen und umklammerte mit einer Hand den Rand der Damastdecke seines Bettes. Auf seinem Gesicht glänzte Schweiß, und der Arzt beugte sich über ihn, um die Tropfen behutsam abzutupfen.

Pacelli sagte: «Wir unternehmen also nichts, Heiligkeit?»

«Es ist unmöglich, offiziell etwas zu unternehmen», sagte Johannes XXIII. «Andererseits ist Pater Conlin aber Mitglied der Societas Jesu, die es, wie mir scheint, schon immer ausgezeichnet verstanden hat, sich um die Ihren zu kümmern.» Er öffnete die Augen, die trotz der Schmerzen einen Abglanz seines alten Humors ausstrahlten.

«Ich bin sicher, daß Sie die Zeit finden werden, mich weiter auf dem laufenden zu halten, Pacelli.»

«Heiligkeit.» Pacelli beugte sich nach unten, um den Ring an der ausgestreckten Hand zu küssen, und ging mit schnellen Schritten hinaus.

Der schwarze Mercedes mit dem vatikanischen Kennzeichen, mit dem Pacelli zur Audienz gefahren war, brachte den Jesuiten trotz des dichten Verkehrs in zwanzig Minuten vom Vatikan zum Collegio di San Roberto Bellarmino zurück. Als Pacelli die kleine Bibliothek im ersten Stock betrat, die ihm als Büro diente und auf den Hof an der Rückseite des Gebäudes hinausging, erhob sich Pater

MacLeod, der junge Schotte, der seit nunmehr zwei Jahren sein persönlicher Sekretär war, und begrüßte ihn.

«Neustadt», sagte Pacelli nur. «Haben Sie etwas Interessantes gefunden?»

«Ich fürchte nein», erwiderte MacLeod. «Ein Bauernhof, typisch für die Gegend. Das einzig Bemerkenswerte sind jene lutheranischen Franziskaner.»

«Und wir haben dort keine Kirche?»

«Doch, Exzellenz. Zum Heiligen Namen. Geweiht im Jahre 1203. Sie ist seit fünf Jahren geschlossen.»

«Warum?»

«Die offizielle Begründung lautet, daß es nicht genügend Gläubige gibt.»

«Die alte Geschichte. Man kann kein gutes Parteimitglied sein und gleichzeitig zur Kirche gehen.»

«So ist es, Exzellenz. Wünschen Sie, daß ich in dieser Angelegenheit noch etwas unternehme?»

«Setzen Sie sich auf dem üblichen Weg mit Pater Hartmann vom Ostberliner Sekretariat in Verbindung. Ich möchte ihn übermorgen im Katholischen Informationszentrum in West-Berlin sprechen. Buchen Sie für mich einen Platz in der Morgenmaschine. Berichten Sie ihm, in welcher Lage Pater Conlin sich befindet, und sagen Sie ihm, er möchte mich möglichst umfassend unterrichten.»

«Sehr gut, Exzellenz. Die Akte über den Amerikaner, Professor Van Buren, liegt auf Ihrem Schreibtisch.»

«Danke.» Pacelli nahm sie hoch. «Verbinden Sie mich bitte mit dem Apostolischen Nuntius in Washington. Ich bin beim Pater General.»

Der junge Schotte war verwirrt. «Aber Exzellenz, in Washington ist es jetzt drei Uhr nachts, wenn ich mir die

Bemerkung erlauben darf. Erzbischof Vagnozzi wird sicher schlafen.»

«Dann wecken Sie ihn eben», sagte Pacelli kurz und verließ die Bibliothek.

Der Ordensgeneral der Jesuiten, der Leiter des einflußreichsten Ordens der katholischen Kirche, wegen seiner Macht als der «schwarze Papst» bezeichnet, trug eine ebenso schlichte Robe wie Pacelli. Er nahm seine Brille ab und klappte Van Burens Akte zu.

«Der Satan und sein Werk.»

«Auf seine Weise ein Genie», sagte Pacelli.

«Und wie wird es Pater Conlin unter seinen Händen ergehen? Was meinen Sie?»

«Immerhin hat er Sachsenhausen und Dachau überlebt.»

«Ein bemerkenswerter Mann.» Der Ordensgeneral nickte. «Das wissen wir alle, aber die Zeiten haben sich geändert. Neue Verhörmethoden. Zum Beispiel unter Verwendung von Drogen.»

«Ich kenne Sean Conlin seit vierzig Jahren», sagte Pacelli. «Sein Glaube ist so unerschütterlich, daß ich in seiner Gegenwart demütig werde.»

«Und Sie meinen, das genüge, um ihm in seiner jetzigen Lage Halt zu geben?»

«Mit Gottes Hilfe.»

Das Telefon klingelte. Der Ordensgeneral nahm den Hörer ab, lauschte, reichte ihn dann mit einem leichten ironischen Lächeln Pacelli. «Für Sie. Erzbischof Vagnozzi – und er klingt nicht sehr freundlich.»

Für Ende Mai war es in Washington erstaunlich kalt. Der amerikanische Außenminister Dean Rusk stand am Fenster des Oval Office im Weißen Haus. Der Raum war fast dunkel, das einzige Licht wurde von einer Leselampe auf dem schweren Schreibtisch gespendet, in deren Schein die Reihe der Truppenflaggen dahinter aufleuchtete. Die Tür ging auf, und als Rusk sich umdrehte, erblickte er den eintretenden Präsidenten. John Fitzgerald Kennedy hatte vor drei Tagen seinen sechsundvierzigsten Geburtstag gefeiert, wirkte aber zehn Jahre jünger. Er trug ein weißes Dinnerjackett, und seine weiße Hemdbrust glänzte.

Er lächelte, als er hinter den Schreibtisch trat. «Wir wollten gerade zum Dinner, und unten wartet der sowjetische Botschafter auf mich. Ist es wichtig?»

«Der Apostolische Nuntius hat mich heute abend aufgesucht, Mr. President. Ich dachte, es wäre ratsam, wenn Sie sich kurz mit ihm unterhielten.»

«Die Sache Conlin?»

Rusk nickte. «Sie haben die Akte gelesen, die ich für Sie zusammenstellen ließ?»

«Ich habe sie hier liegen.» Der Präsident setzte sich an den Schreibtisch und öffnete einen dünnen Ordner. «Sagen Sie, kommt das von der deutschen Abteilung des State Department?»

«Nein. Eine verschlüsselte Nachricht von General Gehlen an mich persönlich.» Beide schwiegen, während der Präsident die Akte durchblätterte. Dann fragte der Minister: «Was sollen wir also unternehmen?»

Der Präsident blickte auf. «Ich weiß es nicht genau. Es ist eine verdammte Schweinerei, soviel steht fest. Lassen Sie uns hören, was der Vatikan dazu meint.»

Exzellenz Egidio Vagnozzi, der Apostolische Nuntius, hatte eine purpurne Mütze auf und trug die rote Soutane des Erzbischofs. Er lächelte herzlich, als er den Raum betrat, und der Außenminister brachte ihm schnell einen Stuhl.

«Es ist sehr freundlich von Ihnen, mich so kurzfristig zu empfangen, Mr. President.»

«Leider aus einem unangenehmen Anlaß», antwortete Kennedy.

«Der Sie in Verlegenheit bringen könnte, wenn die Kommunisten ihre Absicht verwirklichen und Pater Conlin vor Gericht stellen. Ich meine natürlich Ihren Besuch in Berlin.»

«Erwägt der Vatikan offizielle Schritte bei der ostdeutschen Regierung?» fragte Dean Rusk.

«Was hätte das für einen Zweck? In diesem Stadium würde man dort zweifellos bestreiten, ihn in Gewahrsam zu haben, und außerdem sprechen noch andere Dinge dagegen. Die Angehörigen der katholischen Kirche und alle praktizierenden Christen in der DDR sind in einer schwierigen Lage. Wir müssen sehr vorsichtig sein.»

«Mit anderen Worten, Sie werden nichts tun», sagte der Präsident.

«Jedenfalls nicht offiziell», antwortete Vagnozzi. «Exzellenz Pacelli von der Societas Jesu wird allerdings nach West-Berlin reisen, um sich einen genauen Überblick über die Situation zu verschaffen.»

Der Präsident lächelte. «Aha, Pacelli selbst, Sie lassen ihn also von der Leine? Das ist interessant.»

«Seine Heiligkeit nimmt trotz seines schweren Leidens persönlichen Anteil an den Ereignissen. In Anbetracht der Tatsache, daß Pater Conlin Bürger der Vereinigten Staaten ist, würde er gern Ihren Standpunkt erfahren.»

Der Präsident blickte mit einem leichten Stirnrunzeln auf die Akte hinunter, und es war der Außenminister, der nach einer Weile antwortete: «Es gibt verschiedene Aspekte, die alles andere als erfreulich sind. Dieser Mann, Van Buren, macht uns zum Beispiel schon seit Jahren zu schaffen. Wir haben ihn natürlich möglichst weitgehend ignoriert, und bisher hat das seine Wirkung nicht verfehlt.»

«Und dann Conlin selbst», sagte der Präsident. «Sie werden ihn so lange in die Mangel nehmen, bis er gesteht, seine christliche Untergrundbewegung sei seit Jahren ein Werkzeug der CIA gewesen. Das ist der springende Punkt. Sie wollen alles zunichte machen, was ich mit dem Besuch in Deutschland zu erreichen hoffe. Unsere Beziehungen zur Sowjetunion haben sich seit der Kubakrise erheblich verbessert. Wir und die Briten wollen bald wieder die Moskauer Dreimächteverhandlungen über die Einstellung der Kernwaffenversuche aufnehmen. In ein paar Tagen halte ich hier an der Universität eine Rede, in der ich unmißverständlich klarstellen werde, daß wir den Status quo in Osteuropa anerkennen.»

«Ein folgenschwerer Schritt», sagte Vagnozzi.

Der Präsident fuhr fort: «Und nun zu Ostdeutschland. Ulbricht ist Stalinist. Er haßt Chruschtschow, und deshalb ist mein Berlin-Besuch insofern von allgemeiner Bedeutung, als er Ulbricht zeigt, daß wir es mit unseren Entspannungsbemühungen ernst meinen.»

«Was Chruschtschow helfen wird, ihn in die Schranken zu weisen.»

«Mehr als das – es zeigt den Sowjets auch, wo wir stehen. Daß unsere Verhandlungsbereitschaft nicht gleichbedeutend mit Nachgiebigkeit ist. Daß wir West-Berlin auf keinen Fall preisgeben werden.»

Vagnozzi sagte: «Wir können also nichts für Conlin tun?»

Der Präsident schüttelte den Kopf, und einen Moment lang blitzte sein stahlharter Wille in seinem Blick auf. «Das habe ich nicht gesagt. Ich möchte nur, daß Sie mir ein bißchen mehr Zeit geben, das ist alles.»

Vagnozzi erhob sich. «Sehr gut, Mr. President. Ich werde meine offizielle Antwort so lange hinauszögern, bis ich von Ihnen höre.»

«Noch vor morgen früh», versicherte ihm der Präsident. «Ich denke, das kann ich versprechen.»

Der Erzbischof verließ den Raum. Dean Rusk sagte: «Darf ich mir eine Bemerkung erlauben, Mr. President? Ich muß darauf hinweisen, daß jeder Versuch, die CIA einzuschalten, im Augenblick Wahnsinn wäre. Wenn irgend etwas schiefgeht, haben die Ostdeutschen nur den ersehnten Beweis für die Beschuldigungen, die sie gegen Conlin vorbringen wollen.»

«Genau», sagte der Präsident. «Und deshalb können wir nur inoffiziell tätig werden.» Er griff nach der *Washington Post,* die rechts auf dem Schreibtisch lag. «Wußten Sie eigentlich, daß Charles Pascoe in Washington ist?»

«Nein.»

«Die *Post* bringt eine Meldung auf Seite drei. Er hält heute abend den Vanderbilt-Gedenkvortrag an der Smithsonian Institution.»

«Ich dachte, er arbeitet nicht mehr für die Wissenschaft», sagte der Außenminister. «Ich habe gehört, daß sein Bruder letztes Jahr gestorben ist und ihm sein Vermögen hinterlassen hat.»

«Nein, er ist immer noch Professor für Moderne Literatur am Balliol College.» Der Präsident faltete die Zeitung wieder zusammen, stand auf und reckte sich. «Ich würde ihn gern sprechen. Natürlich erst nach dem Vortrag.»

«Wie Sie wünschen, Mr. President.» Der Außenminister hatte schon fast die Tür erreicht, als Präsident Kennedy ihn zurückrief.

«Dean?»

«Ja, Mr. President?»

«Bringen Sie ihn bitte durch den Westeingang ins Haus. Und sorgen Sie unbedingt dafür, daß die Presse keinen Wind davon bekommt.»

Professor Charles Pascoe langweilte sich, denn das Thema seines Vortrages an der Smithsonian Institution – «Die Rolle des Erzählers im modernen Roman» – hatte für ihn nichts Interessantes mehr, ebensowenig wie die Gesellschaft der Wissenschaftler, die ihn bei dem anschließenden Empfang umringten. Deshalb empfand er es förmlich als eine Erlösung, als der höfliche junge Mann vom Außenministerium erschien und ihn bat, noch am selben Abend ins Weiße Haus zu kommen.

Charles Browning Pascoe war sechsundsechzig Jahre alt. Er war der zweite Sohn eines Besteckfabrikanten aus Birmingham und hatte 1914 beschlossen, auf die Universität Heidelberg zu gehen, eine Fehlentscheidung, die ihn drei Jahre im Internierungslager gekostet hatte. Schließlich glückte ihm die Flucht über Holland nach England, wo er das letzte Kriegsjahr beim militärischen Geheimdienst verbrachte.

Dann hatte er eine glänzende wissenschaftliche Karriere gemacht und acht Jahre lang Moderne Literatur an der Universität Harvard unterrichtet, ehe er nach Oxford an sein altes College, das Balliol, zurückkehrte. Bei Ausbruch des Zweiten Weltkriegs ging er wieder zum Nachrichtendienst und arbeitete zunächst bei Masterman am MI5, wo er dazu beitrug, das deutsche Spionagenetz in England zu zerschlagen, bis er zur Abteilung für Sondereinsätze versetzt wurde und dort die Hauptverantwortung für den Aufbau der britischen und amerikanischen Nachrichtenorganisation im besetzten Frankreich übernahm.

Seine Frau starb 1943. Die Ehe war kinderlos geblieben. Nach dem Krieg ging er wieder nach Oxford, zurück zur Wissenschaft, seiner ersten großen Liebe. Und dann, im Sommer 1962, starb sein älterer Bruder Robert, der eines der größten Elektronikunternehmen in England geschaffen hatte, und hinterließ ihm ein Vermögen, das sich trotz der horrenden Erbschaftssteuer noch auf weit mehr als eine Million Pfund belief, eine Tatsache, die ihn ziemlich kaltgelassen hatte, als er sie erfuhr. Jetzt, wo er gerade die Constitution Avenue entlangsauste, war er viel aufgeregter.

Die schwere Limousine setzte ihn am Westeingang des Weißen Hauses ab. Der höfliche junge Mann im blauen Regenmantel, der ihn von der Smithsonian Institution hierher begleitet hatte, führte ihn an den Männern vom

Secret Service vorbei durch den Korridor und öffnete ohne vorherige Anmeldung die Tür zum Oval Office, wo der Außenminister wartete.

Dean Rusk lächelte und streckte die Hand aus. «Professor Pascoe. Ich glaube, wir haben uns schon einmal kennengelernt? Vor drei Jahren bei einem Empfang in der Londoner Botschaft, wenn ich nicht irre?»

Pascoe war ein sehr schlanker Mann mit gebeugten Schultern und einer eisgrauen Haarmähne, die ihm ständig in die Stirn fiel. Über einem Dinnerjackett, das altmodische Revers hatte, und dem schwarzen Binder trug er einen dunklen Abendmantel.

«In welcher Sache haben Sie mich hergebeten?»

Der Außenminister zeigte auf den Schnellhefter auf dem Schreibtisch. «Wenn Sie die Freundlichkeit hätten, das zu lesen? Es erklärt die Angelegenheit besser, als ich es könnte.»

«Und dann?»

«Dann wird Ihnen der Präsident persönlich mitteilen, was wir vorhaben. Ich lasse Sie jetzt allein.»

Die Tür wurde hinter ihm geschlossen. Pascoe setzte sich an den Schreibtisch, ohne den Mantel auszuziehen, holte eine Lesebrille mit halbmondförmigen Gläsern aus der Brusttasche und klappte die Akte auf.

Zwanzig Minuten später wurde die Tür geöffnet, und Präsident Kennedy eilte, gefolgt von seinem Außenminister, in das Oval Office. Pascoe blickte auf.

«Ich konnte nicht der Versuchung widerstehen, eine Weile auf dem Sessel Platz zu nehmen, von dem aus die Macht ausgeübt wird.»

Kennedy lächelte breit und wandte sich an Dean Rusk: «Wissen Sie, als mein Buch *Warum England schlief* erschienen war, schrieb dieser Mann mir einen Brief von zweiundzwanzig Seiten, in dem er meine Argumente von A bis Z zerpflückte.»

«Ein notwendiges Stadium Ihrer politischen Bildung, Mr. President.» Pascoe lächelte leicht und schloß den Ordner.

«Interessant?» fragte Kennedy.

«Das kann man wohl sagen. Ich habe Conlins Arbeit seit Jahren bewundert. Er ist ein bemerkenswerter Mann. Es tut mir sehr leid, daß er so in der Tinte sitzt.» Pascoe nahm die Brille ab. «Übrigens, dieser Oberst Teusen, der westdeutsche Nachrichtenmann, der die Information von Berlin weitergegeben hat, ist ein alter Gegner von mir. Ist das nicht ein merkwürdiger Zufall?»

Der Präsident runzelte die Stirn, und der Außenminister sagte: «Teusen diente im Krieg unter Canaris bei der Abwehr.»

«Auch ein bemerkenswerter Mann, der Admiral.» Pascoe stand auf. «Aber . . .»

Der Präsident trat ans Fenster, schaute hinaus und sagte: «Sie erwähnten eben den Sessel, von dem aus die Macht ausgeübt wird. Wissen Sie, was Macht ist? Wirkliche Macht? Es bedeutet, daß man nicht das geringste unternehmen kann, weil man Präsident ist und ständig berücksichtigen muß, was das Land denkt oder was die Vereinten Nationen sagen oder was die Sowjets tun – oder nicht tun – werden.»

Pascoe antwortete: «Ja, ich kann mir vorstellen, wie hart es ist, wenn man dastehen und zusehen muß, wie ein tapferer Mann so durch den Wolf gedreht wird.»

«O nein.» Der Präsident schüttelte kaum merklich den Kopf. «Das habe ich keineswegs vor, und ich kann es mir auch gar nicht leisten, so zu reagieren. Der Berlin-Besuch ist zu wichtig.»

«Das Dumme ist, daß wir offiziell nichts unternehmen können, jedenfalls nicht in diesem Stadium», sagte Rusk.

«Wo komme ich also zum Einsatz?» fragte Pascoe.

«Donovan hat einmal gesagt, Sie seien im Krieg der beste Kopf aller Geheimdienstleute gewesen, einschließlich der deutschen», erklärte der Präsident ihm.

«Wie Mark Twain schrieb: Von einem guten Kompliment kann ich zwei Monate leben.»

«Sie haben aber nur einen. Laut Terminplan werde ich am 26. Juni in West-Berlin eintreffen.»

Pascoe sagte: «Meinen Sie es ernst? Möchten Sie wirklich, daß ich versuche, etwas für Conlin zu tun?»

«Wie oft sind Sie im Krieg mit ähnlichen Situationen fertig geworden?»

«Mehrmals», antwortete Pascoe und nickte. «Aber das ist mindestens achtzehn Jahre her.»

«Keine offizielle Unterstützung, das versteht sich. Von niemandem. Die Regierung der Bundesrepublik Deutschland kann es sich auf keinen Fall leisten, irgendwie in die Sache verwickelt zu werden.»

«Und der Vatikan?»

«Pacelli fliegt morgen nach Berlin», sagte der Außenminister. «Natürlich nur in inoffizieller Mission. Kennen Sie ihn?»

«Wir haben im Krieg einmal zusammengearbeitet, aber aus der Ferne. Ich bin ihm nie begegnet.»

Nun trat eine Pause ein. Der Präsident beendete sie mit den Worten: «Was die notwendigen Mittel betrifft ...»

«Kein Problem», wehrte Pascoe ab. «In dieser Beziehung hat sich meine Lage von Grund auf geändert. Ich denke eher an meine Pflichten. Meine Studenten erwarten mich schon nächste Woche zurück. Aber ich denke, da ließe sich eine zufriedenstellende Lösung finden.»

Der Außenminister sagte: «Wenn ich einen Vorschlag machen dürfte, Mr. President? Erzbischof Vagnozzi ...»

«Der Apostolische Nuntius», sagte der Präsident zu Pascoe. «Er weiß Bescheid über die Sache. Es wäre vielleicht gut, wenn Sie sich mit ihm unterhielten, ehe Sie abreisen. Er könnte ein Zusammentreffen mit Pacelli arrangieren, wenn Sie in Berlin sind.»

«Und wann soll das genau sein, Mr. President?» erkundigte sich Pascoe.

«Während Sie die Akte lasen, habe ich kurz mit dem Referenten gesprochen, der für solche Dinge zuständig ist. Kurz vor Mitternacht geht eine Maschine der British Airways nach London – Sie hätten also vorher noch genug Zeit, um mit Vagnozzi zu reden. Sie wären dann morgen nachmittag in Berlin.»

«Es ist sicher noch ein Platz frei?»

«Wir haben schon gebucht», sagte der Präsident.

Pascoe nickte. «Sehr gut. Ich habe nur eine Bitte.»

«Ja?»

«Ich möchte mit Teusen sprechen, und ich möchte, daß er mir alle Informationen zugänglich macht, die der deutsche Nachrichtendienst über die Lage in Neustadt beschaffen kann.»

Der Präsident warf einen Blick auf den Außenminister,

und dieser nickte: «Ich glaube nicht, daß das irgendwelche Schwierigkeiten macht.»

«Danke.» Pascoe nahm den Schnellhefter an sich. «Mir scheint nichts anderes übrigzubleiben. Wir haben nicht mehr viel Zeit, wenn ich die Maschine noch erwischen soll.»

Sie schritten zur Tür. Der Präsident sagte: «Ich danke Ihnen vielmals, Professor.»

Pascoe lächelte. «Ich glaube, ich hatte keine andere Wahl. Es war schließlich so etwas wie ein königlicher Befehl, nicht wahr?» Er drehte sich um und folgte dem Außenminister, der soeben zur Tür hinausgegangen war.

# 5

Pater Erich Hartmann, S. J., Mitarbeiter des Katholischen Sekretariats in Ost-Berlin, war ein außergewöhnlich gutaussehender Mann, doch er lächelte nur selten, und seine blauen Augen strahlten eine Kühle aus, die seine Gesprächspartner gewöhnlich zur Vorsicht mahnte. So auch die Volkspolizisten am Sektorenübergang, die den jungen Priester in dem ramponierten Volkswagen, den er für seine regelmäßigen Besuche in West-Berlin benutzte, bereits kannten. Sie kannten auch den Herrn im schwarzen Ledermantel, der ihm auf einem leichten Motorrad in diskreter Entfernung zu folgen pflegte.

Erich Hartmann war dreiunddreißig Jahre alt und stammte aus Dresden, wo sein Vater, ein Metzgermeister, Parteisekretär der Kommunisten gewesen war. Er hatte seine Tätigkeit für die Partei auch nach der Machtergreifung der Nazis fortgesetzt, und am 3. Februar hatte seine Frau ihn eines Morgens in der Kühlkammer gefunden, wo er an einem Fleischerhaken hing. Die amtliche Todesursache lautete Selbstmord.

Frau Hartmann verkaufte die Metzgerei und schickte ihren Sohn zu ihrem Bruder nach New York. Sie blieb in Dresden und arbeitete bei der kommunistischen Untergrundbewegung weiterhin aktiv gegen die Nationalsozialisten, bis sie im Oktober 1944 verhaftet und nach Dachau geschickt wurde, wo sie kurz vor Weihnachten jenes Jahres vor das Erschießungskommando trat.

Ihr Bruder und seine Frau waren gläubige Katholiken, die den Jungen im Geist der Religion aufzogen und zu Haus nur deutsch sprachen, damit er die Sprache nicht verlernte, wenn er eines Tages wieder zu seiner Mutter zurückging. Die Nachricht von ihrem Tod, die erst 1946 offiziell bestätigt wurde, war ein furchtbarer Schlag für ihn. Er war schon immer in sich gekehrt gewesen. Nun zog er sich völlig von allem zurück, selbst während seines Studiums an der katholischen Universität Notre Dame, wo er nicht nur als Student, sondern auch – zwei Jahre lang – als Football-Mittelstürmer in der ersten Liga glänzte. Es überraschte kaum jemanden, daß er sich dann für die Priesterlaufbahn entschied. Mit den Jesuiten fand er einen Orden, der ebensoviel Wert auf Intellekt wie auf Gehorsam legte und sich deshalb am besten mit seinem strengen, festgefügten Weltbild vereinbaren ließ.

Mit Ausnahme eines kurzen Zwischenspiels als Hilfsgeistlicher in Neapel war er meist in der Verwaltung des Ordens beschäftigt worden, und dort erregte er – und die seltsame Tatsache, daß er immer noch Staatsbürger der DDR war – die Aufmerksamkeit Pacellis.

Man hatte ihn umgehend an das Katholische Sekretariat in Ost-Berlin versetzt, wo er offiziell eine Verwaltungsposition erhielt, in Wirklichkeit aber als Verbindungsmann seiner Oberen zu den Gläubigen der ostdeutschen Hauptstadt fungierte und seine Augen und Ohren offenhielt, um Informationen für die römische Zentrale zu sammeln.

Kurz nach halb drei Uhr hielt Hartmann auf dem Parkstreifen des Katholischen Informationszentrums in der Budapester Straße. Als er aus dem Volkswagen stieg, stellte der Mann im schwarzen Ledermantel sein Motorrad an einen Baum auf der anderen Straßenseite. Er zündete sich eine Zigarette an, und Hartmann ging zu ihm.

«Wenn Sie Langeweile haben, gehen Sie doch einfach in den Zoo, Herr Schäfer. Er ist gleich hinter Ihnen. Es kann nämlich eine Weile dauern.»

Der Mann lächelte strahlend. Er hatte hohe Wangenknochen und eine platte Nase, die ihn wie einen ehemaligen Preisboxer aussehen ließ. «Aber Sie könnten schon wieder losgefahren sein, ohne daß ich weiß wohin, Pater», sagte er. «Und dann bekomme ich Schwierigkeiten.»

Hartmann zuckte die Achseln, drehte sich um und eilte über die Straße. Er lief die Eingangsstufen zu dem alten Gebäude hoch und nickte der jungen Frau am Empfangstresen in der Halle kurz zu, ehe er die Treppe hinaufging. Er schritt einen kahlen Flur entlang, öffnete eine Tür mit der Aufschrift «Privat», ohne vorher anzuklopfen, und trat in das dahinterliegende Zimmer.

Es war ein kleiner, unordentlich wirkender Raum mit Büromöbeln, an dessen Wänden Aktenregale standen. Hinter einem Schreibtisch am Fenster saß Pacelli und las einen maschinegeschriebenen Bericht. Er blickte auf und lächelte. «Sie sehen gut aus», sagte er zur Begrüßung.

«Ich kann nicht klagen, Exzellenz.»

Hartmann schritt zum Fenster und sah zu dem Mann im Ledermantel hinunter, der sich unter einem Baum aufgebaut hatte. Pacelli trat zu ihm.

«SSD?»

«Er heißt Horst Schäfer. Ein Mann von Abteilung sechs. Sie haben unter anderem die Aufgabe, alle wichtigen Kirchenführer zu überwachen.»

«Sie sollten sich geschmeichelt fühlen.» Pacelli nahm wieder Platz und sah zu, wie sein Besucher den Mantel auszog. Der alte Jesuit lächelte erneut. «Aber Sie dürfen sich keine eitle Regung erlauben.»

«Wenn Sie meinen.»

«Wissen Sie, an wen Sie mich immer erinnern? An die fanatischen Puritaner der Cromwell-Periode. Die Leute, die den Herrn voll Inbrunst anbeteten und im nächsten Augenblick leichten Herzens junge Mädchen als Hexen verbrannten.»

«Sie haben mich kommen lassen, Exzellenz?»

«Ja, das habe ich.» Er schilderte mit wenigen Worten die Lage. Als er ausgeredet hatte, sagte Hartmann: «Ich habe übrigens vor drei Monaten in Dresden eine Vorlesung von Van Buren gehört.»

Pacelli stand auf und ging ans Fenster. «Wie oft fahren Sie nach West-Berlin? In regelmäßigen Abständen?»

«Zweimal in der Woche, gelegentlich auch dreimal. Dann und wann übernachte ich sogar hier.»

«Was macht unser Freund mit dem Motorrad, wenn Sie über Nacht bleiben? Erzählen Sie mir nicht, daß er die ganze Zeit in der Dunkelheit wartet. Wird er abgelöst?»

«Nein», sagte Hartmann. «Auf jeden Priester kommt nur ein Agent. So will es die Bürokratie. Gewöhnlich sage ich ihm vorher Bescheid. Eine lächerliche Situation, aber nicht lächerlicher als die Welt, in der wir leben. Am anderen Ende der Straße ist ein kleines Hotel mit Barbetrieb. Wird von vielen Prostituierten aufgesucht. Er schläft dort. Ich gebe ihm jedesmal den Wagenschlüssel. Das beruhigt ihn. Er ist ein einfacher Mann.»

«So?» Pacelli kehrte zum Schreibtisch zurück. Er öffnete eine Aktenmappe aus schwarzem Leder, holte einen großen Umschlag heraus und schob ihn Hartmann hin.

«Da Sie sich im Augenblick nur in Ost- und West-Berlin frei bewegen können, überbringe ich Ihnen ein kleines Geschenk des Vatikans, das vom Kardinalstaatssekretär persönlich unterzeichnet ist – im Namen des Heiligen Vaters. Ein offizielles Ersuchen um eine Reiseerlaubnis nach Neustadt, wo Sie unverzüglich prüfen sollen, ob die dortige Kirche wieder geöffnet werden kann.»

Hartmann machte den Umschlag auf und zog das Schreiben heraus. Es war ein eindrucksvoll aussehendes Dokument mit einem roten Siegel. «Wie Sie sehr wohl wissen, Exzellenz, muß ich es dem Ministerium für Staatssicherheit vorlegen, wo man umgehend Herrn Klein in Abteilung fünf über den Inhalt unterrichten wird.»

«Der wiederum irgendeinen Zusammenhang vermuten wird, wenn mich nicht alles täuscht. Sie haben recht. Pater Conlins Aufenthalt in Neustadt und unser offizielles Reiseersuchen ist kein Zufall, aber ich habe das Gefühl, daß man Ihnen die Erlaubnis geben wird. Man wird Sie natürlich überwachen lassen.»

«Warum sollte man es erlauben?»

«Warum nicht? Wir haben nach der Verfassung und nach dem Geheimabkommen, das erst letzten Juli zwischen der DDR und dem Vatikan unterzeichnet wurde, das Recht, jeden Ort in der DDR zu besuchen.» Er lächelte milde. «Und sie können kaum mit der Begründung ablehnen, daß sie Conlin gefangenhalten, nicht wahr?»

«Aber was für einen Zweck hat das alles?» fragte Hartmann. «Was können wir damit gewinnen?»

«Unterbreiten Sie dem Ministerium für Staatssicherheit das Ersuchen bitte sofort nach Ihrer Rückkehr heute nachmittag», erklärte Pacelli ihm. «Man wird Ihnen die Entscheidung morgen mitteilen, ob sie nun positiv oder negativ ist. Ich erwarte Sie übermorgen wieder hier in West-Berlin – und treffen Sie bitte Vorbereitungen, daß Sie über Nacht bleiben können. Es wird vielleicht nötig sein.»

Hartmann sagte: «Soll das bedeuten, daß Sie vorhaben, Pater Conlin ...» Er zögerte. «Pater Conlin zu befreien?»

«Ich weiß im Augenblick noch nicht genau, was ich vorhabe. Ich habe nachher eine Besprechung mit Oberst Teusen vom Bundesamt für Verfassungsschutz. Er erwartet noch heute nachmittag Charles Pascoe aus Washington. Es könnte interessant werden.»

«Pascoe?»

«Das war vor Ihrer Zeit. Eine der grauen Eminenzen des britischen Geheimdienstes im Zweiten Weltkrieg.»

«Also ... also glauben Sie, man könnte etwas unternehmen?»

Pacelli antwortete: «Irre ich mich, wenn ich glaube, daß Sie nicht mit Pater Conlin einverstanden sind?»

«Jedenfalls nicht mit seiner Arbeit. Ich habe schon immer am Nutzen dieser Auferstehungsliga gezweifelt!»

«Zu dramatisch für Ihren Geschmack?»

«So könnte man es ausdrücken. Und was den Mann selbst angeht ...»

«Ich weiß, was Sie sagen wollen. Ärgerlich, nicht wahr? *Life* hat ihn einen Volksheiligen genannt. Nicht sehr subtil, aber treffend.» Pacelli erhob sich, ging ans Fenster und blickte zu Schäfer hinunter. «Er ist immer noch da und wartet auf Sie. Es wäre wohl am besten, wenn Sie jetzt gingen.»

Hartmann nahm seinen Regenmantel und trat zu ihm. «Er ist nicht übel.»

«Als Kommunist oder als Mensch?»

«Drei Töchter, und seine Frau ist schon wieder in anderen Umständen.»

Er knöpfte den Mantel zu, Pacelli schaute aus dem Fenster und seufzte. «Wissen Sie, ich habe eben daran gedacht, wie schön es wäre, noch einmal ein Kind zu sein, für das die Welt voller harmloser Überraschungen steckt.»

«Interessant, Exzellenz, aber nicht sehr realistisch.»

Hartmann ging hinaus. Pacelli blieb am Fenster, sah ihn unten auf den Bürgersteig treten und in den Volkswagen steigen. Als er anfuhr, schwang Schäfer sich auf sein Motorrad und folgte ihm.

Es dunkelte bereits, als Charles Pascoe die Terrasse von Teusens Wohnung betrat und auf die Lichter der Stadt hinabblickte. Eigentlich hätte er nach dem langen Flug müde sein müssen, doch er war statt dessen in Hochstimmung. Hinter ihm erklangen Schritte, und der Deutsche näherte sich mit einem Glas in jeder Hand.

«Sie werden es vielleicht kaum glauben», sagte Pascoe,

«aber ich bin heute zum erstenmal hier, obgleich es vor zwanzig Jahren keinen einzigen Tag gab, an dem ich mich nicht mit Berlin und dem Hauptquartier der Abwehr am Tirpitzufer beschäftigte – wo mir ein gewisser Oberstleutnant Bruno Teusen viel Kopfzerbrechen bereitete.»

«Der sich wiederum auf das Hauptquartier der Abteilung für Sondereinsätze im St. Michael's House, Baker Street 82, konzentrierte. Sie brauchten jeden Morgen rund zwanzig Minuten, um von Ihrer Wohnung im Ardmore Court zu Fuß dorthin zu gehen – wenn Sie nicht dort übernachteten. Verderben Sie immer noch Ihren guten Courvoisier mit drei Eiswürfeln?»

Pascoe nahm das Glas lächelnd entgegen. «Rauchen Sie immer noch diese scheußlichen russischen Zigaretten, mit denen Sie sich im Kriegswinter anfreundeten?»

«Wissen Sie, Pascoe, ich erfuhr so viel von Ihnen, die intimsten Kleinigkeiten, daß Sie mir zuletzt richtig sympathisch wurden. Ist das nicht sonderbar?»

«Im Juni 1945 hätten wir uns um ein Haar kennengelernt», berichtete Pascoe ihm. «Man bot mir an, Sie zu verhören. Ich lehnte ab.»

«Darf ich fragen, warum?»

«Ich dachte, es wäre in jenem Stadium viel zu persönlich geworden. Fast wie eine Selbstentblößung. Aber ... kommen wir zum Geschäftlichen. Sie haben bestimmte Befehle hinsichtlich Conlin bekommen, glaube ich?»

«Keine Befehle – nur einen Anruf von General Gehlen.»

«Sie wissen, in wessen Auftrag ich hier bin?»

«Ja.»

«Inoffiziell natürlich.»

«Genau wie Pacelli vom Vatikan, der auch inoffiziell in Berlin ist. Ich erwarte ihn übrigens in einer Stunde. Sie tun in dieser Sache alles nur inoffiziell – sie scheinen dieses Wort richtig zu lieben. Danach werden sie behaupten, es sei nie passiert, ob wir nun gewinnen oder verlieren.»

Pascoe fragte ihn: «Kann ich mit Ihrer uneingeschränkten Unterstützung rechnen, was den Einsatz von Hilfsmitteln betrifft?»

«Ja, ich entnehme es jedenfalls meinen Instruktionen. Es könnte natürlich Grenzen geben. Wir werden die einzelnen Schritte sorgfältig bedenken müssen. Und dann gibt es noch einen wichtigen Faktor – Conlin selbst.»

«Kennen Sie ihn?»

«Ein großartiger Mann.»

«Gut.» Pascoe leerte sein Glas und stellte es behutsam ab. «Dann würde ich am liebsten gleich anfangen.»

Im Arbeitszimmer lagen mehrere Schnellhefter auf dem Schreibtisch, und an der Wand hing eine Karte des DDR-Gebiets von der Demarkationslinie bis kurz hinter Neustadt. Daneben waren ein Grundriß von Schloß Neustadt – im Maßstab 1 : 10 – und mehrere Fotografien angepinnt.

«Aha, gründlich wie eh und je.» Pascoe setzte seine Lesebrille auf. «Woher haben Sie ihn?»

«Aus dem Archiv», antwortete Teusen. «Es war ganz leicht. Das Schloß diente den größten Teil des Kriegs als Hauptquartier für einen Teil der Wehrmacht und später als Gefängnis für Prominente.»

Pascoe betrachtete eingehend die Fotos. «Sieht beinahe furchterregend aus.»

«Schon im Ersten Weltkrieg war es ein Gefängnis – für französische Offiziere. Soweit man weiß, ist keinem einzigen Häftling die Flucht gelungen.»

Pascoe nickte. «Das kann ich mir vorstellen.»

«Auf dem Schreibtisch liegen noch andere Pläne und Zeichnungen. Alles von Heeresingenieuren. Neue Straßen, die im Krieg angelegt wurden. Abwasserkanäle und dergleichen.»

Pascoe wandte sich zum Schreibtisch. «Und was sind das für Schnellhefter?»

«Informationen über die einzelnen Beteiligten. Zum Beispiel über die Franziskaner, obgleich Sie diesen Bruder Konrad noch persönlich kennenlernen werden. Dann über den Verwalter des Schlosses, einen gewissen Heinrich Berg, der bei der SS einige üble Sachen gemacht hat. Und alles, was wir über Van Buren in Erfahrung bringen konnten, was übrigens gar nicht so wenig ist.»

«Unser Außenminister gab mir eine ziemlich umfassende Akte über diesen Herrn, mit freundlicher Genehmigung der CIA. Nein, ich denke, im Augenblick interessiert mich vor allem dieser Mr. Vaughan, von dem Sie mir berichtet haben.»

«Dann brauchen Sie den hier.» Teusen schob einen Schnellhefter über den Tisch. «Ein richtiger Kosmopolit, unser Simon. Seine Großmutter war Deutsche, seine Mutter Irin.»

«Und sein Vater?»

«Er war jahrelang Kapitän eines Lastkahns auf der Themse. Starb kurz vor Ausbruch des Krieges.»

«Und was passierte danach mit dem Sohn?»

«1917 hat sein Vater offenbar seinen Colonel aus dem Sperrfeuer hinter die Linien geschleppt. Er wurde dabei selbst schwer verwundet und bekam später die Tapferkeitsmedaille. Als der alte Colonel von seinem Tod erfuhr, bestand er darauf, dem Jungen eine erstklassige Ausbildung zu verschaffen. Er schickte ihn nach Winchester, was meines Wissens wirklich eines Ihrer besten Internate ist.»

«Mein Gott», sagte Pascoe.

«Eben.» Teusen klopfte auf den Schnellhefter. «Ich denke, Sie werden eine interessante Lektüre haben.»

Eine Stunde später kehrte Teusen ins Arbeitszimmer zurück. Pascoe hatte sich mit dem Drehstuhl hinter dem Schreibtisch zur Wand gedreht und blickte mit verschränkten Armen zum Grundriß von Schloß Neustadt hoch, der an der Wand hing.

«Glauben Sie, daß es eine Möglichkeit gibt?» fragte Teusen.

«O ja.» Pascoe nahm die Brille ab und fuhr sich mit der Hand über das Gesicht. «Es gibt immer eine Möglichkeit, wenn man nur genau genug hinsieht. Sie hatten übrigens recht mit Vaughan. Eine faszinierende Geschichte. Die anderen Unterlagen habe ich nur überflogen. Ich werde sie nachher gründlicher studieren.»

«Exzellenz Pacelli ist da.»

«Ausgezeichnet.» Pascoe drehte sich mit seinem Stuhl herum. «Lassen Sie uns mit ihm reden.»

Pacelli erschien mit Schlips und Kragen und einem merkwürdig geschnittenen Tweedanzug unter einem alten Regenmantel. Pascoe kam hinter dem Schreibtisch hervor, um ihn zu begrüßen.

«Ich freue mich sehr. Wie lange ist es eigentlich her, seit wir das letztemal miteinander zu tun hatten?»

Pacelli ergriff die ausgestreckte Hand. «Fast zwanzig Jahre. Sie haben uns 1943 über Hitlers absurden Plan informiert, den Papst zu entführen.»

«Schauen Sie bitte nicht mich an», sagte Teusen. «Selbst Skorzeny bekam fast einen Herzanfall, als er davon hörte. Ihr Mantel, Exzellenz?»

«Nicht nötig. Ich habe nur ein paar Minuten Zeit und möchte sofort zur Sache kommen.»

«Wie Sie wünschen.» Pascoe forderte ihn mit einer Handbewegung auf, Platz zu nehmen, und setzte sich dann selbst. Pacelli sagte: «Ich hatte einen Anruf von Erzbischof Vagnozzi aus Washington. Er berichtete mir, daß Sie in dieser Angelegenheit tätig werden würden, Professor.»

«Wenn ich einen Weg sehe, wie ich tätig werden kann», antwortete Pascoe zurückhaltend. «Dürfen wir erfahren, was Sie beabsichtigen?»

Als Pacelli ausgeredet hatte, erklärte Pascoe: «Scheint ein interessanter Mann zu sein, Ihr Pater Hartmann. Wie konnten Sie die ostdeutschen Behörden eigentlich dazu bewegen, sich mit seiner dortigen Tätigkeit einverstanden zu erklären? Ich meine insbesondere wegen seines amerikanischen Backgrounds.»

«Er ist seit seiner Geburt Staatsbürger der DDR. Und, was noch wichtiger ist, sein Vater und seine Mutter waren Kommunisten, die für ihre Überzeugung das Leben ließen. Wir haben bei der personellen Besetzung unseres Sekretariats offiziell freie Hand. Er ist in ihren Augen übrigens besser als viele andere.»

«Wenn sie Ihre Leute überhaupt bei sich dulden?»

«Genau. Die Kirche ist drüben in einer heiklen Lage, und das gilt für alle Konfessionen. Sicher, die Verfassung garantiert freie Ausübung der Religion. Das beweist zum Beispiel schon die Existenz der Franziskaner von Neustadt.»

«Aber sie werden ständig schikaniert?»

«Genau.»

Pascoe nickte. «Was hoffen Sie also zu erreichen, indem Sie Hartmann nach Neustadt reisen lassen?»

«Ich habe keine Ahnung. Wir haben das Recht, ihn in alle Teile der DDR zu schicken, um sich um die Belange der Kirche zu kümmern – also auch nach Neustadt. Ein Recht, das sie uns aus bestimmten politischen Erwägungen dem Vatikan gegenüber auch diesmal zugestehen werden.»

«Aber man wird ihn überwachen lassen.»

«Selbstverständlich.»

«Klein wird natürlich sofort wissen, daß Sie im Bilde sind, wenn Sie Hartmann dorthin schicken. Sie kalkulieren das ein?»

«Selbstverständlich.»

Pascoe sah Teusen an. «Eine interessante Situation.»

«Das ist noch schwach ausgedrückt», bemerkte der Deutsche.

Pacelli sagte langsam: «Haben Sie in der Sache schon konkrete Pläne?»

«Noch nicht», antwortete Pascoe. «Warum fragen Sie?»

«Ich dachte eben, Hartmann könnte Ihnen in Neustadt von Nutzen sein.»

«Das stimmt», sagte Pascoe. «Aber auf eine Weise, mit der Sie unter Umständen nicht einverstanden sind.»

«Sie meinen als Köder, um den Tiger aus der Reserve zu locken?»

«Nein, eher als Trojanisches Pferd.»

«Sie denken an etwas Bestimmtes?»

«Noch ist es eine ziemlich vage Idee. Noch zu unausgegoren, um in allen Einzelheiten diskutiert zu werden. Es würde bedeuten, daß die Ostdeutschen sich ganz auf Pater Hartmann konzentrieren.»

«Während hinter ihrem Rücken etwas völlig anderes geschieht.»

«Das wäre der Grundgedanke des Plans.»

Es entstand eine lange Pause. Dann nickte der alte Jesuit bedächtig.

«Ich hätte nicht das geringste dagegen.»

«Und Pater Hartmann?»

«Wird alles tun, was wir von ihm verlangen.»

Pascoe wollte etwas sagen, doch Pacelli hob die Hand. «Lassen Sie mich noch einen Punkt klarstellen. Ich kenne Sean Conlin nun schon seit fast vierzig Jahren. Er ist ein dickköpfiger und rebellischer alter Ire, der seine Mitmenschen so sehr liebt, daß er sein Lebtag nicht imstande war, auf etwas anderes zu hören als die Stimme seines Gewissens. Er hat nicht nur die Kirche, sondern auch seinen Orden viele Male in große Verlegenheit gebracht. Dadurch ist er jedoch für Tausende von Menschen zu einem lebenden Symbol des tätigen Glaubens geworden. Die Gesellschaft Jesu wird auf keinen Fall zusehen, wie er durch die

Mangel gedreht wird. Habe ich mich deutlich genug ausgedrückt?»

«Ich denke ja», sagte Pascoe.

«Gut.» Pacelli stand auf und knöpfte seinen Regenmantel zu. «Wann darf ich damit rechnen, von Ihnen zu hören?»

«Sie erwarten Pater Hartmann übermorgen zurück?»

«Ja.»

Pascoe warf einen kurzen Blick auf Teusen. «Vielleicht könnten Sie dann ein Zusammentreffen arrangieren?»

Pacelli reichte ihnen zum Abschied nicht die Hand. «Hoffentlich finden Sie bis dahin eine akzeptable Lösung.»

Teusen begleitete ihn hinaus. Als der Deutsche zurückkam, betrachtete Pascoe erneut den Grundriß des Schlosses. Teusen zündete sich eine Zigarette an.

Pascoe nahm die Brille ab und fuhr sich mit der Hand über die Stirn, als sei er müde und erschöpft. Teusen sagte: «Sie könnten sicher ein wenig Schlaf gebrauchen.»

Pascoe sah zu ihm hoch. «Guter Gott, nein. Wenn man so alt ist wie ich, sollte man jede verbleibende Minute ausnutzen, mein lieber Bruno.» Er stand auf. «Nein, ich denke, es wird höchste Zeit, daß ich Major Vaughan kennenlerne. Das heißt, wenn Sie so freundlich wären, mich zu ihm zu bringen.»

Der Wagen bog in die Rehdenstraße ein und hielt vor dem Schild *Julius Meyer & Co., Bestattungen.*

«Ist das ausschließlich Tarnung, oder betätigen sie sich wirklich als Leichenbestatter?» fragte Pascoe, als sie ausstiegen.

Teusen lächelte: «Aber ja.»

Er öffnete das Einfahrtstor und ging vor. Das Lager war dunkel, aber in dem verglasten Büro brannte Licht. Die Tür ging auf, und Meyer schaute hinaus. «Wer ist dort?»

Seine Stimme klang nervös. Teusen blieb am Fuß der Holztreppe stehen. «Ich bin's, Bruno. Ich habe einen Freund mitgebracht. Ist Bruder Konrad da?»

«Ja. Kommen Sie herauf.» Pascoe folgte ihm die Treppe hoch. Auf dem Schreibtisch war ein Schachspiel aufgebaut; Konrad, der auf der anderen Seite saß, erhob sich. Meyer stellte den Kassettenrecorder ab. «Wo ist Simon?» fragte Teusen.

«Er holt im Café am Ende der Straße Zigaretten. Wer ist das?»

«Mein Name ist Pascoe», antwortete der Professor.

Meyer ignorierte ihn und wandte sich erneut an Teusen: «Was will er?»

«Ihnen eine Menge Geld bieten», sagte Pascoe. «Wenn Sie dabei helfen, Pater Sean Conlin wieder in den Westen zu holen.»

Meyer starrte ihn überrascht an. «Wie bitte? Soll das ein Witz sein?»

«Zehntausend Pfund, Mr. Meyer. Vielleicht noch mehr», sagte Pascoe gelassen.

Bruder Konrad sagte in holprigem Englisch: «Stimmt das? Haben Sie wirklich die Absicht, etwas für Pater Conlin zu tun?»

«Das kommt darauf an», antwortete Pascoe. «Auf viele Dinge. Zum Beispiel auf Sie und Ihre Freunde in Neustadt.»

Das Tor schlug zu, und Vaughan trat aus dem Schatten. Kurz vor den hölzernen Stufen blieb er stehen, und Pascoe ging als erster auf den Treppenabsatz und sah zu ihm hinunter.

«Guten Abend, Major Vaughan.»

Vaughan blickte hoch und sagte nichts.

«Sie wissen, wer ich bin?» fragte Pascoe.

«Sie stehen in Sandhurst auf dem Lehrplan.»

Pascoe ging die Treppe hinunter, während Vaughan sich auf einen Sarg setzte und eine Zigarette aus der Schachtel nahm, die er eben gekauft hatte. Teusen und Bruder Konrad blieben auf dem Absatz stehen.

Meyer kam ebenfalls ins Lager hinunter. «Mit Geld kann man kein Leben kaufen, Simon. Sag ihm das bitte gleich.»

«Geld macht das Leben aber leichter», sagte Pascoe. «Das ist jedenfalls eine der traurigen Erfahrungen, die ich auf dieser Welt gemacht habe.»

Vaughan zündete die Zigarette an. «Sie sind wegen Conlin gekommen?»

«So ist es. Ich möchte mich natürlich Ihrer Hilfe versichern!»

«Nicht interessiert.»

«Zehntausend Pfund.» Pascoe warf einen Blick auf Meyer. «Für jeden von Ihnen.»

«Geld.» Vaughan zuckte die Achseln. «Geld ist bestenfalls ein Tauschmittel.»

Meyer drehte sich um und ging wieder nach oben. Er sagte zu Teusen: «Tun Sie mir den Gefallen und bitten Sie mich um ein Gläschen, weil ich auch eines brauche. Vielleicht sogar zwei. Wenn er anfängt, mit sich selbst zu reden, der verdammte Kerl da unten, weiß ich, daß es bald wieder losgeht.»

Er verschwand im Büro. Pascoe sagte: «Dann tun Sie es für Conlin. Nach allem, was ich weiß, mögen Sie ihn?»

«Er ist seit seiner Geburt blindlings ins Unglück gelaufen.»

«Na gut», sagte Pascoe geduldig. «Dann tun Sie es eben für sich selbst. Weil es sonst so gut wie nichts mehr gibt, was Sie noch tun könnten.»

«Wirklich?»

«Betrachten wir einmal die Fakten. Simon Vaughan, geboren am 27. Juli 1926, knapp einen Steinwurf von den Westindiendocks entfernt.»

«Ich bin ein Sonnenlöwe», sagte Vaughan. «Die beste Dekade des Tierkreises. Haben Sie das auch gewußt?»

«Ein weiter Weg von der Isle of Dogs bis nach Winchester. Haben Sie es geschafft?»

«Nicht ganz.» Vaughan lächelte bitter. «Sie bekamen mich zu spät in die Hände, um mir noch den richtigen Akzent beibringen zu können.»

«Also meldeten Sie sich 1944 freiwillig, obgleich Sie eigentlich ein Jahr zu jung waren, und kamen zur 21. Unabhängigen Fallschirmjägerstaffel nach Arnheim. Militärmedaille. Als dann jemand entdeckte, daß Sie dank Ihrer Großmutter erstaunlich gut deutsch sprachen, wurden Sie zum Geheimdienst versetzt. Nach dem Krieg behielt man Sie dort und schickte Sie sogar nach Sandhurst.»

«Sie sehen, was eine Labour-Regierung für die kleinen Leute tut», sagte Vaughan.

«Hauptmann beim Frontnachrichtendienst in Korea, zwei Jahre Kriegsgefangenschaft in einem chinesischen

Lager, und danach wieder beim Militärischen Geheimdienst, wo Sie sich auf den Kampf gegen Saboteure, Revolutionsbewegungen im allgemeinen und so weiter spezialisierten. Die Kommunisten in Malaya, ein halbes Jahr in Kenia gegen die Mau-Mau, dann Zypern und die EOKA. Dafür bekamen Sie den Distinguished Service Order und eine Kugel in den Rücken, die Ihnen beinahe den Rest gegeben hätte.»

«Ich frage mich, wie ich es geschafft habe, dieses Pensum zu bewältigen.»

«Und dann Borneo und der Kampf gegen die Indonesier. Sie befehligten eine Kompanie von Partisanen. Die Gegend von Kota Baru wurde von Terroristen unsicher gemacht. Man befahl Ihnen, sie unschädlich zu machen.»

«Keiner kann sagen, ich hätte es nicht geschafft.»

«Sie waren zweifellos sehr gründlich. Wie viele Gefangene ließen Sie erschießen? Wie viele ließen Sie foltern, um Informationen zu bekommen? Die Zeitungen brachten die Sache damals auf der ersten Seite. Die Bestie von Selangar. Ich vermute, es waren Ihre Orden, die Sie gerettet haben. Und der Aufenthalt im Kriegsgefangenenlager war sicher auch ein Pluspunkt. Sie wurden zumindest nicht unehrenhaft entlassen.»

«Wegen vorheriger tapferer Führung», sagte Vaughan. «Wir tun, was wir können. Schade, daß die Akademie von Sandhurst keinen Gentleman aus ihm machen konnte.»

«Noch einmal», sagte Pascoe. «Sie erhielten Befehl, die Terroristen von Kota Baru bis auf den letzten Mann unschädlich zu machen, und das taten Sie auch. Sie gingen nicht gerade mit Samthandschuhen vor, aber Sie schafften es. Ihre Vorgesetzten stießen einen Seufzer der Erleichterung aus und warfen Sie dann den Wölfen zum Fraß vor.»

«Und ich konnte mich daran hochziehen, daß ich meine Pflicht getan hatte.» Vaughan schob sich die nächste Zigarette zwischen die Lippen. «Wasser unter der Brücke, Professor. Meyer kennt Berlin wie seine Westentasche. Ich spreche fließend deutsch. Es ist nicht gerade viel, aber wir können damit unser Brot verdienen.»

Eine längere Pause trat ein. Dann sagte Pascoe: «Nun?»

«Na gut», sagte Vaughan. «Aber dann muß es sich schon richtig lohnen. Zwanzigtausend – für jeden.»

«Wissen Sie, ich hatte von Anfang an das sichere Gefühl, daß Sie vernünftig werden.»

Teusen erwachte kurz nach drei Uhr morgens mit stechenden Kopfschmerzen. Er holte sich ein Aspirin aus dem Medizinschrank und ging in die Küche, um ein Glas Wasser einzuschenken. Zu seiner Verblüffung sah er unter der Tür zum Arbeitszimmer Licht. Er öffnete sie und erblickte Pascoe, der sich am Schreibtisch in die Akten vertiefte.

«Allmächtiger Gott», sagte Teusen. «Sind Sie noch nicht im Bett gewesen?»

«Ich konnte nicht schlafen.» Pascoe nahm seine Brille ab. «Aber ich bin froh, daß Sie hier sind. Ich brauche eine ganz bestimmte Information.» Er drehte sich zu der Landkarte. «Hier an der Grenze muß es doch einige kleinere Übergänge geben, besonders in den ländlichen Gebieten. Gibt es vielleicht auch welche, die Ihre Agenten benutzen können, wann sie wollen?»

«Sie meinen, wo sie Grenzbeamte von der anderen Seite bestechen können?» antwortete Teusen. «Ja. Aber es wird immer schwieriger.»

«Wie ist es dort, westlich von Neustadt? Das wäre der direkte Fluchtweg.»

«Ja.» Teusen trat näher, fand dann, was er suchte. «Es gibt einen Übergang bei Flossen. Übles Gelände. Heide. In meiner Jugend habe ich dort gejagt. Wildschweine.»

«Es ließe sich also machen?»

«Ich denke ja. Es wird nicht leicht sein – und nicht billig. Wenn Sie wollen, setze ich mich morgen mit meinem Kontaktmann aus der Gegend in Verbindung.»

«Es ist bereits Morgen», bemerkte Pascoe.

Er setzte seine Halbmondbrille auf und wandte sich wieder den Akten zu. Teusen betrachtete ihn einen Moment stumm und kam sich merkwürdig hilflos vor. Dann drehte er sich um, verließ das Zimmer und machte hinter sich die Tür zu. Er ging wieder ins Schlafzimmer und setzte sich auf den Bettrand. «Jetzt weiß ich endlich, warum wir den Krieg verloren haben», sagte er grimmig und langte nach dem Telefon.

# 6

Pascoe flog normalerweise sehr ungern in kleinen Maschinen. Sie waren laut und boten nicht einmal die grundlegendsten Annehmlichkeiten, aber an dem Flugzeug, das Teusen besorgt hatte, um noch am selben Vormittag um elf Uhr von Tempelhof in die Bundesrepublik zu fliegen, fand er keinen Makel. Es war eine beinahe fabrikneue Hawker Siddeley 125, ein einigermaßen luxuriöser Firmenjet mit zwei Triebwerken, in dem man sich sogar unterhalten konnte, ohne zu schreien.

«Dort landen wir», sagte Teusen und machte mit dem Bleistift einen Kreis auf der Karte. «Bitterfeld. Es war im Krieg eine Nachtbasis für Jäger der Luftwaffe. Ist jahrelang nicht mehr benutzt worden, liegt aber sehr günstig zur Grenze. Der dortige Agent wird uns abholen.»

«Wie weit ist es von dort bis zu dem Übergang bei Flossen, den Sie erwähnten?»

«Zehn oder zwölf Kilometer.»

Pascoe studierte eine Weile schweigend die Karte, öffnete dann seine Aktentasche, holte einen Schnellhefter heraus und begann Notizen zu machen.

Teusen sagte: «Wann werden Sie mir erzählen, was Sie vorhaben?»

«Wenn ich es selbst weiß.»

Der Deutsche holte ein Etui aus der Tasche und nahm eine seiner russischen Zigaretten heraus. «Aber Vaughan spielt dabei eine wichtige Rolle, nehme ich an?»

«O ja.» Pascoe klappte die Akte zu und steckte sie wieder in die Mappe. «Er eignet sich vorzüglich für unsere Zwecke. Ein erfahrener Berufssoldat. Er spricht genausogut deutsch wie englisch – oder noch besser. Außerdem beherrscht er russisch und kann sich sogar auf chinesisch verständlich machen. Dank seines beinahe zweijährigen Aufenthalts im Gefangenenlager in der Mandschurei.»

«Ein Killer aus Berufung.»

«Aber ein Killer mit Verstand. Eine Kombination, die man nicht oft findet.»

Teusen schüttelte den Kopf. «Was mit ihm passierte, ist eine große Tragödie. Eine glänzende Karriere ruiniert – und wofür?»

«Er tat seine Pflicht, das heißt, wie er sie auffaßte.»

«Ich habe den Eindruck, Sie teilen seinen Standpunkt?»

«Männer wie Vaughan sind wie der Henker», sagte Pascoe. «Sie nehmen uns die schmutzige Arbeit ab. Dazu braucht man eine ganz besondere Art von Mut.»

«Glauben Sie, es war richtig, daß er so handelte?»

«Nicht unbedingt, aber er handelte so, und darauf kommt es an. Ich brauche ihn, und etwas anderes zählt im Augenblick nicht.»

Zwanzig Minuten später landeten sie in Bitterfeld. Auf dem Platz standen vier kleine Hangars, und der Kontrollturm war noch intakt, aber zwischen den Pisten wuchs kniehohes Gras, und bis auf einen schwarzen Wagen, der vor dem alten Abfertigungsschuppen parkte, war weit und breit nichts zu sehen, was auf Menschen hindeutete. Ein kleiner, breitschultriger Mann stieg aus dem Wagen, als die Hawker Siddeley langsam darauf zurollte. Er hatte eine grüne Joppe an und trug eine Jägermütze. Teusen sprang als erster aus der Maschine und schüttelte ihm die Hand. «Das ist Werner Böhmler, unser Mann in Bitterfeld.»

«Herr Professor . . . sehr angenehm.»

Pascoe hatte sich umgedreht und betrachtete die alte Piste. «Der Platz wird nicht mehr benutzt, sagten Sie?»

«So ist es.»

«Gut.» Pascoe öffnete die hintere Wagentür und stieg ein. «Können wir dann fahren?»

Pater Conlin schlug die Augen auf. Es spielte eigentlich keine Rolle, weil es immer noch dunkel war. Er blieb eine Weile regungslos liegen, und sein Körper fühlte sich so taub an, daß er nicht einmal merkte, wie die Federn der Sprungmatratze sich in seinen Rücken gruben. Aber dann wurde er plötzlich durch etwas Undefinierbares aufgeschreckt, und äußerstes Unbehaben breitete sich in ihm aus. Er spürte, daß in der anderen Zelle irgend etwas Scheußliches lauerte. Er stand auf, trat zögernd einen Schritt vor und prallte an eine Steinmauer. Er machte zwei Schritte zurück, streckte die Hand aus und berührte die andere Wand. Drei behutsame Schritte brachten ihn zur dritten Wand. Von dort bis zur Tür waren es vier Schritte. Er befand sich in einem steinernen Grab. Unglaublich kalt. Ohne Anfang und ohne Ende. Eine schwarze Falle.

Ich bin ein Mensch. Ich existiere, dachte er. Ich werde nicht verzagen. Vorsichtig legte er sich wieder auf die Pritsche und fing an zu beten.

Als Klein das Büro Van Burens in der Ostberliner Universitätsklinik betrat, war nur eine junge Sekretärin anwesend, ein hübsches, dunkelhaariges Mädchen mit weißem Kittel.

«Oberst Klein», sagte er.

Sie sprang sofort auf.

«O ja, Genosse. Professor Van Buren erwartet Sie. Wenn Sie mir bitte folgen würden.»

Sie führte ihn durch einen Korridor, klopfte am anderen Ende an eine Tür, öffnete sie und brachte ihn in einen kleinen, mit Teppichboden ausgelegten Raum, in dem nur einige Sessel standen. In einem davon – er stand an einer Art Fenster, das offenbar in das Zimmer nebenan ging – saß Van Buren. Jenes Zimmer war fast dunkel, doch als Klein näher trat, sah er einen Mann, der an ein Sitzmöbel geschnallt war, das einem Behandlungsstuhl beim Zahnarzt glich.

«Was ist das?» fragte er.

«Allgemeine Beobachtung. Ich überzeuge mich gern persönlich davon, welche Fortschritte meine Patienten machen», antwortete Van Buren. «Er kann uns übrigens nicht sehen.»

In dem anderen Zimmer wurde jetzt ein Bild auf eine Leinwand projiziert – ein junges Mädchen, sehr jung und sehr attraktiv. Plötzlich bäumte sich die schattenhafte Gestalt auf dem Stuhl auf, kämpfte gegen die Fesseln an, und aus dem Lautsprecher über dem Fenster drang ein

Angstschrei. Van Buren langte hoch, stellte den Lautsprecher ab und schob eine Holzplatte vor das Fenster.

«Was war das?» fragte Klein.

«Eine der Methoden, die wir benutzen. Der Proband vergewaltigt gern junge Mädchen, möglichst frisch und knackig. Wir zeigen ihm geeignete Bilder, die ihn natürlich erregen, und verabreichen ihm dabei jedesmal einen starken Elektroschock. Dadurch vergeht ihm jede Lust. Simpel, aber sehr wirksam. Das Dumme ist, daß es sehr lange dauert.»

«Mein Gott», sagte Klein.

«Statt der Elektroschocks können wir auch mit verschiedenen Drogen arbeiten, die einen unwiderstehlichen Brechreiz auslösen, aber das ist für alle Beteiligten sehr unerfreulich. In welcher Angelegenheit wollten Sie mich sprechen?»

«Wir bekommen Schwierigkeiten mit dem Vatikan.»

«Wegen Neustadt?»

«Ja. Das Ministerium für Staatssicherheit hat mich noch nicht befugt, Sie über alles zu informieren. Ich erwarte Sie heute abend. Kommen Sie bitte um sieben Uhr in mein Büro.»

«In Ordnung.» Van Buren zündete sich eine Zigarette an. «Ich bin froh, daß Sie hereingeschaut haben. Ich hätte mich gern mit Ihnen über Conlin unterhalten.»

Klein setzte sich. «Es ist doch nichts schiefgelaufen?»

«Nein, aber ich denke, ich sollte eines klarstellen. Wir haben nicht genug Zeit für eine regelrechte Denkreform.»

Klein antwortete erst, als er sich einen seiner Stumpen angezündet hatte: «Aber Sie sagten Ulbricht doch ...»

«Was er hören wollte.»

Kleins Gesicht bekam einen beinahe entsetzten Ausdruck. «Was haben Sie also vor?»

«Mit Conlin?» entgegnete Van Buren gelassen. «Oh, ich denke, ich muß seine Persönlichkeit brechen. Für mehr reicht die Zeit nicht. Ich muß ihn auf ein Stadium reduzieren, in dem er einfach alles tut, was man ihm befiehlt.»

«Glauben Sie, daß Sie es schaffen?»

«Es wäre nicht das erstemal. In meiner Lehrzeit in Peking habe ich erlebt, wie Ping-Tschau die Persönlichkeit eines katholischen Priesters brach, indem er ihn mit zehn anderen Gefangenen in eine Zelle sperrte. Mit gewöhnlichen Verbrechern. Sie mußten ihn abwechselnd wach halten, sonst bekamen sie nichts zu essen. Nach ein paar Wochen war er so durcheinander, daß er alles nachbetete, was seine Befrager ihm sagten.»

«Warum sind Sie dann nicht in Neustadt? Warum sind Sie noch hier?»

«Ich lasse Conlin erst eine Woche in seinem eigenen Dreck schmoren», sagte Van Buren. «Er kommt am siebenten Tag heraus, und dann fangen wir an.»

Klein stand auf, ging sichtlich nervös zur Tür und drehte sich dann um. «Ich hoffe, Sie wissen, was Sie tun, Harry. Sonst . . .»

«Sonst sind wir beide erledigt. Bis heute abend.»

Van Buren wandte sich wieder dem Fenster zu, schob die Holzplatte zurück und spähte in den Nebenraum. Klein öffnete die Tür und eilte hinaus.

Peter Bülow war ein großgewachsener, trotz der großen Schrapnellnarbe auf seiner rechten Wange sympathisch wirkender Mann. Er bekleidete den Rang eines Feldwebels der Volkspolizei und hatte das Kommando über den Grenzabschnitt bei Flossen, nicht weil er ein guter Kommunist war, sondern weil der Bauernhof seiner Eltern, wo er aufgewachsen war, bei Kriegsende einen halben Kilometer zu weit östlich gelegen hatte.

Flossen lag einen knappen Kilometer entfernt auf dem Gebiet der Bundesrepublik. Bülow hatte als Junge die dortige Dorfschule besucht. Die Hälfte seiner Verwandten lebte im Westen, was seine häufigen Besuche plausibel machte. Außerdem gab es natürlich einen Dorfladen, wo er Dinge kaufen konnte, für die er auf seiner Seite einen sehr weiten Weg gehabt hätte.

An jenem Morgen wollte er etwas Besonderes abholen, denn seine Tochter Lotte hatte Geburtstag. Er hatte letzten Monat ein Kleid für sie bestellt. Etwas Besonderes aus Hamburg, um sie am Abend bei der Feier zu überraschen. Er eilte die Hauptstraße entlang, am Wirtshaus vorbei und ging hinüber zum Laden. Er betrat den Raum und knöpfte sich die Jacke auf.

Müller, der Ladenbesitzer, blickte auf und lächelte. «Ah, da bist du ja, Peter. Ich dachte schon, du hättest es vergessen.»

Sie waren Vettern zweiten Grades, und Bülow lächelte breit, als sie sich die Hand gaben. «Ist es da?»

«Natürlich. Einen Augenblick, ich hole es.»

Als er in das hintere Zimmer ging, trat Bülow ans Fenster, holte seine Pfeife aus der Tasche und schaute hinaus. Er führte ein brennendes Streichholz an den Pfeifenkopf, drehte sich um und erblickte Böhmler und Bruno Teusen hinter dem Tresen.

«Guten Tag, Herr Bülow», sagte Teusen.

«Herr Oberst?» Bülow lächelte nicht mehr.

«Ich hätte gern mit Ihnen geredet.»

«Nein.» Bülow streckte die Hand aus, als wolle er ihn abwehren. «Bitte nicht mehr. Sie haben es versprochen.»

«Ich weiß, Herr Bülow, aber diesmal ist es etwas sehr Wichtiges», sagte Teusen.

«Wie wichtig?»

Es war Pascoe, der ihm antwortete, nachdem er den Vorhang zum hinteren Raum beiseite geschoben hatte und zu ihnen getreten war. «Fünfzigtausend Mark.»

Bülow starrte ihn überrascht an und wandte sich dann wieder zu Teusen, der ihm erklärte: «Und eine gute Stelle und eine Wohnung in der Bundesrepublik, wenn Sie mit Ihrer Familie in den Westen kommen wollen.»

«Oder das gleiche in den USA, falls Ihnen das lieber ist», fügte Pascoe hinzu.

Eine Weile sagte niemand etwas. Dann brach Böhmler das Schweigen: «Sie sollten sich anhören, was der Herr Professor zu sagen hat, Peter.»

«Nein, vielen Dank. Es muß eine große Sache sein, wenn Sie soviel Geld bieten – zu groß für mich.»

«Keineswegs», sagte Böhmler. «Sie brauchen in den nächsten drei oder vier Wochen nur ab und zu ein paar Leute durchzulassen. Sie und der junge Hornstein haben nächsten Monat Nachtdienst. Das weiß ich. Von sechs Uhr abends bis sechs Uhr früh. Schleicht er immer noch zweimal die Woche herüber, um sich mit der Tochter des Bürgermeisters zu treffen?»

«Das gleiche Angebot für ihn», sagte Pascoe.

Bülow schüttelte heftig den Kopf. «Ich tue es nicht. Sie

haben uns um ein Haar erwischt, als wir im März Ihren Agenten über die Grenze ließen, und ich muß an Feldwebel Hofer denken. Er ist ein schlauer Fuchs. Und ein hundertprozentiger Genosse.»

«Aber er hat tagsüber Dienst», wandte Böhmler ein. «Was er nicht weiß, macht ihn nicht heiß.»

«Nein», sagte Bülow.

Teusen seufzte. «Es könnte sehr unangenehm werden, Herr Bülow. Wenn wir einem bestimmten Herrn in Berlin andeuten, womit Sie sich in der Vergangenheit beschäftigt haben, hätten Sie schon einen Tag später den Stasi am Hals.»

«Das würden Sie nicht tun», sagte Bülow.

«Nein, weil es nicht nötig ist. Erzählen Sie es ihm, Werner.»

Böhmler sagte: «Die guten Zeiten sind bald vorüber, Peter. Wir wissen, daß letzte Woche ein geheimes Regierungstreffen stattgefunden hat, bei dem Ulbricht ein Sofortprogramm anordnete, um die Staatsgrenze in ländlichen Gebieten besser zu sichern. Er denkt nicht zuletzt daran, die Bewacher selbst ein für allemal am kleinen Grenzverkehr zu hindern.»

«Keine Einkäufe mehr im Laden», sagte Teusen.

«Außerdem hat man beschlossen, Leute wie Sie, also Männer mit verwandtschaftlichen Beziehungen zur Bundesrepublik, in den Osten der DDR zu versetzen. Bis zum Herbst wird es hier nur noch Grenzbeamte aus anderen Teilen der Republik geben.»

«Sie lügen», sagte Bülow, aber es klang nicht sehr überzeugt.

«Seien Sie nicht dumm», erklärte Böhmler ihm. «Sie

rechnen doch schon seit einem Jahr mit so etwas.»

«Und jetzt kommt es, und wir werfen Ihnen einen Rettungsring hin», sagte Teusen. «Sie sollten dankbar sein. Was meinen Sie, wird Hornstein sich für die Sache interessieren?»

Bülow seufzte ergeben und nahm mit vorgesunkenen Schultern auf einem Stuhl am Tresen Platz. «Ja. Ich vermute schon seit einem Monat, daß er flüchten will. Er ist ganz verrückt auf die junge Conrad. Er wird sich eine solche Chance bestimmt nicht entgehen lassen.»

«Ausgezeichnet.»

«Aber meine Frau . . . und meine Tochter?»

«Wir kümmern uns um sie. Wenn Sie das letztemal herüberkommen, bringen Sie sie mit – und natürlich auch Hornstein.»

«Na gut. Was soll ich also tun?»

«Im Augenblick gar nichts», antwortete Teusen. «Werner wird sich in ein paar Tagen mit Ihnen in Verbindung setzen.»

«Sehr gut.» Bülow stand auf. Er schien seit Betreten des Ladens um zehn Jahre gealtert zu sein und sah sehr müde aus. «Kann ich jetzt gehen?»

Müller kam zögernd mit einem großen Paket aus dem Hinterzimmer und legte es auf den Tresen. Sein Gesicht war ernst. «Das Kleid. Ich habe noch ein Stück Schinken und eine Flasche Wein dazugepackt. Bestell ihr bitte einen herzlichen Glückwunsch von mir.»

Bülow starrte ihn ausdruckslos an, und erst nach einer Weile schien der Groschen bei ihm zu fallen. «Natürlich . . . wie blöd von mir. Vielen Dank.»

«Entschuldige, Peter», sagte Müller.

«Weshalb?» erwiderte Bülow bitter. «Rußland war schlimmer – aber nur ein bißchen.»

Er ging hinaus. Teusen trat ans Fenster und beobachtete, wie er die Straße hinaufhastete. «Wir benutzen die Menschen», sagte er. «Selbst wenn wir denken, daß wir im Recht sind, benutzen wir die Menschen wie Pappbecher, die wir nach getaner Arbeit einfach wegwerfen.»

«Ja», sagte Pascoe gelassen. «Der Krieg *ist* die Hölle, und man darf keinen Fehler machen, mein lieber Bruno. Das ist nun einmal unser Beruf.» Er warf einen Blick auf seine Uhr. «Ich denke, es wird langsam Zeit, daß wir zurückfliegen. Ich habe gesehen, was ich sehen wollte.»

Über Ost-Berlin bezog sich der Himmel mit Gewitterwolken, als Harry Van Buren in Kleins Büro hinter dem massiven Schreibtisch saß und die Akte Hartmann durcharbeitete. Klein stand am Fenster, starrte mißmutig hinaus und trank Kaffee.

«Mein Gott», sagte er. «Dieses Sauwetter. Solch einen Juni habe ich noch nie erlebt.» Er drehte sich um. «Was denken Sie?»

Van Buren hielt Hartmanns Paßfoto in den Lichtkegel der Schreibtischlampe. «Ein interessantes Gesicht. Er und Ulbricht haben sicher eine Menge gemeinsam.»

Klein runzelte die Stirn. «Das verstehe ich nicht.»

«Nun, hier religiöse Besessenheit – und dort politische. Zwei Seiten ein und derselben Medaille.»

Klein, der im katholischen Glauben erzogen worden war, fühlte, wie sich irgend etwas in ihm aufbäumte. Merkwürdig, daß man die Prägung jener frühen Jahre nie ganz loswurde.

«Mehr hätten Sie nicht für die Religion vorzubringen?»

«Ich sehe keinen Grund. Die Angst vor dem Dunkel – eine ohnmächtige Wut, weil man sterben muß. Die Menschen brauchen etwas, woran sie sich klammern können, und wenn nichts da ist, erfinden sie es einfach. Wann ist dieses Gesuch gekommen?»

«Gestern am späten Nachmittag. Es wurde bei der zuständigen Abteilung eingereicht. Man hat es sofort an mich weitergeleitet.»

«Mir gefällt die Ausdrucksweise.» Van Buren nahm den maschinegeschriebenen Brief hoch. «Pater Hartmann, Beauftragter des Vatikans, bittet um die freundliche Genehmigung, den Zustand der Kirche in Neustadt untersuchen zu dürfen.» Er nahm sich eine Zigarette aus dem Kasten, der auf dem Schreibtisch stand. «Sie werden ihm vermutlich sagen, wo er sich das Gesuch hinstecken soll?»

«Nein.» Klein schüttelte den Kopf. «Das geht nicht.»

Van Buren blickte mit unverhüllter Überraschung im Gesicht zu ihm auf. «Aber das ist Unsinn. Die Neustädter Kirche ist seit fünf Jahren geschlossen, und sie haben sich bisher keinen Deut darum geschert. Dieses Gesuch kann kein Zufall sein. Es kann nur eines bedeuten – sie haben erfahren, daß Conlin in der DDR sitzt.»

«Genau.»

«Und dann dieser Hartmann. Großer Gott, Sie wissen genausogut wie ich, wer er ist. Ein Spion des Vatikans. Das steht hier sogar in seiner Akte.»

«Natürlich weiß ich es», sagte Klein gelassen. «Und Hartmanns Vorgesetzte wissen, daß ich es weiß.»

«Ach so, ich verstehe», sagte Van Buren. «Ich muß zugeben, es ist gar nicht so übel. Die Logik eines Irren, könnte man sagen.»

«Politik, Harry», sagte Klein. «Ich will es Ihnen erklären. Letztes Jahr haben wir einen Geheimvertrag mit dem Vatikan unterzeichnet. Eine Art Ausgangsbasis für die künftigen Beziehungen.»

«Was heißt das schon? Sie bekämpfen die katholische Kirche doch weiterhin, wo Sie nur können.»

«Aber wir müssen irgendeinen Dialog auf höchster Ebene führen. Das ist eine politische Entscheidung des Ministerrats.»

«Unter der begnadeten Führung unseres hochgeschätzten Genossen Vorsitzenden.»

Klein ignorierte die Bemerkung. «Die Beziehungen zum Vatikan haben sich grundlegend geändert, was bei einem Papst wie Johannes ganz unvermeidlich war. Seine Enzyklika ‹Friede auf Erden› wurde im April nicht nur in den westlichen Ländern, sondern auch in Moskau sehr positiv aufgenommen. Wissen Sie das vielleicht nicht?»

«Entzückend», sagte Van Buren. «Ich hoffe, daß jetzt alle Beteiligten wunschlos glücklich sind. Ich nehme jedoch an, Sie wollen mir im Grunde nur sagen, daß Hartmann auf jeden Fall nach Neustadt kommt, ob es mir nun paßt oder nicht. Rechnen Sie tatsächlich mit einem Befreiungsversuch?»

«Eigentlich nicht. Ich glaube, er will dorthin, um ein bißchen herumzuschnüffeln, das ist alles. Ich werde ihn erst in zehn Tagen fahren lassen.»

«Sehr freundlich.»

«Wir lassen ihn natürlich von einem Agenten von Abteilung sechs beschatten. Der Mann heißt Schäfer. Ich werdeveranlassen, daß er Ihnen unterstellt wird.»

«Das wär's wohl.» Van Buren stand auf, gürtete seinen Mantel und ging zur Tür.

Klein setzte sich hinter den Schreibtisch. «Warum sind Sie sauer, Harry? Was kann Hartmann schließlich erreichen? Ich hätte gedacht, Sie würden die Sache von der amüsanten Seite nehmen.»

«Genau das, worauf ich gewartet habe. Eine kleine Abwechslung in den deprimierenden Stunden meiner täglichen Pflichten.»

Er öffnete die Tür. Klein sagte: «Ich würde gern bei der ersten Unterhaltung dabei sein. Was werden Sie ihm sagen, Harry?»

«Oh, das weiß ich jetzt schon.» Van Buren lächelte. «Vater vergib mir meine Schuld, denn ich habe gesündigt.»

Als Vaughan das Einfahrtstor öffnete und den Lagerraum betrat, schienen bereits alle versammelt zu sein. Meyer, Teusen und Bruder Konrad warteten unten, und oben in dem verglasten Büro sah er Charles Pascoe mit Pacelli und einem grauhaarigen Herrn.

Meyer, der unruhig auf und ab geschritten war, eilte ihm entgegen. «Hast du meine Nachricht bekommen?»

«Wäre ich sonst hier?» Vaughan öffnete den Reißverschluß seiner Jacke. «Was soll das bedeuten, eine Vorstandssitzung?»

«So ähnlich», sagte Teusen, ohne sich von dem Sarg zu erheben, auf dem er zusammen mit Bruder Konrad saß.

Vaughan nickte dem Franziskaner zu. «Immer noch da?»

Konrad lächelte. «Hat ganz den Anschein.»

«Wer sind die anderen?» Vaughan blickte zu dem Büro hoch.

Teusen sagte: «Der Grauhaarige ist Kurt Nordern, Professor für forensische Pathologie an der Freien Universität.»

«Forensische Pathologie?» sagte Vaughan erstaunt. «Wofür, zum Teufel, mag er ihn brauchen?»

Teusen zuckte die Achseln. «Ich nehme an, er wird es uns sagen, wenn er es für richtig hält.»

Meyer lächelte gequält: «Noch mehr Leichen.»

«Irgendwann sind wir alle mal an der Reihe, Julius. Du kannst nichts daran ändern», erklärte Vaughan ihm fröhlich. «Und der andere?» fragte er. «Wer ist das?»

«Später, Simon», sagte Teusen.

Vaughan runzelte die Stirn, zündete sich eine Zigarette an und lehnte sich an den Laster. Die vier schwiegen, und dann wurde oben die Tür geöffnet; Pascoe trat mit Nordern auf den Treppenabsatz.

«Ich danke Ihnen», sagte er auf englisch. «Ich freue mich schon jetzt auf Ihren Bericht, Herr Professor.»

Nordern gab ihm die Hand und kam dann die Treppe herunter, ein großgewachsener, hagerer Mann mit gebeugten Schultern in einem Tweedmantel. Unten blieb er kurz stehen, so daß man sein erstauntes Gesicht sehen konnte, setzte dann einen Tweedhut auf, der genau zum Mantel paßte, hastete zum Tor, öffnete es und verschwand in der Nacht.

Pascoe blickte gelassen nach unten. «Ah, da sind Sie ja, Major. Sehr schön. Wir können sofort anfangen. Wenn Sie so freundlich wären heraufzukommen?» Er drehte sich um und ging wieder ins Büro.

An der Wand hing die Karte des DDR-Gebiets von Flossen bis kurz hinter Neustadt, und daneben waren die Militärpläne vom Schloß und vom Dorf befestigt, die Teusen aus dem MAD-Archiv beschafft hatte.

Pascoe sagte: «Meine Herren, ich werde Ihnen jetzt alles Schritt für Schritt erklären, und wenn Sie mir folgen, werden Sie sicher erkennen, daß der Plan im Grunde ganz einfach ist – obgleich er Ihnen auf den ersten Blick vielleicht sehr kompliziert vorkommt.»

Niemand sagte etwas, und er fuhr fort: «Zunächst einmal folgendes. Hier bei Flossen liegt Bitterfeld, ein stillgelegter Landeplatz der Luftwaffe, der uns als Basis dienen wird. Das Grenzproblem ist so gut wie gelöst. Der Vopo-Feldwebel und sein Untergebener, die die nächsten vier Wochen Nachtdienst haben, wollen in den Westen. Wir haben also ungehinderten Zugang zur anderen Seite, allerdings mit gewissen Einschränkungen.»

«Was hilft es uns, daß wir nach drüben kommen können?» warf Vaughan ein. «Es sind dann noch achtzig Kilometer bis Neustadt, und das meiste davon ist Heide, eines der menschenleersten Gebiete der DDR. Ein paar Holzfäller, ein paar Bauern und sonst wirklich so gut wie nichts.»

Pascoe nickte. «Ich denke, der Verkehr wird praktisch nur aus Militärfahrzeugen und ein paar Vopo-Streifen bestehen.»

«Vopo-Streifen?» sagte Meyer.

«Motorradstreifen ohne feste Route. Sie haben den Auftrag, die Gegend nach ihrem Gutdünken zu durchkämmen, damit man nie genau weiß, wo sie gerade sind.»

Vaughan sagte: «Also wird jedes andere Fahrzeug sofort auffallen, und wenn es ein alter Kartoffellaster ist.»

«Ach, ich weiß nicht», erklärte Teusen. «Die Leute in der Gegend haben da eine nette Redensart. Wer sich im Wald verstecken will, muß sich als Baum verkleiden.»

«Genau», sagte Pascoe. «Sie können doch Motorrad fahren, Major Vaughan?»

«Ich habe in Uniform schon immer besser ausgesehen.» Vaughan wandte sich an Pascoe. «Ja, Professor. Ich denke, ich könnte es schaffen.»

«Schön», sagte Pascoe. «Wir werden uns in der DDR also grundsätzlich mit Militärfahrzeugen bewegen. Oberst Teusen versicherte mir, er könne jedes Vopo-Fahrzeug besorgen, das wir brauchen.»

«Kein Problem», sagte Teusen. «Sogar echte. In den letzten Jahren sind viele Vopos mit ihrem fahrbaren Untersatz in den Westen geflüchtet.»

«Wir müssen natürlich die Karte ganz genau studieren und alle Straßen auswendig lernen, damit wir die vorgesehene Route und wenigstens zwei Ausweichrouten so gut kennen, daß wir sie selbst bei Nacht mit ausreichender Geschwindigkeit fahren können – die Ausweichrouten natürlich nur, wenn etwas Unvorhergesehenes eintreten sollte. Normalerweise sehe ich keinen Grund, weshalb die Fahrt von Flossen nach Neustadt länger als anderthalb Stunden dauern sollte.»

Abermals entstand eine jener Pausen, in der alle Anwesenden auf etwas zu warten schienen, und dann sagte Vaughan geduldig: «Na gut, dann wären wir also in Neustadt, wo Conlin gefangengehalten wird ...»

«Von nicht weniger als zwanzig Männern.»

«In einer Festung, aus der bisher noch keinem Menschen die Flucht geglückt ist. Habe ich recht, Bruno?» Teusen rutschte unruhig auf seinem Stuhl hin und her, und Vaughan fuhr fort: «Was erwartet uns? Eine Zufahrt, wo hinter jeder Kurve ein Hinterhalt sein kann, Mauern wie Felsen, ein Tunnelgewölbe als Eingang, zwei bewachte Tore. Selbst eine Panzerkolonne hätte Mühe, in das Schloß zu kommen.»

«Aber kein Klempner oder Elektriker, der etwas reparieren soll», sagte Pascoe. «Das Hineinkommen ist nicht das Problem. Die Frage lautet, wie man mit Conlin hinauskommt.»

«Eben. Ich bin gespannt, wie Sie sich das vorstellen.»

Pascoe zeigte wieder auf den Grundriß des Schlosses. «Drei unterirdische Geschosse, und nach unseren Informationen sitzt Conlin im untersten, was plausibel zu sein scheint, weil dort die schlimmsten Bedingungen herrschen. Sehen Sie sich jetzt bitte das an.» Er rollte einen anderen Plan auseinander. «Im Krieg, als das Schloß von der Wehrmacht benutzt wurde, nahm man umfangreiche Verbesserungen an der Kanalisation vor. Hier, im dritten Kellergeschoß, führt ein Wartungsraum ganz in der Nähe der Zellen zu einem fast zweieinhalb Meter breiten Abwasserkanal aus Beton, der ursprünglich bis zur Elbe laufen sollte. Nach dem Arbeitsbericht der Ingenieure wurden die Arbeiten etwa hundertfünfzig Meter vom Fluß entfernt abgebrochen.»

«Warum?»

Teusen zuckte die Achseln. «Es war 1945, und die Russen rückten vor. Die Wehrmacht brauchte keine Hauptquartiere mehr.»

Vaughan betrachtete den Plan mit einem leichten Lächeln, denn die Sache hatte einen gewissen schwarzen Humor, der ihm gefiel; er mußte an die bedauernswerten Techniker der Wehrmacht denken, die dort in der Dunkelheit geschuftet hatten, während ihre Welt über ihnen zusammenbrach.

«Was hat Conlin davon?»

«Sehr viel. Berücksichtigen Sie die interessante Tatsache, daß der unterirdische Kanal ganz in der Nähe des Schloßguts vorbeiläuft, in dem die Franziskaner sitzen.» Pascoe zeigte auf die betreffende Stelle. «Wie Sie sehen, steht hier, direkt über dem Kanal, eine große Scheune. Um den Tunnel zu erreichen, braucht man nur rund zwanzig Meter tief zu graben.»

«Durch einen alten Friedhof», sagte Vaughan zu Meyer. «Jetzt weißt du, warum der Pathologe geholt wurde. Ich frage mich, wie viele tödliche Krankheiten man bekommen kann, wenn man sich durch einen solchen Haufen alter Leichen wühlt.»

«Keine einzige, wenn man die geeigneten Vorsichtsmaßnahmen trifft und die richtigen Medikamente dabei hat», sagte Pascoe. «Und da Miss Campbell in Neustadt ist, haben wir es nicht weit bis zum nächsten Arzt.»

«Und wer gräbt?» Vaughan wandte sich an Konrad. «Soll das von Ihren Leuten gemacht werden? Von allen sechsen? Und wie lange wird es dauern?»

«Eine Woche», sagte Pascoe. «Bruder Konrad hat mir berichtet, daß der Boden nach knapp drei Metern sehr locker wird.»

«Und dann? Nehmen wir einmal an, Conlin kommt durch dieses . . . dieses Kaninchenloch heraus. Wie lange dauert es, bis die Polizeihunde bei den Mönchen sind?»

«Sie werden niemanden mehr antreffen. Bruder Konrad und seine Freunde gehen auch in den Westen.»

Konrad lächelte beinahe entschuldigend. «Sehr lange hätte es ohnehin nicht mehr gedauert. Bei dem Druck, den die Behörden auf uns ausüben, würden wir höchstens noch ein Jahr aushalten.»

Vaughan warf einen fragenden Blick auf Pacelli. «Wer ist das?»

«Mein Name ist Pacelli», sagte der alte Herr. «Ich vertrete in dieser Angelegenheit die Societas Jesu, zu der auch Pater Conlin gehört.»

«Was meint er?» fragte Meyer verwirrt.

«Jesuiten, Julius», erklärte Vaughan ihm. «Soldaten Christi. Es hat ihnen soviel Spaß gemacht, Elisabeth I. zu schikanieren, daß sie seitdem gar nicht mehr aufhören konnten. Und welche Rolle spielen Sie bei diesem Unternehmen, Pater?»

«Wir veranlassen, daß einer unserer Vertreter in Ost-Berlin, Pater Hartmann, nach Neustadt reist, um den Zustand unserer dortigen Kirche zu untersuchen, die seit fünf Jahren geschlossen ist.»

«Und was wollen Sie damit erreichen?»

«Nichts», sagte Pacelli heiter.

«Der ostdeutsche Geheimdienst fühlt sich in seiner Annahme bestätigt, daß der Westen irgend etwas unternehmen wird», sagte Pascoe.

«Deshalb geben Sie ihm Hartmann?»

«Damit er was zu tun hat.»

«Und der Pater hat nichts dagegen?»

«Im Gegenteil», warf Pacelli ein.

«Gut für ihn.» Vaughan zuckte die Achseln. «Soweit

wäre alles klar. Was passiert jetzt?»

«Bruder Konrad kehrt morgen auf demselben Weg zurück, wie er gekommen ist. Sie folgen ihm in ein, zwei Tagen, aber darüber sprechen wir noch. Wir müssen noch etwas klären. Mir fällt gerade ein, daß Conlins Gesundheitszustand es ratsam erscheinen läßt, ihn möglichst schnell in den Westen zu bringen. Ich sehe hier auf der Karte, daß der Fluß knapp einen halben Kilometer südlich vom Gut an einer großen Wiese entlangfließt.»

«Das ist der Pferdegrund», sagte Bruder Konrad. «Ich weiß nicht, warum sie so heißt. Es ist guter, fester Boden. Dreihundert Meter freie Fläche zwischen den Bäumen.»

«Soweit ich weiß, kommt es nicht selten vor, daß leichte Maschinen nachts unter dem östlichen Radarschirm hindurchfliegen, um Leute über die Grenze zu schaffen», sagte Pascoe. «Kennen Sie jemanden, der den nötigen Mumm dazu hat, Bruno?»

«Ich nicht.» Teusen schüttelte den Kopf. «Aber unsere beiden Kollegen können uns sicher weiterhelfen.»

Pascoe wartete. Vaughan seufzte und sah Meyer an. «Hast du eine Ahnung, wo Max im Augenblick steckt?»

«Max?» sagte Pascoe. «Ich nehme an, der versteht sein Handwerk.»

«Die Luftwaffe war davon überzeugt.»

«Das ist lange her.»

«Immerhin holte er bei Nachteinsätzen zweiundsiebzig Lancasters herunter und schaffte außerdem noch ein paar andere Sachen, die man nicht vergißt.»

«Könnten Sie ihn ausfindig machen?»

«Ich kann es versuchen.»

«Gut. Tun Sie es bitte so bald wie möglich.»

Pacelli stand auf. «Wenn das alles ist, würde ich mich gern verabschieden. Ich habe noch viel zu tun.»

«Selbstverständlich», sagte Pascoe. «Major Vaughan, Sie könnten Exzellenz Pacelli vielleicht zum Katholischen Informationszentrum zurückfahren?»

Der alte Geistliche schüttelte den Kopf. «Nicht nötig. Es genügt, wenn Sie mir die nächste U-Bahn-Station zeigen, Herr Major. Ich brauche ein bißchen Bewegung.»

«Ich wollte nur eine Gelegenheit haben, um mit Ihnen zu sprechen, Major Vaughan», sagte Pacelli, als sie die Spree entlang zur Brücke gingen.

«Ach?» sagte Vaughan.

«Wenn meine Informationen stimmen, haben Sie in der Mandschurei in Gefangenschaft gesessen. Die Chinesen haben Sie zwei Jahre dort behalten, so daß Sie sicher am eigenen Leib erfahren haben, was die Pawlowsche Konditionierung ist und welche anderen Methoden man drüben noch anwendet. Was wird mit Conlin geschehen?»

«Das kann ich nur vermuten», antwortete Vaughan. «Er ist nämlich kein normaler Fall.»

«Würden Sie es mir bitte erklären?»

«Unser Freund Van Buren hat nicht viel Zeit. Und wenn man bei der Denkreform gute langfristige Resultate erzielen will, braucht man ziemlich lange. Er muß aber schnell ans Ziel kommen, so daß er höchstwahrscheinlich mit Drogen arbeiten wird. Allerdings kann man selbst in zwei oder drei Wochen viel erreichen, wenn man die schwachen Stellen kennt.»

«Und Pater Conlin ist ein alter Mann. Seine Gesundheit ist nicht mehr die beste.»

«Das könnte sogar helfen. Bedenken Sie, daß man ihn lebendig braucht – tot nützt er ihnen nichts mehr. Und noch etwas. Sie werden ihn aus zwei Gründen nicht allzu hart anfassen, ich meine körperlich. Erstens dürfen westliche Beobachter keine Spuren von Verletzungen sehen, und zweitens kann das Herz in seinem Alter nicht mehr sehr viel verkraften.»

«Was wird Van Buren also zuerst tun?»

«Ich denke, er wird mit sensorischer Deprivation anfangen. Totale Einzelhaft. Ungefähr eine Woche in einem dunklen Raum ohne jede Kommunikation mit anderen Menschen. Das kann ein so schreckliches Gefühl des Kontaktverlusts hervorrufen, daß die Versuchsperson die erste Hand ergreift, die sich ihr bietet.»

«Hat man das mit Ihnen gemacht?»

«Ja, mehrmals.»

«Und Sie haben überlebt?»

«Sagen wir einmal, es ist nichts mehr davon zu sehen.» Vaughan lächelte. «Ich habe eine lebhafte Phantasie, Exzellenz. Mein irisches Erbteil. Ich habe mir Geschichten ausgedacht, um die Zeit totzuschlagen.»

Pacelli lächelte. «Pater Conlin wird es schaffen.»

«Jedenfalls eine Zeitlang. Ich weiß aber nicht, welches seine schwachen Stellen sind. Wenn Van Buren sie findet, sieht es schlecht für ihn aus.»

«Und Sie glauben, Pater Conlin hätte solche Schwächen? Diese schwachen Stellen, die Sie erwähnt haben?»

«Er ist auch nur ein Mensch, nicht wahr? Wie heißt es doch in der Bibel? ‹Meine Mutter hat mich in Sünden empfangen.› Wir tragen alle an der Erbsünde, das predigen Ihre Leute doch ständig.» Sie hatten mittlerweile die

Brücke erreicht und gingen die Stufen hoch. «Auf der anderen Seite gehen Sie einfach geradeaus, und dann sind Sie in gut fünf Minuten an der U-Bahn.»

Pacelli wandte sich zur Seite und sah ihm in die Augen. «Sie werden uns also helfen, Major Vaughan, aber ich denke, Sie tun es nicht um des Geldes willen.»

Vaughan hörte auf zu lächeln. «Warum denn sonst?»

«Auch nicht wegen der jungen Dame. Das heißt, vielleicht zum Teil, aber das wäre eine leichte Antwort. Nein, Herr Major, Sie können sehr hart sein, Ihre Vergangenheit beweist es, aber das ist nur äußerlich. Die rauhe Schale. Darunter steckt immer noch der Junge, der in jenem langen, langen Sommer auf dem Schiff seines Vaters mitfuhr und nur einen Wunsch hatte – daß es nie zu Ende ging. Der Junge, der dann feststellen mußte, daß das Leben viel schlimmer war, als er befürchtet hatte.»

«Gehen Sie doch zum Teufel», sagte Vaughan brüsk und ließ ihn auf der Treppe stehen.

# 7

In Rom starb am nächsten Tag Seine Heiligkeit Papst Johannes XXIII. im Alter von einundachtzig Jahren. In seinem Zimmer im Vatikan stimmten einige kniende Kardinäle als erste der Millionen von Trauernden in aller Welt, die den Heimgang des meistgeliebten Papstes der neueren Zeit beklagen sollten, das *De profundis* an.

Der Ordensgeneral der Jesuiten stand am Fenster seines Amtszimmers im Collegio di San Roberto Bellarmino, als leise an der Tür geklopft wurde und Pater McLeod eintrat.

«Sie wollten mich sprechen, Eminenz?»

«Ja, es geht um Pater Pacelli. Er ist doch noch in Berlin? Setzen Sie sich bitte sofort mit ihm in Verbindung. Er soll umgehend zurückkommen.»

«Und Pater Hartmann?»

«Das muß Pacelli entscheiden», antwortete der Ordensgeneral, ohne sich umzublicken.

Die Tür wurde leise geschlossen, und er kniete nieder und begann für den Seelenfrieden des Mannes zu beten, der als Angelo Giuseppe Roncalli das Licht der Welt erblickt hatte.

Pacelli schaute ungeduldig aus dem Fenster seines Büros im Katholischen Informationszentrum in West-Berlin, als der klapprige Volkswagen in die Budapester Straße einbog und auf dem Parkstreifen vor dem Gebäude hielt. Der alte Priester seufzte erleichtert, und Vaughan, der auf einem Stuhl in der Ecke saß und Zeitung las, erhob sich und trat zu ihm ans Fenster.

«Das ist er also», sagte er, als Hartmann ausstieg und auf die andere Straßenseite zu Schäfer ging, der gerade seinen Motorradständer hochklappte.

«Und das ist Schäfer, sein Mann von Abteilung sechs.»

«Sie scheinen auf gutem Fuß zu stehen.»

«Sind Sie sicher, daß Sie mit ihm fertig werden?»

Vaughan nickte. «Ich denke schon.»

«Gut. Ich würde Sie ja gern segnen, aber ich habe das Gefühl, es wäre Ihnen nicht sehr angenehm.» Der Geistliche lächelte und streckte die Hand aus. «Dann kann ich Ihnen nur noch Hals- und Beinbruch wünschen, Major Vaughan.»

«Das ist mir lieber», sagte Vaughan und ging hinaus.

Kurz darauf wurde geklopft, die Tür öffnete sich abermals, und Hartmann trat ein.

«Aha, da sind Sie ja.»

«Exzellenz.»

Er stellte die lederne Aktentasche, die er mitgebracht hatte, auf den Schreibtisch. Pacelli sagte: «Haben Sie schon gehört?»

Hartmann starrte ihn verständnislos an. «Was denn, Exzellenz?»

«Der Stuhl Petri ist vakant. Der Heilige Vater ist gestorben. Ich habe es erst vor einer Stunde erfahren.»

Hartmann war sichtlich ergriffen und bekreuzigte sich. Pacelli setzte sich an den Schreibtisch. «Hatten Sie Erfolg?»

«Ja, Exzellenz.» Hartmann klappte die Aktentasche auf, holte einen großen, amtlich aussehenden Umschlag heraus und reichte ihn über den Tisch.

Pacelli öffnete ihn und faltete das Schriftstück auseinander, das er enthielt. «Ausgezeichnet», sagte er. «Und vom Minister persönlich gegengezeichnet.»

«Sie werden feststellen, daß ich noch ein paar Tage warten muß, ehe ich nach Neustadt fahren darf.»

Pacelli zuckte die Achseln. «Sie verzögern die Sache also so lange, wie sie können. Aber damit war zu rechnen.»

«Und ich werde dem militärischen Befehlshaber der Gegend unterstehen.»

«Der wahrscheinlich auf Van Buren hört.» Pacelli nickte, faltete die Reiseerlaubnis wieder zusammen und gab sie zurück. «Ich hatte gehofft, so lange zu bleiben, bis Sie mit dieser Sache fertig sind, aber ich muß sofort nach Rom fahren. Sie verstehen.»

«Natürlich, Exzellenz.» Hartmann zögerte und fuhr dann, seine Worte sorgsam abwägend, fort: «Die neue Situation in Rom. Wird sie etwas ändern?»

«Sie meinen, ob der neue Papst einverstanden sein wird?» Pacelli lächelte kühl. «Wenn der Kandidat gewinnt, an den wir alle denken, sicher nicht. Er hat einmal gesagt, er habe wenig Zeit für die Mafia, ob innerhalb oder außerhalb der Kirche.»

«So sieht er unseren Orden?»

«Die Societas Jesu hat schon immer Feinde gehabt. Sie

wissen das genausogut wie ich. Die Leute, denen unsere Macht, unser Einfluß nicht recht ist.»

«Ihre Anordnungen in dieser Sache könnten also widerrufen werden?»

«Nicht, wenn wir schnell genug handeln. Das Heilige Kollegium hat im Augenblick zweiundachtzig Mitglieder, die alle erst nach Rom kommen müssen, um in der Sixtinischen Kapelle den neuen Papst zu wählen. Kardinal Mindszenty ist verhindert, weil er immer noch in der amerikanischen Gesandtschaft in Budapest in der Falle sitzt, und das geistliche Oberhaupt von Ekuador ist zu alt zum Reisen, aber die anderen werden sicher kommen – aus allen Teilen der Welt, und das dauert seine Zeit.»

«Wie lange?»

«Mindestens vierzehn Tage. Wahrscheinlich werden wir also noch drei Wochen warten müssen, ehe es wieder einen Heiligen Vater gibt.»

«Und die Hilfsaktion für Conlin, macht sie Fortschritte?»

Pacelli nickte. «Bei unserer letzten Besprechung habe ich doch Professor Charles Pascoe erwähnt, den Engländer?»

«Ja, ich erinnere mich.»

«Er hat jetzt die Oberleitung – uneingeschränkt.» Pacelli betonte das letzte Wort. «Von nun an unterstehen Sie ihm. Sie werden ihn noch heute nachmittag kennenlernen, und er wird Ihnen das Unternehmen erklären. Ich denke, Sie werden ebenfalls der Meinung sein, daß Pascoe die nötige Kompetenz besitzt.»

«Und Schäfer?» Hartmann trat ans Fenster. «Was machen wir mit ihm?»

Pacelli trat zu ihm. «Kein Problem. Sie gehen gleich in die Tiefgarage. Dort unten wartet ein alter Laster mit der Aufschrift *Meyer & Co.* Steigen Sie einfach hinten ein, und man wird Sie zu Pascoe bringen.» Er lächelte und legte dem Jüngeren die Hand auf die Schulter. «Haben Sie Angst? Ich meine, was Neustadt betrifft?»

«Nein, Exzellenz.»

Pacelli seufzte. «Nun, ich habe mir schon gedacht, daß Sie sich nicht fürchten. In gewisser Hinsicht ist das schade.»

«Exzellenz!» Hartmann zögerte, und Pacelli wußte, daß er mit sich zu Rate ging, ob er ihn um seinen Segen bitten sollte oder nicht.

Pacelli sagte freundlich: «Sie gehen jetzt besser. Professor Pascoe erwartet Sie.»

Die Tiefgarage war überraschend groß. Hartmann sah ungefähr ein halbes Dutzend Personenwagen und, wie Pacelli gesagt hatte, den Laster. Er näherte sich der Ladefläche und wollte gerade hinaufklettern, als er innehielt, zum Fahrerhaus ging und hineinspähte. Vaughan saß am Steuer und hatte sich die Mütze ins Gesicht gezogen. Er schob sie hoch und seufzte. «Hinten», sagte er. «Die wichtigste Spielregel lautet bei uns: Tun Sie immer das, was man Ihnen gesagt hat. Ohne zu fragen.»

Hartmann wandte sich wortlos ab, ging wieder nach hinten und kletterte auf die Ladefläche. Er setzte sich an die Rückseite des Fahrerhauses, so daß man ihn von der Straße aus nicht sehen würde, und einen Augenblick später rumpelte das Fahrzeug los.

In Teusens Arbeitszimmer studierte der Jesuit die Schnellhefter, die Pascoe ihm gegeben hatte. Er war gerade bei dem letzten – Simon Vaughans Akte –, als die Tür geöffnet wurde und der Engländer eintrat.

Hartmann klappte die Akte zu, lehnte sich mit einem Seufzer zurück und fuhr sich mit der Hand über die Augen.

«Fertig?» fragte Pascoe.

«Ja, beinahe. Sehr interessant.»

«Jetzt wissen Sie genausoviel wie ich, Pater. Sie kennen unseren Plan. Und den Hintergrund der Leute, mit denen Sie zusammenarbeiten werden.»

«Ja. Einige merkwürdige Menschen. Vor allem dieser Major Vaughan.»

«Sie sind nicht mit ihm einverstanden?»

«Seine Motive beunruhigen mich.»

«Es interessiert mich nicht, ob jemand ein Dieb ist, Pater. Nur, ob er ein zuverlässiger Dieb ist. Vaughan arbeitet für Geld. Das macht ihn sehr zuverlässig.»

Es klopfte, und Teusen steckte den Kopf durch die Tür. «Bruder Konrad ist da, Charles. Er ist reisefertig.»

«Gut. Bringen Sie ihn bitte herein.»

Bruder Konrad trat ins Zimmer. Mit seiner Cordhose, dem Schiffermantel und der Tweedmütze wirkte er noch mehr wie ein Arbeiter als sonst.

«Pater Hartmann, das ist Bruder Konrad aus Neustadt.»

Die beiden Männer reichten sich die Hand. «Sie kehren heute wieder nach Neustadt zurück?» erkundigte sich Hartmann.

«Nein, nur nach Ost-Berlin. Ich schlafe bei meiner

Schwester und fahre erst morgen weiter.»

«Wie sieht die Lage dort aus?» fragte Hartmann. «Ich kann doch damit rechnen, daß ich noch einige gute Katholiken vorfinden werde, nicht wahr?»

«Eine Menge, aber es ist immer die alte Geschichte. Die Gläubigen werden von den Behörden schikaniert. Sie wissen doch, was mit der Kirche geschehen ist?»

«Ja, sie wurde vor fünf Jahren geschlossen. Wegen Besuchermangels, lautete die offizielle Begründung.»

«Der letzte Priester war Pater Honecker. Ein großartiger, sehr beliebter Mann. Er war achtzig und nicht mehr bei bester Gesundheit. Der Bezirksrat beschloß, etwas gegen ihn zu unternehmen, weil seine Gemeinde so groß war. Honecker hieß jeden willkommen, verstehen Sie? Für ihn spielte es keine Rolle, ob man Parteimitglied war oder nicht.»

«Was ist denn passiert?»

«Neben dem Altar der Kirche stand ein berühmtes gotisches Eichenkruzifix mit dem Bildnis des Erlösers. Es hieß Michaelskreuz. Eines Nachts ließ der Bezirksrat es entfernen und unten am Fluß in einem Wäldchen aufstellen. Honecker suchte ihn am nächsten Morgen auf. Er erfuhr, die Kirche werde so lange geschlossen bleiben, bis man das Kreuz wieder an seinen rechtmäßigen Platz brächte – aber der Bezirksrat könne im Augenblick keine Arbeitskräfte dafür bestellen. Er ließ offenbar durchblikken, Pater Honecker müsse es selbst tun. Das war freilich ein Ding der Unmöglichkeit, da das Kreuz mehrere Zentner wog.»

«Er versuchte es natürlich trotzdem.»

«Und starb an einem Herzanfall.»

Hartmann erwiderte nichts. Mittlerweile war Vaughan ebenfalls ins Zimmer getreten. «Nun, wir wollen Sie nicht länger aufhalten, Bruder Konrad», bemerkte Pascoe. Er nahm einen Umschlag vom Schreibtisch und reichte ihn dem Franziskaner. «Das ist für Fräulein Dr. Campbell. Der Bericht von Professor Nordern.»

«Danke.» Konrad steckte den Umschlag in seine Brusttasche und wandte sich an Vaughan: «Wann kann ich Sie also erwarten? Übermorgen?»

«Ja, das heißt, wenn alles nach Plan geht.»

Bruder Konrad sah die Männer der Reihe nach an und machte eine merkwürdig altmodische Verbeugung. «Meine Herren.» Dann ging er hinaus.

«Major Vaughan wird Sie zum Katholischen Informationszentrum zurückbringen», sagte Pascoe zu Hartmann. «Ich möchte, daß Sie folgendes tun.»

Schäfer hatte keine Zigaretten mehr, fror und war schlechter Laune, als Hartmann das Katholische Informationszentrum verließ und über die Straße zu ihm ging.

Der Mann vom SSD lächelte gequält. «Da sind Sie ja, Pater. Können wir jetzt endlich nach Haus fahren?»

«Tut mir leid, Herr Schäfer», sagte Hartmann. «Ich fürchte, ich muß die Nacht über bleiben. Hoffentlich mache ich Ihnen damit keine zu großen Unannehmlichkeiten.»

«Ich werde mich damit abfinden müssen, stimmt's?»

Schäfer versuchte, verletzt zu klingen, aber es gelang ihm nicht ganz. Frauen waren seine große Schwäche, und sein Puls ging bereits schneller, da er an die leichten Mädchen dachte, die das Hotel *Astoria* aufzusuchen pflegten.

Hundert Meter weiter, auf der anderen Straßenseite, konnte er den Eingang sehen.

«Darf ich Sie dann um den Wagenschlüssel bitten, Pater?»

«Natürlich.» Hartmann reichte ihm den Schlüssel. «Ich wollte Ihnen noch etwas sagen, nächsten Sonntag . . .»

«Fahren Sie nach Neustadt an der Elbe. Ja, das hat man mir schon berichtet, Pater. Das Amt hält es für richtig, uns über solche Kleinigkeiten auf dem laufenden zu halten.»

«Sehr umsichtig. Ich fürchte, ich werde einige Wochen dort bleiben müssen.»

«Die Landluft wird mir guttun. Ich rauche zuviel.»

«Und Ihre Frau?»

«Keine Sorge. Das Baby ist erst in drei Monaten fällig, und außerdem wohnt ihre Mutter jetzt bei uns. Noch ein Grund, für einige Zeit zu verschwinden. Bis morgen früh, Pater.»

Er klappte den Ständer seines Motorrads zurück und schob die Maschine zum *Astoria*, während Hartmann über die Straße zurückeilte. Als er das kleine Büro im ersten Stock betrat, standen Vaughan und Meyer am Fenster.

«Er hat es sehr gut aufgenommen», berichtete Hartmann.

«Wirklich?» sagte Vaughan. «Julius, bring Pater Hartmann jetzt zu Teusen. Du kannst mich in einer Stunde wieder abholen.»

Hartmann sah ihn erstaunt an. «Sie bleiben hier?»

«So ist es.»

Vaughan würdigte ihn keines weiteren Wortes und beobachtete wieder Schäfer, der das Hotel unterdessen fast erreicht hatte. Hartmann zögerte und ging dann zusammen mit Meyer hinaus. Schäfer war jetzt vor dem *Astoria*. Er stellte das Motorrad an der Hauswand ab, blockierte das Hinterrad mit einer Kette und Vorhängeschloß und verschwand im Hoteleingang. Vaughan holte einen Stuhl ans Fenster, nahm Platz, zündete sich eine Zigarette an und wartete.

Als Schäfer die winzige Bar des Hotels betrat, sah er zu seiner Enttäuschung, daß sie bis auf den Besitzer, Willi Scheel, einen dicken, schmierig wirkenden Mann, der ständig auf einem Hocker an der Registrierkasse saß und Sportzeitschriften las, leer war. «Ah, guten Abend, Herr Schäfer. Ich freue mich, Sie zu sehen. Ich hoffe, Sie schlafen bei uns?»

Er langte nach einer Flasche Kognak, öffnete sie und füllte ein Glas, das er dem Agenten dann über die Theke schob.

«Ja, aber nur heute nacht.» Schäfer leerte das Glas mit einem Zug. «Ich brauche dringend eine Zigarette. Scheint nicht viel los zu sein.»

«Noch zu früh», antwortete Scheel. «Aber in ein paar Stunden werden mehr als genug da sein. Das ist bei schlechtem Wetter immer so.» Er berührte den Kragen von Schäfers Mantel mit seiner fleischigen Hand und verzog das Gesicht. «Sie sind ja völlig durchnäßt. Was Sie im Augenblick brauchen, ist ein heißes Bad.»

«Keine schlechte Idee», sagte Schäfer.

Scheel hob die Stimme. «Jutta? Wo stecken Sie denn?

Wir haben einen Gast!» Er schenkte Schäfer noch einen Kognak ein.

«Jutta?» fragte Schäfer. «Sie ist neu, nicht wahr?»

Scheel nickte. «Es wird weiß Gott immer schwerer, in dieser Branche Hilfe zu bekommen, aber diese Person hätte ich eigentlich nicht nehmen sollen. Eine richtige Dirne. Sobald ein Mann in ihre Nähe kommt, verwandelt sie sich in eine läufige Hündin.»

Schäfer nippte an seinem Kognak. «Wirklich?»

«Bei ihr müssen Sie gut aufpassen», erklärte Schäfer mit einem vielsagenden Lächeln.

«Ja, was ist denn?»

Die Stimme war rauh und herausfordernd. Schäfer drehte sich um und sah im Eingang zur Bar eine junge Frau. Sie war klein, hatte hohe Wangenknochen, mandelförmige Augen und ein freches Kindergesicht. Ihr viel zu kurzes, schwarzes Kleid war kraus und schmuddelig. Besonders auffällig waren die schwarzen Lackschuhe, die enorm hohe Absätze hatten.

Schäfer verschluckte sich beinahe am Rest seines Kognaks, als Scheel sagte: «Bringen Sie Herrn Schäfer auf Nummer neun und lassen Sie ihm ein Bad einlaufen. Danach können Sie Pause machen.» Er schob Schäfer die Kognakflasche über die Theke. «Gönnen Sie sich etwas Gutes und nehmen Sie die mit. Dann schwitzen Sie in der Wanne noch besser.»

Er fing an zu lachen, und Schäfer räusperte sich, nahm die Flasche und folgte dem Mädchen. Sie war bereits mitten auf der Treppe, und bei jedem Schritt spannte sich der Rock über ihren Gesäßbacken. Ihre schwarzen Strümpfe hatten Laufmaschen. Er stand dicht hinter ihr, als sie den

Schlüssel ins Schloß steckte, und sie stemmte sich kurz gegen ihn, so daß er wieder das erregende Prickeln spürte, das in solchen Situationen nie auf sich warten ließ.

Sie drehte sich um und musterte ihn gelassen. «Sie sollten sofort den Mantel ausziehen. Sonst werden Sie sich noch den Tod holen. Ich mache schnell das Bett fertig.»

Schäfer stellte die Flasche auf einen Tisch und knöpfte sich den Mantel auf, während sie sich über das Bett beugte, um die Tagesdecke zurückzuschlagen, wobei ihr Rock hochrutschte und über den dunklen Strümpfen nacktes Fleisch entblößte. Das war mehr, als er ertragen konnte, und er packte sie von hinten und bedeckte ihre Brüste.

«He, nicht so stürmisch», sagte sie, als er sie an sich preßte. «Sie werden sich den Tod holen, ich habe Sie gewarnt. Was Sie brauchen, ist ein doppelter Kognak. Der wird Sie aufwärmen.»

«Und dann?» fragte er.

«Dann sehen wir weiter.»

Sie ging ins Badezimmer und kehrte mit einem Zahnputzglas zurück, das sie gut halbvoll schenkte. Er hatte sich schon bis auf Hemd und Hose ausgezogen.

Sie hielt ihm das Glas hin. «Auf uns, Süßer. Ein guter Schluck, dann werden Sie nichts mehr überstürzen. Ich dachte, das würde Ihnen besser gefallen, stimmt's?»

Er würgte beinahe, als er das Glas leerte, das er anschließend einfach fallen ließ, um sie auf das Bett zu schieben und sich auf sie zu werfen. Seine Hände suchten die Knöpfe ihres Kleides. Seine Finger fühlten sich dick und taub an, und die Knöpfe wollten nicht gehorchen. Sie redete mit ihm, aber er konnte nicht hören, was sie sagte, und dann war sie plötzlich nicht mehr da.

Die junge Frau strich ihr Kleid glatt, ging ans Fenster, öffnete es und beugte sich hinaus. Dann trat sie wieder ans Bett, griff in Schäfers Jackentasche, fand seine Zigaretten und zündete sich eine an. Dann legte sie sich neben ihn aufs Bett, schob sich beide Kissen unter den Kopf und wartete.

Nach einer Weile ging die Tür auf, und Vaughan trat ein. «Sehr hübsch», begrüßte er sie auf deutsch. «Der Blaue Engel in der geteilten Stadt, wenn ich so sagen darf.»

Das Mädchen lächelte, und als sie sprach, war ihre Stimme auf einmal sehr klar, ihr Akzent gepflegt. «Ich weiß zwar nicht, was du in die Flasche getan hast, aber es hat prompt gewirkt. Und gerade noch rechtzeitig. Er scheint wirklich keinen Rock auslassen zu können.»

Vaughan zog ein Augenlid Schäfers hoch. «Ich würde sagen, es reicht für zehn oder zwölf Stunden. Ein erstklassiges Mittel, aber man braucht ein gutes Herz, um es zu verkraften. Hoffentlich hat er das.»

«Du bist ein Menschenfreund.»

Er durchsuchte Schäfers Jacke und zog die Brieftasche heraus. Sie enthielt einige hundert Mark, ein Foto von Margarete und den Kindern, Entlassungspapiere der Volksarmee – Schäfer hatte es bis zum Feldwebel gebracht –, einen SSD-Ausweis und den Führerschein des Agenten.

Er steckte die Dokumente in die Brieftasche zurück. «Ich lasse sie in ungefähr zwei Stunden wieder herbringen. Tu sie dann bitte wieder in die Jacke. Dann kannst du gehen.»

«Vielen Dank.»

«Hast du im Augenblick zu tun?»

«Nächste Woche habe ich ein Fernsehspiel und die Woche danach Probeaufnahmen für einen Kriegsfilm in München.»

«Ein hartes Brot, nicht wahr?»

Vaughan ging hinaus und schloß behutsam die Tür. Sie zündete sich noch eine Zigarette an, lehnte sich zurück und starrte zur Decke. Neben ihr begann Schäfer leise zu schnarchen.

Teusen untersuchte die Ausweispapiere im Licht seiner Schreibtischlampe und nickte befriedigt.

«Ich habe Jutta versprochen, daß ich sie in zwei Stunden zurückbringen lasse», sagte Vaughan.

«Kein Problem. Einer von meinen Männern kann sie abgeben.»

«Gut. Ich glaube, sie hat keine Lust, die Gesellschaft von Herrn Schäfer noch länger zu genießen. Sie ist eine gute Schauspielerin, aber eine Hure läßt sich auf der Bühne sicher leichter spielen als in Wirklichkeit.»

«Sie haben Hartmann doch nichts davon erzählt?»

«Ich dachte, es würde ihm nicht sehr gefallen.»

Teusen nickte. «Ja, dieser Jesuit könnte uns Schwierigkeiten machen.»

«Wo ist Pascoe übrigens?»

«Im amerikanischen Generalkonsulat. Der Außenminister erwartet seinen Anruf, natürlich über den Zerhakker. Was steht jetzt auf dem Programm?»

«Will Pascoe den Pater immer noch mit einer leichten Maschine über die Grenze bringen lassen?»

«Ja.»

«Dann muß ich unbedingt Max Kubel auftreiben.»

«Sehen Sie dabei irgendwelche Probleme?»

«Eigentlich nicht. Sie wissen, daß Max dauernd auf Achse ist, aber Julius hat schon seine Fühler ausgestreckt. Vielleicht ist er bereits fündig geworden.»

Sie gingen ins Nebenzimmer. Hartmann stand auf der Terrasse und blickte über die Stadt. Meyer telefonierte. Er legte den Hörer auf und wandte sich an Vaughan. «Das war Ziggy. Er weiß nicht, wo Max diese Woche spielt, aber er hat Madame Rosa offenbar als Briefkasten benutzt.»

«Spielt?» fragte Teusen überrascht.

«Ja, Klavier», sagte Meyer. «Er spielt Jazzmusik in Nachtlokalen, um sich die Miete zu verdienen.»

Vaughan sagte: «Wir fahren jetzt zu Rosa und setzen Sie unterwegs ab, Pater.»

Hartmann erklärte: «Könnte ich nicht mitkommen? Ich habe den Eindruck, daß es interessant wird.»

«Vielleicht sogar aufregend. Würde Ihrem Kragen nicht gut bekommen.»

Teusen ging in sein Schlafzimmer und kam mit einem Abendschal aus schwarzer Seide zurück, den er Pater Hartmann reichte. «Auf welcher Seite stehen Sie?» fragte Vaughan.

Hartmann band sich den Schal so um, daß sein Priesterkragen nicht mehr zu sehen war. «Zufrieden, Herr Major?»

«Warum nicht?» sagte Vaughan. «Es könnte wirklich ein netter Abend werden.» Er ging voran, und unten zwängten sich die drei Männer ins Fahrerhaus des Lasters. Vaughan fuhr. Am Kurfürstendamm passierten sie die Kaiser-Wilhelm-Gedächtniskirche, die von Scheinwerfern angestrahlt wurde.

«Berlin!» sagte Meyer. «Was für eine Stadt. Ob Sie es glauben oder nicht, Pater, sie besteht zu einem Drittel aus Wald und Grünflächen. Es gibt immer noch über hundert Bauernhöfe, zwanzig Theater – und die Philharmonie . . .»

«Und mehr als genug Abwechslungsmöglichkeiten für Leute, die fleischliche Genüsse vorziehen», ergänzte Vaughan trocken.

«Außerdem kann man meiner Meinung nach nirgends auf der Welt so gut essen wie hier.»

«Man sollte nicht glauben, daß die Gestapo ihn 1939 aus der Stadt gejagt hat», meinte Vaughan.

Aber Meyer ignorierte ihn. «Als alter Jude darf ich es eigentlich nicht sagen, Pater, aber ich gestehe trotzdem, daß ich das Essen in Berlin großartig finde, obgleich es alles andere als koscher ist.»

Vaughan bog in eine Straße mit Mietshäusern der Jahrhundertwende ein, fuhr an den Gehsteig und hielt. Er ging die Eingangsstufen zu einem der Gebäude hoch und studierte die Namensschilder.

Hartmann fragte: «Sind Sie schon lange zusammen?»

«Das kann man nicht sagen», antwortete Meyer. «Simon war Berufsoffizier und bekam Schwierigkeiten im Fernen Osten.»

«Ja, ich weiß.»

«Als ich ihn kennenlernte, war er Polizeichef in einem kleinen Emirat am Arabischen Golf. Er hat mir damals das Leben gerettet.»

«Sie halten sehr viel von ihm, nicht wahr?»

«Er ist ein guter Kerl.»

Dann hörten sie Vaughans Stimme. «Hier ist es!»

Er drückte auf den Klingelknopf und sagte ein paar Worte in die Sprechanlage. Als sie den Eingang erreichten, ertönte der Türsummer, und der Engländer führte sie ins Haus. Es wirkte einigermaßen gepflegt, die Wände waren gebrochen weiß gestrichen, und auf der schmalen Treppe lag ein Läufer. Die Wohnung, die sie suchten, war im ersten Stock, und an der Tür verkündete ein Messingschild: Rosa – Chinesische Horoskope.

«Mein Gott», sagte Meyer. «Mit was für Leuten man in diesem Gewerbe zusammenkommt.»

«Haben Sie etwas dagegen?» fragte Hartmann.

«Zumindest habe ich etwas gegen Horoskope, ob chinesische oder andere. So ein Quatsch.»

Die Tür wurde geöffnet. Die Frau, die sie erblickten, war sehr alt und hatte ein langes, schwarzes Gewand an. Sie trug Ohrringe und hatte sich die weißen Haare straff nach hinten gekämmt. Ihr pergamentenes Gesicht wirkte wächsern, was von den dunklen, brennenden Augen noch unterstrichen wurde.

«Wann sind Sie geboren?» fragte sie Meyer mit einer Stimme, die kaum mehr als ein Flüstern war. «Am 28. oder 29. Dezember?»

Er erschrak sichtlich. «Am 27.»

«Ein typischer Steinbock», sagte sie. «Wenn er im Sterben liegt und einen Arzt holt, wird er ihn als erstes nach seiner Approbation fragen.»

Vaughan griente. «Ich würde sagen, das ist ein ziemlich genaues Horoskop, nicht wahr, Julius? Übrigens, ich suche Max. Max Kubel. Ziggy Schmidt sagte, Sie könnten uns vielleicht weiterhelfen.»

«Max?» fragte sie. «Sind Sie Freunde von ihm?»

«Das will ich meinen.»

«Na schön, kommen Sie bitte herein.»

Das Wohnzimmer war gut geheizt, im Ofen prasselte ein Feuer, und davor schliefen zwei weiße Katzen. Es war unordentlich, aber gemütlich, und überall lagen Bücher herum. Sie setzte sich an einen runden Mahagonitisch und forderte die drei mit einer Handbewegung auf, ebenfalls Platz zu nehmen. «Ich dachte schon, Sie wollten sich Ihr Horoskop stellen lassen.»

Hartmann antwortete ihr: «Warum eigentlich nicht? Wir wollen Sie schließlich nicht umsonst bemühen. Was kostet es?»

«Ich nehme nur freiwillige Spenden.» Sie musterte ihn aufmerksam, und er zog seine Brieftasche heraus und nahm einen Hundertmarkschein. «In welchem Jahr sind Sie geboren? Beim chinesischen Horoskop kommt es nämlich auf das Jahr an.»

«1930.»

«Das Jahr des Pferds.» Sie nickte. «Ende April, nehme ich an.»

«Das stimmt.»

«Also Pferd und Stier. Sie dienen einem harten Herrn. Dem härtesten Herrn, den es auf der Welt gibt, glaube ich.» Sie streckte die Hand aus und schob den Schal zur Seite. «Sehen Sie, ich habe recht.»

«Scheint so.»

«Vom Feuer genährt und vom Feuer verzehrt. Sie müssen sehr achtgeben.»

«Vielen Dank, das werde ich tun», erwiderte er feierlich.

Sie wandte sich an Meyer, der beide Hände vors Gesicht

hielt. «Nein, sagen Sie bitte nichts. Ich will diesen Blödsinn nicht hören.»

«Verschwenden Sie nicht Ihre Zeit», sagte Vaughan. «Versuchen Sie's mit mir. 27. Juli 1926.»

«Der Tiger und der Löwe», sagte sie. «Beides Raubtiere, und nachts haben die Menschen Angst vorm Tiger. Sie gehen über Leichen, mein Herr.» Sie stand auf. «Ich bin müde. Sie finden den Max im *Tabu* in der Josephstraße.»

Sie verließ den Raum. Hartmann sagte leise: «‹Madame Sosostris, die weiseste Frau Europas.› Kennen Sie das Zitat, Herr Major?»

«Ich kenne auch den Vers, der danach kommt», antwortete Vaughan. «‹Ich finde den Gehängten nicht.› Ich habe das Gefühl, daß sie ihn eben gefunden hat. Eliot wußte, wovon er sprach.»

«Eliot?» fragte Meyer. «Was für ein Eliot?»

«Ist nicht weiter wichtig, Julius.»

«Kennen Sie dieses *Tabu*?» fragte Hartmann.

«Ein richtiger Berliner kennt alles, Pater – vom eleganten Nachtklub bis zur üblen Kaschemme, wo kleine Gauner jeden Auftrag annehmen.»

«Und zu welcher Sorte gehört das *Tabu*?»

«Nun, es liegt irgendwo dazwischen. Es könnte schlimmer sein. Aber vielleicht ist es doch besser, wenn wir Sie unterwegs irgendwo absetzen.»

«Unsinn», sagte Hartmann. «Ein notwendiges Stadium meiner Erziehung. Finden Sie nicht, Herr Major?»

# 8

Im Zweiten Weltkrieg waren die deutschen Jägerpiloten ihren alliierten Gegnern in erstaunlichem – beinahe unglaublichem – Maße überlegen, was die Zahl der Abschüsse pro Mann betraf. Der erfolgreichste Pilot der Luftwaffe holte angeblich fast neunmal so viel Maschinen vom Himmel wie seine besten britischen und amerikanischen Gegenspieler, und es gab nicht weniger als 35 Deutsche, die jeweils über 150 feindliche Flugzeuge abschossen, ein illustrer Kreis, in den Max Kubel freilich nicht aufgenommen wurde, weil er «nur» 149 Feindmaschinen auf seinem Konto verbuchen konnte.

Er war erst zwanzig Jahre alt, als er mit der Legion Condor seinen ersten Kampfeinsatz in Spanien flog. In Polen erwischte es ihn dann selbst, und er mußte mit dem Fallschirm abspringen, ein Mißgeschick, das ihn später noch siebenmal ereilen sollte.

Nach dem heißen Sommer der Schlacht um England, als der Sieg so greifbar nahe schien, kam die Ostfront. Am 12. Juni 1943 wurde Kubel im Luftraum von Kiew abgeschossen und von den Sowjets gefangengenommen, doch ihm glückte die Flucht, und er kaperte einen Yak-Jäger und flog damit wieder auf deutsch besetztes Gebiet. Für dieses Bravourstück bekam er das Eichenlaub zu seinem

Ritterkreuz und wurde für eine Weile zum Idol der deutschen Jugend. Anschließend durfte er eine Zeitlang keine Kampfeinsätze mehr fliegen und erhielt einen Schreibtischposten bei der Luftwaffenaufsicht, wo er es fast ein Jahr aushalten mußte, bis man ihn im Frühjahr 1944 endlich wieder einer Jagdstaffel zuteilte, die Nachteinsätze flog. Im September 1944 diente er bei einer Übungsstaffel von Me 262, die ersten Düsenflugzeuge der Welt. Am 2. Oktober desselben Jahres stürzte seine Maschine bei Hamburg ab und ging in Flammen auf, und er wurde auf Anweisung Görings in das Krankenhaus Weißach in Bayern transportiert, wo man sich auf die Behandlung von Verbrennungen dritten Grades spezialisiert hatte. Erst im März 1946 war er wieder soweit hergestellt, daß er entlassen wurde.

Er saß im *Tabu* am Flügel und wirkte mit seinen blonden Haaren und den kecken blauen Augen, die die Frauen unwiderstehlich fanden, viel jünger als siebenundvierzig. Die alte Luftwaffenjacke aus schwarzem Leder, die er trug, gab ihm etwas Verwegenes, und er wurde auf dem Podium an der kleinen Tanzfläche von Mädchen umringt. Als sich Vaughan, Hartmann und Meyer über das Geländer der Empore beugten, begann er ein mitreißendes Arrangement des *St. Louis Blues* zu spielen.

«Er ist sehr gut», sagte Hartmann.

«Max sagt das auch immer. Er kann sich fabelhaft in Szene setzen. Wenn es nicht verboten wäre, Naziorden anzulegen, würde er garantiert sein Ritterkreuz tragen.»

Meyer setzte sich an einen Tisch und rief einen Kellner her. «Möchtet ihr auch eine Kleinigkeit essen?»

Vaughan warf Hartmann einen Blick zu und schüttelte den Kopf. «Nein, wir trinken nur eine Flasche Wein. Einen Niersteiner oder etwas Ähnliches.»

Kubel blickte hoch, erkannte sie und winkte. Hartmann sagte: «Zu einem solchen Nachtflug gehört viel Mut.»

«Innsbruck hat eine der ältesten Skisprungschanzen der Welt. Beim Abheben sieht man im Tal eine Kirche mit Friedhof. Wenn man sehr gut ist, landet man vielleicht dreihundertsechzehn Meter weiter unten, ohne sich alle Knochen zu brechen.» Vaughan zündete sich eine Zigarette an. «Max macht das immer noch mehrmals im Jahr, um fit zu bleiben. Er hat einfach keine Nerven. Man muß sie ihm im Krieg bei den Operationen nach seinen vielen Verwundungen herausgenommen haben.»

Max Kubel erhob sich und wurde von einem Akkordeonspieler abgelöst. Das Lokal war gestopft voll, meist Herren in den besten Jahren oder älter, und auch die meisten Mädchen waren nicht mehr ganz jung.

«Hier findet man leicht Anschluß», sagte Vaughan. «Allerdings nur gegen bar.»

«Ein merkwürdiges Phänomen», bemerkte Hartmann. «Wir meinen immer, wir könnten Liebe schenken, aber auch wir schenken sie nur unter bestimmten Bedingungen. Glauben Sie vielleicht, daß ich mich vor der Sünde fürchte, Herr Major? Selbst ein Dorfpriester bekommt im Beichtstuhl in einer Woche mehr Schlechtigkeit und Böses mit als ein Durchschnittsmensch in seinem ganzen Leben.»

In diesem Augenblick erschien Kubel auf der Empore. Er blieb kurz stehen, um sich eine Zigarette anzuzünden, nahm dann einen Stuhl und setzte sich an ihren Tisch.

«Guten Abend, Simon. Wie geht's, Julius?» Er warf einen prüfenden Blick auf Hartmann und machte dann plötzlich große Augen. Er streckte die Hand aus und zog den Seidenschal etwas zur Seite. «Großer Gott.»

«Keine Sorge, er will deine Seele nicht retten.»

«Jedenfalls nicht heute.» Der Priester lächelte und reichte ihm die Hand. «Erich Hartmann.»

Der Kellner brachte den Wein und Gläser, und Kubel langte nach der Flasche. Vaughan sagte leichthin: «Übrigens, fliegst du immer noch deine Schwarze Hexe?»

«Von der würde ich mich nie trennen.»

«Wo steht sie?»

«Auf einem Klubflugplatz bei Celle.» Kubels Stimme war gleichmütig, aber sein Blick verriet äußerste Wachsamkeit.

«Schwarze Hexe?» fragte Hartmann.

«Ein alter Fieseler Storch, der früher als Aufklärer diente. Er gehört jetzt Max. Er hat ihn schwarz gestrichen, damit man ihn bei gewissen nächtlichen Flügen nicht gleich sieht.»

«Das ist vorbei», sagte Kubel. «Drüben lernen sie immer mehr hinzu. Im April ist Heini Braun in seiner Henschel von einer MiG abgefangen und ohne Warnung heruntergeholt worden.»

«Diese russischen Kisten», sagte Vaughan. «Du würdest sofort damit fertig werden, bei deiner Erfahrung.»

Kubel lächelte breit. «Weißt du, Simon, in meinen Jahren wird man langsam bescheiden und gibt sich mit den einfachen Dingen zufrieden. Ein gutes Klavier, ein Glas Wein, ein unkompliziertes Mädchen ...»

«Mehr nicht?» sagte Hartmann. «Ist das wirklich alles, was Sie sich wünschen?»

Kubel wandte sich zu ihm. «Im Grunde ja, Pater. ‹Es ist alles ganz eitel.› So steht es doch in der Bibel?»

Vaughan beugte sich vor. «Ein Flug, Max, irgendwann in den nächsten vierzehn Tagen. Neustadt an der Elbe, achtzig Kilometer hinter der Demarkationslinie. Zwanzig Minuten hin – zwanzig Minuten zurück. Zwei Fahrgäste.»

«Ich habe dir doch gesagt, daß ich so etwas nicht mehr mache. Du verschwendest nur deine Zeit.»

«Hunderttausend Mark oder den Gegenwert in jeder beliebigen Währung.»

«Mein Gott, wen willst du herausholen, Walter Ulbricht persönlich?»

«Nicht ganz.»

Kubel klopfte unruhig mit den Fingern auf den Tisch, während er über das Angebot nachdachte. «Für wen würde ich arbeiten?» fragte er schließlich.

«Ich könnte dich gleich zu ihm bringen.»

Eine vollbusige Frau um die Vierzig hatte die Gruppe schon eine ganze Weile sichtlich nervös beobachtet. Ihr Make-up war etwas zu sorgfältig, und sie hatte ihre blonden Haare so hochtoupiert, wie es vielleicht zu einem jüngeren Mädchen gepaßt hätte, aber sie war entschieden nicht ohne einen gewissen Reiz. Kubel lächelte ihr zu. «In Ordnung, dann möchte ich deinen Freund kennenlernen, Simon. Aber du mußt noch ein bißchen Geduld haben.» Er griff nach der Hand der Frau. «Zuerst möchte ich mit Frau Ziegeler tanzen, denn ihr gehört das Lokal, und man muß etwas tun, um den Chef bei Laune zu halten.»

Hartmann und Vaughan lehnten sich über die Brüstung und sahen zu, wie Kubel und die Frau zur überfüllten Tanzfläche gingen.

«Ich habe mir gedacht, daß er anbeißt», sagte Vaughan.

«Sie halten sich offenbar für einen Mann mit gutem Urteilsvermögen, Herr Major?»

«Ich verstehe Männer wie Max», antwortete Vaughan gelassen. «Sie sind eine ganz spezielle Rasse.»

«Inwiefern?»

«Er lebt in einer Welt der Tat. Sie denken nach – er handelt.»

«Würden Sie mir genauer erklären, was Sie meinen?»

«Politik oder Konversation. Philosophie oder Sex.» Vaughan blickte zur Tanzfläche hinunter, wo Kubel nicht ohne Hingabe Frau Ziegelers Gesäß massierte. «Sehen Sie, was ich meine?»

«Und Sie, Herr Major?»

«Als ich fünfzehn war, sagte mir meine Großmutter einmal, es gebe drei Dinge, die ich wie die Pest meiden solle. Trinken, Kartenspielen und leichte Mädchen.»

«Haben Sie den Rat befolgt?»

«Nun, ich spiele nicht Poker, Pater, weil ich nichts zu verlieren habe.»

«Im Gegenteil», erklärte Hartmann. «Ich würde sagen, Sie haben alles zu verlieren.»

Vaughan lachte auf und wandte sich an Meyer, der gerade zu Ende gegessen hatte. «Hast du das gehört, Julius? Es besteht noch Hoffnung für mich. Um Himmels willen, wir müssen Max von seiner Schönen trennen und uns aus dem Staub machen, sonst fängt unser Freund noch an, von der Empore hier zu predigen.»

Draußen regnete es in Strömen. Die Autos auf der Straße kamen kaum voran, weil eine Seite wegen Kanalisationsarbeiten gesperrt war. Am anderen Ende erblickten sie einen Menschenauflauf – Arbeiter und neugierige Passanten. Ein Streifenwagen näherte sich, dann noch einer.

«Wo habt ihr geparkt?» fragte Kubel und sah angewidert in den Regen hinaus.

«Gleich um die Ecke», antwortete Vaughan. «Hier vor der Tür war es unmöglich.»

Als sie auf die Leute zugingen, hielt er einen Arbeiter, der vorbeieilen wollte, am Arm fest. «Was ist denn los? Ein Unfall?»

«Ja, ein Kanalarbeiter liegt unter einem Rohrstück und kann nicht mehr raus. Und bei diesem Regen steigt das Wasser von Minute zu Minute. Es sieht böse aus.»

Er riß sich los, und Hartmann eilte als erster weiter. Die Leichtigkeit, mit der er sich einen Weg durch die Menschen bahnte, war nicht zu verkennen, und zum erstenmal fiel Vaughan auf, wie groß der Jesuit war, wie breitschultrig.

«Was hat er vor?» fragte Meyer, als Hartmann stehenblieb und einen Polizisten anredete.

In der Baugrube stand das brodelnde Wasser schon fast einen Meter hoch. Es hatte mehrere Planken von der Verschalung gerissen, die nun auf der schlammigen Flut tanzten. Aus der schwarzen Öffnung des Kanalisationsrohrs kroch eine Gestalt, gefolgt von drei anderen. Sie wurden von hilfreichen Händen nach oben gezogen.

«Ich habe Anweisung gegeben, daß alle Leute sofort herauskommen sollen», sagte der erste Mann. «Es geht nicht anders. Die Kopffreiheit beträgt nur noch einen halben Meter, und das Wasser steigt weiter.»

Hartmann sagte: «Lebt er noch, der Mann dort unten?»

«Ja, aber nicht mehr lange. Wir konnten nichts machen. Das Rohrstück auf seinem Bein ist mindestens eine halbe Tonne schwer.»

«Wie heißt er?»

«Günther Braun.»

«Gut.» Hartmann reichte Vaughan seinen Regenmantel. «Halten Sie das bitte für mich, Herr Major.»

Er sprang in die Grube, bückte sich und verschwand in der schwarzen Kanalöffnung.

«Ist er verrückt geworden?» rief Meyer.

Vaughan würdigte ihn keiner Antwort, warf ihm einfach den Mantel hin, entriß einem überraschten Polizisten die Taschenlampe und folgte dem Jesuiten.

Die Röhre war knapp anderthalb Meter breit, und das Wasser stand inzwischen über einen Meter hoch. Er richtete den Strahl der Lampe in das gähnende Dunkel und erblickte Hartmann – neben dem entsetzten, aschfahlen Gesicht des Verunglückten, der bereits bis zum Hals in dem gurgelnd dahinschießenden Wasser steckte. Als der Priesterkragen des Jesuiten im Licht aufleuchtete, schrie der Unglückliche: «Das ist alles, was ich noch brauche – einen Pfarrer. Wollen Sie mir noch schnell die Beichte abnehmen, Pater?»

«Mitnichten, mein Sohn.» Hartmann beugte sich über ihn und griff suchend in die übelriechende Flut. Vaughan ging neben ihnen in die Hocke. «Es ist Zeitverschwendung. Der Block wiegt eine halbe Tonne. Sie haben doch gehört, was der Vorarbeiter sagte.»

«Halten Sie seinen Kopf», sagte Hartmann ruhig. «Und ziehen Sie ihn unter dem Rohr hervor, wenn er Ihnen Bescheid sagt.»

«Das ist unmöglich!» stöhnte Braun. «Wahnsinn!»

Der Jesuit holte tief Luft und tauchte mit dem Kopf unter. Seine mächtigen Schultern wölbten sich, und dann kam sein Gesicht wieder zum Vorschein. Die Adern an der Schläfe schienen zu platzen.

Braun schrie auf, und Vaughan stolperte nach hinten und ließ die Lampe fallen, so daß wieder pechschwarze Dunkelheit herrschte. Er spürte, daß der Körper des Mannes freigekommen war. Einen Augenblick später hatte er ihn in die Baugrube gezogen, wo er von staunenden Ausrufen begrüßt wurde. Einige Männer sprangen herunter, um ihnen zu helfen.

Max Kubel zog ihn auf die Straße. Vaughan sagte nur: «Eine halbe Tonne, Max. Der Kerl hat eine halbe Tonne gehoben, mit den Händen unter Wasser.»

Inzwischen stand Hartmann triefend und mit dreckverschmiertem Gesicht neben ihnen. Meyer half ihm in den Regenmantel und betrachtete ihn mit kaum verhohlenem Staunen. Die Neugierigen richteten ihre Aufmerksamkeit auf den Geretteten, der gerade in einen wartenden Krankenwagen geschoben wurde. Hartmann sagte: «Ich denke, wir gehen jetzt, meine Herren. Sonst müssen wir noch Interviews geben.»

«Er hat recht», sagte Meyer. «Wenn sein Bild morgen auf die erste Seite kommt, kann er einpacken.»

«Ich weiß», sagte Vaughan. «Das würde uns gerade noch fehlen. Ein zweiter heiliger Narr.»

# 9

Als Kubel den Luftkorridor hinter sich hatte und wieder über westdeutschem Gebiet war, drehte er nach Süden ab und ging mit seinem Fieseler Storch auf dreihundert Meter hinunter. Pascoe, der neben ihm saß, sagte anerkennend: «Ich kann zwar nicht fliegen, aber ich habe den Eindruck, daß diese Maschine fast auf Zuruf reagiert. Hat Skorzeny nicht 1943 Mussolini mit einem solchen Flugzeug vom Gran Sasso geholt?»

«Das stimmt, und in der letzten Kriegswoche ist Hannah Reitsch mit einem Fieseler Storch unter russischem Artilleriebeschuß mitten in Berlin gelandet.»

Bitterfeld lag jetzt unter ihnen, und während Kubel den Landeanflug begann und dann eine Bilderbuchlandung machte, fuhr der schwarze Mercedes mit Werner Bohmler am Steuer langsam an die Piste. Kubel stellte den Motor ab, und sie blieben noch eine Weile in der Kanzel sitzen.

«Sie haben dieses Flugfeld noch nie benutzt, nicht einmal im Krieg?» fragte Pascoe.

Kubel schüttelte den Kopf. «Nein. Sie sagten, die Befeuerung funktioniert noch?»

«Wenn meine Informationen stimmen, ja. Und das Funkgerät im Kontrollturm ebenfalls. Es wird für alle

Fälle regelmäßig von der Luftwaffe gewartet.»

«Für alle Fälle, daß ich nicht lache», antwortete Kubel bitter. «Glauben die Herren Offiziere etwa, sie könnten ein drittes Mal Krieg spielen?» Er geriet in Zorn. «Ich konnte sie noch nie ausstehen. Verdammte Schreibtischstrategen.»

«Wie ich?» fragte Pascoe.

«Genau wie Sie, Herr Professor. Nur daß Sie eine andere Uniform tragen würden.»

«Natürlich», sagte Pascoe. «Aber kommen wir zur Sache. Könnten Sie unter den geschilderten Umständen den Flug nach Neustadt – und vor allem zurück – schaffen?»

«Kein Problem.»

«Und die MiG-Abfangjäger, die die Ostdeutschen dort einsetzen? Machen sie Ihnen keine Sorge?»

«Natürlich tun sie das», entgegnete Kubel. «Andererseits kann ihr Radarsystem nicht einwandfrei zwischen niedrig fliegenden Zielen und Leitungsmasten und dergleichen unterscheiden, und deshalb brauche ich mit der alten Hexe nur unter hundertachtzig Meter zu bleiben, wenn ich unbemerkt durchkommen will. Und die Jungs, die diese Maschinen fliegen – alles, was sie haben, ist Training. Sie haben nicht die geringste Kampferfahrung.»

«Sie machen es also?»

«Ich denke ja», antwortete Kubel mürrisch. «Verlassene Flugplätze haben mich schon immer gereizt. Obgleich hier gute Männer gestorben sind. Aber eines Tages müssen wir alle ins Gras beißen.» Er schauerte zusammen und öffnete die Tür. «Nun aber raus hier. Sie stellen mich jetzt besser Ihrem Mitarbeiter vor.»

In Washington war es noch sehr früh am Morgen, aber Präsident Kennedy war bereits aufgestanden, weil er wegen seiner Rückenschmerzen kaum hatte schlafen können, und saß am Schreibtisch des Oval Office über einer der Reden, die er bei dem bevorstehenden Deutschland-Besuch halten wollte, als leise an die Tür geklopft wurde und Dean Rusk in den Raum trat.

«Ich hörte, Sie seien schon bei der Arbeit.»

Der Präsident legte seinen Füllhalter hin. «Etwas Wichtiges?»

«Die Sache Conlin. Ich habe Nachricht von Pascoe.»

«Sehr schön. Drüben steht Kaffee. Bedienen Sie sich und berichten Sie.»

Dean Rusk schenkte sich eine Tasse ein und begann zu reden. Als er fertig war, erklärte der Präsident: «Ich nehme an, daß Pascoe weiß, was er tut. Gott stehe ihnen bei, mehr kann ich dazu nicht sagen.»

Rusk erhob sich. «Oh, noch etwas. General Gehlen hat Bundeskanzler Adenauer über die Angelegenheit unterrichtet, wie Sie es vorschlugen. Ich denke, im Augenblick können wir nur zusehen, wie sich die Sache weiterentwickelt.»

«Genau», sagte Kennedy. «Halten Sie mich bitte auf dem laufenden.»

Rusk ging hinaus, und der Präsident der Vereinigten Staaten trat ans Fenster, zog einen Vorhang beiseite und schaute hinaus. Es war noch dunkel – außer den Straßenlampen war nirgends Licht zu sehen, und er fühlte sich aus irgendeinem Grund deprimiert. Aber dagegen konnte man etwas tun. Er ging wieder zum Schreibtisch, nahm den Füllhalter und schrieb weiter: *« . . . wenn die Freiheit nämlich nicht in allen Ländern blüht, kann sie auch nicht in einem blühen.»*

Am Nachmittag hielt der Lastwagen der LPG kurz vor drei Uhr in Neustadt vor dem Wirtshaus, und Bruder Konrad kletterte heraus. Ehrlich und Berg standen in der Tür und redeten, und als der Bürgermeister den Ordensmann erblickte, lächelte er und winkte ihm zu.

«Da sind Sie ja wieder, Bruder Konrad. Alles gutgegangen?»

Eine schwarze Militärlimousine überquerte den Platz und fuhr vorbei. Harry Van Buren saß am Steuer, und die junge Frau neben ihm trug eine Uniform der Volkspolizei.

«Mein Gott», sagte Berg erschrocken. «Das ist er, der neue Chef. Er kommt einen Tag früher, als er gesagt hat. Ich muß sofort zum Schloß.» Er sprang in seinen Lieferwagen und sauste los.

«Der arme Heinrich», sagte der Bürgermeister. «Er schafft es einfach nicht, dem Leben ein paar angenehme Seiten abzugewinnen. Wie war es in Berlin?»

«Mehr oder weniger wie immer.»

«Und wie geht es Ihrer Schwester?»

«Den Umständen entsprechend, vielen Dank. Was gibt es Neues im Ort? Haben sich die Veränderungen im Schloß irgendwie bemerkbar gemacht?»

«Kaum. Ein paar von den Soldaten kommen manchmal her und heben einen. Der Kommandeur ist ein gewisser Hauptmann Süßmann, und dann ist noch ein Feldwebel da, der Becker heißt. Ein übler Antreiber. Aber uns tut er nichts. Haben Sie Zeit für einen Kaffee?»

«Danke, jetzt nicht, ich möchte schnell zum Gut und sehen, ob dort alles in Ordnung ist. Vielleicht gegen Abend», antwortete Konrad und eilte die Stufen hinunter.

Margaret Campbell saß in ihrem Rollstuhl am Fenster und las, als er das Zimmer betrat. Sie blickte auf, und ihr Gesicht zeigte freudige Überraschung.

«Bruder Konrad! Wie schön, daß Sie wieder da sind!» Sie legte das Buch beiseite und streckte beide Hände aus.

Bruder Konrad sagte: «Sie sehen ausgezeichnet aus. Können Sie schon wieder gehen?»

«Ein bißchen. Es wird jeden Tag besser. Was ist geschehen?»

Er ging ans Fenster und blickte zum Schloß hinauf. «Er ist wieder da.»

«Wer?»

«Van Buren. Er ist eben mit seinem Auto durchs Dorf gefahren. Er hatte einen Vopo-Leutnant bei sich, eine Frau.» Er wandte sich um und sah sie an. «Ich habe Ihren Major Vaughan kennengelernt.»

«*Meinen* Major Vaughan?» Sie errötete ein wenig.

«O ja, ich denke doch. Ein bemerkenswerter Mann.»

«Kann *er* etwas tun?»

«Das wird er Ihnen bald selbst sagen. Wenn alles klappt, müßte er morgen abend hier sein.»

Sie wurde sehr blaß und streckte wieder die Hände aus. «Erzählen Sie . . . erzählen Sie mir alles.»

Der Raum, in den Berg den Amerikaner geführt hatte, lag im ersten Stock über der Halle. Er war als Büro eingerichtet und wirkte – vielleicht wegen des großen Kamins – recht anheimelnd.

«Ja, das geht sehr gut», sagte Van Buren. «Vor allem, wenn Sie im Kamin ein Feuer machen.»

«Es war immer das Büro des kommandierenden Offiziers, im Krieg und auch später, unter der russischen Besatzung.»

Van Buren hatte nacheinander die Schubladen des Schreibtisches geöffnet. Jetzt hielt er eine sowjetische Handgranate hoch und lächelte. «Offensichtlich. Hier liegen noch mindestens zehn von den Dingern. Der letzte Kommandant muß übervorsichtig gewesen sein und jeden Augenblick mit feindlichen Fallschirmtruppen gerechnet haben.»

«Und hier ist noch etwas, das vielleicht von Nutzen sein könnte.» Der Verwalter ging zu einer Tür in der Ecke und öffnete sie. Van Buren trat zu ihm und schaute eine düstere Wendeltreppe aus Stein hinab. «Wohin führt die Treppe?»

«In den hinteren Burghof. Ein bequemer Notausgang, für alle Fälle.»

Er blickte nervös zu der Frau in Leutnantsuniform, die sich ihren Militärmantel über die Schultern gehängt hatte und zum Fenster hinaussah.

«Leutnant Leber braucht auch ein Zimmer», sagte Van Buren kühl.

«Selbstverständlich, Herr Professor.»

Süßmann kam, sich hastig den Uniformrock zuknöpfend, in den Raum geeilt. «Ich bitte um Entschuldigung, Genosse. Man hat mich eben erst über Ihre Ankunft unterrichtet.»

«Leutnant Ruth Leber. Sie wird eine Weile bei uns bleiben.»

«Genossin.»

Van Buren sagte: «Das wär's, Berg. Sorgen Sie bitte dafür, daß sie es gemütlich hat.»

Berg nahm ihren Koffer und ging voran, während Süßmann ihr mit unverhohlener Bewunderung in den Augen nachsah.

Van Buren sagte: «Lassen Sie mich eines klarstellen. Sie ist nicht für die Annehmlichkeit der Truppe mitgekommen. Sie spielt vielmehr eine wichtige Rolle in meinen Plänen für Conlin.»

«Sehr wohl, Genosse.»

«Wie geht es ihm?»

«Ich habe keine Ahnung. Er war die ganze Zeit total isoliert, wie Sie vor einer Woche angeordnet haben.»

«Bringen Sie mich jetzt zu ihm.»

Im untersten Kellergeschoß war es unangenehm kalt und feucht, und der Posten vor der Zelle trug einen dicken Wintermantel und hatte sich einen Wollschal um den Hals geschlungen.

«Ist irgend etwas vorgefallen?» fragte Süßmann.

«Nein, Genosse. Ich habe keinen Ton gehört.»

«Öffnen Sie die Klappe», befahl Van Buren.

Der Posten gehorchte, und Van Buren ging in die Hokke. Aus der Zelle drang sofort ein durchdringender Gestank.

«Vielleicht ist er tot», vermutete Süßmann.

«Nein, er ist wohlauf.» Van Buren schloß die Klappe mit einem Fußtritt. «Ich habe einen sechsten Sinn für diese Dinge. Er ist genauso, wie ich ihn haben will, und morgen werden wir an die Arbeit gehen.»

Margaret Campbell saß in ihrem Rollstuhl am Fenster und vertiefte sich in Professor Norderns Bericht. Er war kurz, aber umfassend, und weckte sofort ihr Interesse. Als sie ihn durchgelesen hatte, dachte sie eine Weile nach und studierte ihn dann noch einmal:

«Die geplante Arbeit in einem Friedhof bietet keine allzu großen Schwierigkeiten. Da der Boden in der Nähe eines Flusses liegt, ist er zweifellos recht feucht. Die meisten Einheimischen sind Arbeiter oder kleine Angestellte und können sich aus diesem Grund keine verzinkten Särge leisten. Deshalb sind die Toten vermutlich in einfachen Holzsärgen bestattet.

Problematisch wird es nur, wenn die Grabungsmannschaft auf einen relativ frischen, das heißt bis zu einem Jahr alten Leichnam trifft. Wegen des Drucks der Gase wird der Sarg inzwischen geplatzt sein. Die Gewebe des aufgeblähten Körpers sind zerrissen, und der Boden ringsum ist mit fauligen Gasen und Flüssigkeit getränkt.

Der betreffende Bereich ist wahrscheinlich von bösartigen Streptokokken verseucht. Wenn sich ein Mitglied der Grabungsmannschaft zufällig schneidet oder verletzt, kann es zu einer schlimmen Gasbrandinfektion kommen.

Die meisten Leichen werden jedoch älteren Datums sein. Sie haben sich inzwischen teilweise in Adipocire oder Leichenwachs verwandelt, eine fettige und übelriechende Substanz, die jedoch abgesehen von dem Gestank harmlos ist. Es besteht zwar die Möglichkeit einer Milzbrand- oder Tbc-Infektion, aber sie ist so gering, daß man sie nicht weiter zu berücksichtigen braucht.

Die normale Grabtiefe beträgt zwei Meter, aber in jenem Teil Deutschlands waren die Gräber in der Regel drei Meter tief, und wegen der mittlerweile eingetretenen Veränderungen der unteren Bodenschicht muß damit gerechnet werden, noch in vier Metern Tiefe auf menschliche Überreste zu stoßen.

Gefährlicher als der Friedhof ist der eigentliche Kanal, was allerdings von der seinerzeitigen Benutzung abhängt. In solchen stillgelegten Röhren bilden sich häufig Taschen von Kohlendioxyd und Methan. Beide Gase führen zum Tod durch Ersticken, und Methan ist außerdem noch hochexplosiv; unter bestimmten Bedingungen genügt schon ein Funke, um es zu entzünden.

Das unmittelbare Risiko besteht darin, in das restliche Abwasser zu fallen, in dem sich zweifellos unzählige Krankheitserreger befinden werden. Im ungünstigsten Fall kommt es nach einem solchen Sturz sehr schnell zu Übelkeit, Erbrechen und Exitus.

Außerdem muß mit der Möglichkeit einer Virushepatitis gerechnet werden. Die Infektion erfolgt nicht unbedingt direkt durch die Blutbahn, also bei Kratzern oder Schnittwunden, sondern auch auf oralem oder taktilem Weg. Die Sterblichkeitsquote liegt bei 10 Prozent.

Man kann nicht genug betonen, daß bei jeder Schnittwunde oder Abschürfung, die im Verlauf dieses Vorhabens auftritt, *umgehend* medikamentöse Vorbeugungsmaßnahmen getroffen werden müssen, weil es innerhalb von zwölf Stunden zu Sepsis oder Schlimmerem kommen kann.»

Jetzt wußte sie Bescheid. Sie saß mit dem Bericht auf dem Schoß da und überlegte. Nach einer Weile wurde die Tür geöffnet, und Bruder Konrad kam herein.

«Fertig?» fragte er.

«Ja.»

Er schob sie hinaus.

Die Klosterbrüder saßen an dem hölzernen Eßtisch in der Küche, als Bruder Konrad sie in den Raum rollte. «Mein Gott, sie sind alle schon ziemlich alt», dachte sie, während sie blitzschnell die Gesichter der Mönche musterte. «Es geht bestimmt über ihre Kräfte.»

Der neunzehnjährige Bruder Franz mit seiner muskulösen Gestalt bildete natürlich eine Ausnahme, aber die Brüder Florian, Gregor und Augustin waren ausnahmslos weit über fünfzig, und Bruder Urban näherte sich bereits dem Greisenalter und konnte sicher keine schweren körperlichen Arbeiten mehr verrichten.

Die Mönche sahen sie erwartungsvoll an. Sie begann: «Bruder Konrad hat mich über Ihre Entscheidung informiert, und ich kann gar nicht sagen, wie sehr ich Sie dafür bewundere. Glauben Sie aber, Sie werden es schaffen?»

«O ja», antwortete Konrad. «Bruder Gregor war im Krieg technischer Offizier. Er sieht keine Probleme.»

«Der Boden ist dort sehr locker», sagte Gregor. «Er läßt sich also gut bearbeiten. Wir haben mehr als genug Holz für die Verstrebungen, und in der Scheune liegt ein Haufen Wellblech, das wir als Verschalung benutzen können.»

«Wird die Luftversorgung nicht schwierig sein?» fragte Margaret.

«Nein, jedenfalls nicht in dieser Tiefe. Und bedenken Sie, daß der Tunnel nicht sehr lang wird. Die ersten zwei Tage müssen wir natürlich genau aufpassen, wie sich die Sache entwickelt, aber dann können wir zügig arbeiten. Ich denke, daß wir es in vierzehn Tagen schaffen, vermutlich ein bißchen schneller.»

«Sehr gut», sagte sie. «Wir müssen natürlich noch den ungewöhnlichen Aspekt berücksichtigen, daß wir durch einen alten Friedhof graben. Das bringt gewisse Risiken mit sich. Aber Bruder Konrad hat mir aus Berlin den Bericht eines angesehenen Pathologen mitgebracht. Ich würde ihn jetzt gern mit Ihnen durchgehen.»

Bei Einbruch der Dunkelheit passierte ein schwerer Lastwagen kurz hinter Flossen den westdeutschen Grenzposten, fuhr die letzten hundert Meter bis zur Demarkationslinie und hielt am DDR-Übergang, wo der Gefreite Gerald Hornstein mit umgehängtem Gewehr wartete. Die Tür der Abfertigungsbaracke wurde geöffnet, Peter Bülow trat heraus und ging zu dem Lkw.

Werner Böhmler saß am Steuer. Er trug eine alte Soldatenmütze und einen schmutzigen Overall und hatte Bartstoppeln im Gesicht. Wortlos reichte er die Wagenpapiere aus dem Fenster. Bülow untersuchte sie und gab sie dann zurück. Er nickte Hornstein zu, der die Schranke hob, und Böhmler fuhr durch.

Zehn Minuten später hielt er im dichten Wald am Rand der Straße, ging zur Rückseite des Lasters, löste die hohe hintere Wagenklappe und ließ sie vorsichtig herunter, so daß sie eine steile Rampe bildete.

Drinnen brüllte ein Motor auf, und Vaughan fuhr mit

seinem Motorrad, das einen Beiwagen hatte, die Rampe hinunter und hielt auf der Straße. Er trug eine Vopo-Uniform mit knöchellangem Mantel, Helm und dicker Schutzbrille, die er jetzt hochschob. An seinem Hals hing ein sowjetisches AK-Kampfgewehr mit aufklappbarer Stütze und gefülltem Magazin. Er war aktionsbereit.

«Nun, am Kostüm ist jedenfalls nichts auszusetzen», sagte Böhmler.

Vaughan griente: «Hoffentlich sind Ihre Kollegen derselben Meinung. Bis morgen abend. Gegen halb zwölf. Ich werde versuchen, pünktlich zu sein, damit Sie nicht nervös werden.»

Böhmler lauschte, bis das Geräusch der Maschine in der Ferne verklang, stieg dann wieder in den Lastwagen und fuhr nach Flossen zurück.

Vaughan sauste die schmale Straße entlang, und im Licht des Scheinwerfers wirkten die dichten Kiefern links und rechts wie eine undurchdringliche schwarze Mauer. Er hatte sich die Karte so gut eingeprägt, daß die Fahrt beinahe Routinesache war. Bei der ersten Kreuzung rechts abbiegen. Dann links. Bei der nächsten Gabelung rechts. Dann kam das erste Dorf, Ploden, ein halbes Dutzend Häuser und eine Wirtschaft.

Davor stand ein dunkelgrüner Geländewagen. Ein uniformierter Fahrer lehnte sich an die Motorhaube und schien auf jemanden zu warten. Als das Motorrad vorbeifuhr, salutierte er. Vaughan winkte zurück. So leicht war es also. Er fühlte sich plötzlich beschwingt wie lange nicht mehr, gab Vollgas und donnerte weiter in die Nacht.

Margaret Campbell saß in der Kapelle, die seit dem ersten Mal, als Bruder Konrad sie hierhergebracht hatte, eine sonderbare Anziehungskraft auf sie ausübte. Sie war ehrlich genug, sich einzugestehen, daß von einer plötzlichen Bekehrung zur Religion keine Rede sein konnte, aber dieser Ort strahlte einen Frieden aus, wie sie ihn noch nie erlebt hatte. Der heilige Franziskus lächelte im Kerzenschein milde auf sie herab. Sie war sich noch nicht klar, was das alles zu bedeuten hatte, aber das spielte im Moment keine Rolle.

Hinter ihr wurde die Tür knarrend geöffnet, und Bruder Konrad schaute herein. «Ah, hier sind Sie», sagte er. «Ich habe Sie gesucht. Jemand möchte Sie sprechen.»

Er trat zur Seite, und ein Vopo mit knöchellangem Regenmantel, Helm und Motorradbrille trat in den Raum. Sie starrte wie gebannt auf das Kampfgewehr, das er umgehängt hatte, und wurde von panikartigem Entsetzen erfaßt – bis er die Schutzbrille hochschob.

Bruder Konrad ließ sie allein. Vaughan legte ihr ein Päckchen auf den Schoß, das in Segeltuch gewickelt war. «Ein Geschenk von Professor Nordern.»

Ihre innere Bewegung war so groß, daß sie kaum sprechen konnte. «Was ist darin?»

«Medikamente. Er sagte, Sie würden sie im Notfall brauchen.»

Sie blickte mit brennenden Augen zu ihm hoch. «Sie hatten recht. Sie haben in mir gelesen wie in einem offenen Buch. Sie haben mich als einziger durchschaut.»

Er nahm seinen Helm ab und legte ihn auf den Boden. «Sie haben viel durchgemacht. Es hat Spuren hinterlassen.»

«Ich bin so froh, Sie zu sehen. So froh.»

Kurz nach zehn Uhr verließ Berg mit unsicheren Schritten das Wirtshaus und ging zu seinem Lieferwagen. Er war nicht regelrecht betrunken, aber er hatte eine kleine Schwäche für Schnaps. Das letzte Glas war entschieden zu viel gewesen. Er kletterte ins Fahrerhaus und tastete mit dem Schlüssel nach dem Zündschloß, als er am rechten Ohr den kalten Lauf einer Pistole spürte. Eine ausdruckslose Stimme sagte leise: «Die Straße zum Schloß hoch. Dann halten Sie links bei der verlassenen Scheune am Waldrand.»

«Was soll das?» sagte Berg. «Was wollen Sie von mir?»

«Das werden Sie noch früh genug erfahren. Los jetzt!»

Der Pistolenlauf bohrte sich in sein Ohr, so daß er fast vor Schmerz aufgeschrien hätte. Hastig schaltete er die Scheinwerfer an und sah, daß der Mann ein Volkspolizist war – kaum zu glauben. Die Pistole knallte wieder an sein Ohr.

«Vorwärts! Ein bißchen Beeilung! Ich habe nicht die ganze Nacht Zeit.»

Berg konnte vor Angst nicht mehr denken. Er drehte den Schlüssel, legte den Gang ein und kuppelte so schnell aus, daß das Fahrzeug einen Satz machte.

In der kalten und feuchten Scheune war es totenstill, als Berg ins Licht der Scheinwerfer trat, wo Vaughan wartete.

«Hören Sie, was soll das Ganze?» Berg versuchte, seiner Stimme einen entschlossenen Ton zu geben. «Was wollen Sie?»

«Nur eine Kleinigkeit. Im untersten Keller des Schlosses wird ein Mann namens Conlin gefangengehalten. Stimmt's?»

Berg fuhr sich mit der Zunge über die Lippen. «Das ist eine politische Sache. Dazu kann ich nichts sagen. Der Stasi . . .»

«Eben», sagte Vaughan fröhlich. «Ein paar Freunde von mir möchten ihn nämlich gern herausholen, und wir dachten, Sie könnten uns dabei helfen.»

Berg starrte ihn wie betäubt an. «Sie müssen den Verstand verloren haben. Warum sollte ich so etwas tun?»

«Weil Sie Dreck am Stecken haben, alter Junge. Oberfeldwebel Heinrich Berg, oder ist Ihnen Hauptscharführer Berg lieber? Das war doch der entsprechende Rang bei der SS?»

Berg gab sich alle Mühe, nicht die Nerven zu verlieren. «Quatsch. Ich weiß nicht, wovon Sie reden. Ich war den ganzen Krieg bei der Infanterie.»

«SS», sagte Vaughan leise, zog ein Bündel Papiere aus der Tasche und legte es auf die Motorhaube des Lieferwagens. «Aber nicht Waffen-SS. Das war wenigstens eine kämpfende Truppe. Sie gehörten zu den Einsatzgruppen, zu den Mordbrigaden. Sie haben nie an der Front Mann gegen Mann gestanden. Sie haben hilflose Menschen getötet. Viele Menschen. Jeden, den man Ihnen zu töten befahl.»

«Das ist eine Lüge!»

«Lesen Sie selbst. Das sind Fotokopien Ihrer Wehrpapiere, obgleich es mir als altem Berufssoldaten widerstrebt, diesen Ausdruck in Verbindung mit Ihnen zu gebrauchen.»

«Wenn ich bei der SS gewesen wäre, müßte meine Blutgruppennummer in meiner linken Achselhöhle eintätowiert sein», flüsterte Berg.

«Normalerweise ja, aber Sie hatten die Ausbildung in Dachau erst im Herbst 1944 hinter sich, und da wußten Ihre Vorgesetzten bereits, daß das Spiel aus war. Sie ließen ihre Leute nicht mehr tätowieren. Ich meine, sie wollten es ihnen nach dem Krieg nicht allzu schwer machen. Hier steht alles, Sie brauchen nur zu lesen.»

Mit bebenden Händen faltete Berg die Papiere auseinander, während Vaughan fortfuhr: «Erstaunlich, wie umfassend diese Dokumente sind. Die SS war ganz versessen darauf, alles schwarz auf weiß festzuhalten.»

«Gehen Sie zur Hölle!» Berg wollte sich auf ihn werfen, doch Vaughan sprang blitzschnell zur Seite und gab ihm einen heftigen Tritt unter die rechte Kniescheibe, so daß der Verwalter mit einem Aufschrei zu Boden fiel.

«Übrigens, welche Methode war Ihnen am liebsten? Die Gaskammer, eine Phenolspritze oder einfach eine Kugel ins Genick?»

Berg kniete auf dem Scheunenboden und hielt mit einer Hand noch die Papiere umklammert. «Ja, ich gebe es zu. Ich werde Ihnen alles erzählen. Warum auch nicht? Ich bin schließlich nicht der einzige. Überall in der Regierung sitzen ehemalige SS-Leute. Sogar bei der Polizei und beim SSD gibt es welche.» Er schien kaum noch zu wissen, was er redete. «Und wenn ich ihnen etwas über Sie erzähle, werden sie mir dankbar sein.»

«Sie würden Kopf und Kragen riskieren», antwortete Vaughan. «Hier, sehen Sie, das letzte Schriftstück. Mauthausen, 8. April 1945. Sie töteten damals einen Mann namens Willi Stein, einen Mann, der den ganzen Krieg beim kommunistischen Widerstand gegen die Nazis gearbeitet hat.»

«Daran erinnere ich mich nicht mehr.»

«Sie sollten es aber. Es steht hier in den SS-Dokumenten. Sie hängten ihn an einem Fleischerhaken auf.»

Da erinnerte Berg sich. Man konnte es an seinem Gesicht ablesen.

«Na und?»

«Ich weiß nicht, wie gut Ihre Kenntnisse in neuerer Geschichte sind. Aber als die Nazis 1933 an die Macht kamen, bestand eine ihrer ersten Leistungen darin, die ehemalige KPD zu zerschlagen. Einer der führenden Kommunisten war ein gewisser Walter Ulbricht. Im Augenblick Vorsitzender des Staatsrats. Sie haben doch schon von ihm gehört?»

«Ja», flüsterte Berg und wartete darauf, daß die Axt fiel.

«Ulbricht entkam aus dem Gefängnis, weil einer seiner besten Freunde aus der Partei alles riskierte, um ihn zu befreien. Wissen Sie, wie jener Mann hieß?»

«Mein Gott, nein!» rief Berg.

Vaughan sagte: «Ich wüßte gern, was Ulbricht mit dem Mann machen würde, der Willi Stein abgeschlachtet hat...»

Berg vergrub das Gesicht in den Händen und antwortete nicht. Vaughan ging zum Scheunentor und blickte hinaus. Als er sich wieder umdrehte, stand Berg auf.

«Was soll ich tun?» fragte der Verwalter mit tonloser Stimme.

«Obgleich wir einem Schwein wie Ihnen nur sehr ungern helfen, bieten wir Ihnen politisches Asyl in der Bundesrepublik und ein vergleichsweise glimpfliches Strafverfahren. Wir schaffen Sie zusammen mit den anderen

Beteiligten zum gegebenen Zeitpunkt in den Westen. Das ist kein Problem.»

«In Ordnung. Aber was soll ich dafür machen?»

«Van Buren ist doch heute zurückgekommen, stimmt's?»

«Ja.»

«Wie ist er?»

«Wie soll ich das erklären?» Berg zuckte die Achseln. «Er ist kalt wie ein Fisch.»

«Warum sagen Sie das?»

«Nun, er hat die Räume bezogen, die früher immer von Kommandanten benutzt wurden. Sie haben einen Extrazugang, eine Wendeltreppe zum hinteren Burghof. Ich dachte, ich täte ihm einen Gefallen, als ich ihm die Tür zeigte – besonders wegen der Frau, die er bei sich hatte.»

«Aber er bedankte sich nicht?»

«Nein.»

«Vielleicht ist es nur, weil er keine Frauen mag.» Berg trat unruhig von einem Fuß auf den anderen, und Vaughan zündete sich eine Zigarette an, ehe er fortfuhr: «Na gut. Und jetzt erzählen Sie mir ganz genau, wie es im Schloß aussieht – aber verschweigen Sie nichts. Und dann werde ich Ihnen erzählen, was Sie zu tun haben.»

# 10

«Ich will den Herrn preisen, der mich führt und mein Herz selbst des Nachts leitet. Ich sehe den Herrn immer vor mir. Da er zu meiner rechten Hand steht, werde ich standhaft bleiben.»

Die laut geflüsterten Worte trösteten Conlin, denn er mußte dann und wann eine Stimme hören, auch wenn es nur die eigene war. Für ihn war diese Situation nicht neu. Er hatte schon vorher, unter den Nazis, in den Konzentrationslagern von Sachsenhausen und Dachau, in Einzelhaft gesessen, nur wenige Meter entfernt von jenem großen und guten Mann, Pastor Niemöller. Niemöller hatte ihm beigebracht, wie man sich mit allen Kräften des Verstandes dagegen wehren mußte. Wie man in den dunklen Augenblicken namenlosen Entsetzens, wenn alles zu Ende zu sein schien, besonders stark sein konnte.

Die Methode war recht einfach. Man rief sich die Bibel oder das Meßbuch ins Gedächtnis zurück, Seite für Seite, man memorierte die Messe in der richtigen Reihenfolge. Dann rezitierte man laut alle Gedichte, die man kannte. Es war verblüffend, was ihm dabei alles wieder einfiel, das Gälisch seiner Jugendzeit, das er so lange nicht mehr gesprochen hatte. Zum Beispiel der *Cúirt an Mheánoíche*, der «Mitternächtliche Gerichtshof». Als Junge hatte er ihn ganz aufsagen können, und sein Großvater hatte ihm dafür eine ledergebundene Bibel geschenkt:

*Ba ghanth me ag siubhail le chiumhais na na habhann,*
*Ar bhainseach ur's an drucht go trom . . .*
Ich ging den morgendlichen Fluß entlang,
die Wiesen erglänzten im feuchten Tau . . .

Und dann die Bücher. Zuerst der *David Copperfield*. Er hatte ihn viele Male gelesen und beschäftigte sich jetzt wieder intensiv damit, und es war wie das Wiedersehen mit einem alten Freund. Er durchlebte gerade wieder den Tod Steerfords bei dem furchtbaren Sturm vor Yarmouth, als plötzlich, völlig unerwartet, die Tür aufgemacht wurde und blendendes Licht in die Zelle fiel.

Harry Van Buren stand in der Öffnung, hinter ihm Süßmann und Becker. Süßmann trat wegen des Gestanks, der ihm aus dem Verlies entgegenschlug, hastig einen Schritt zurück.

Van Buren hielt sich ein Taschentuch vor Mund und Nase. «Wie geht es Ihnen, Pater? Halten Sie sich fit?»

Die Ratte kam unter dem Bett hervorgelaufen und verschwand, gefolgt von Van Burens Blick, in der dunklen Ecke auf der anderen Seite.

«Wenn Sie die Absicht haben, mich heil und unbeschadet in den Gerichtssaal zu bringen, haben Sie einen großen Fehler gemacht», sagte Conlin. «Als alter KZ-Insasse muß ich Sie darauf aufmerksam machen, daß man sechs bis zwölf Tage nach einem Rattenbiß unter solchen Begleitumständen, besonders in unmittelbarer Nähe von menschlichen Exkrementen, meist die Weilsche Krankheit bekommt.»

«Tatsächlich?» sagte Van Buren.

«In bis zu dreißig Prozent der Fälle stirbt der Kranke an Leberversagen.»

Van Buren wandte sich an Süßmann: «Bringen Sie ihn nach oben und lassen Sie dann die Zelle saubermachen.»

Er drehte sich um und schritt den Gang zurück, gefolgt von Süßmann und Becker, die Conlin zwischen sich führten, wobei sie ihn kaum anzufassen wagten.

Als Vaughan Margaret Campbell in die alte Scheune des Schloßguts schob, standen Bruder Konrad und Bruder Franz bereits bis zur Taille in einem großen Loch in der anderen Ecke. Bruder Gregor kam mit einer Schubkarre durch die offene Tür zum Schuppen nebenan. Er begann, sie mit der ausgehobenen Erde zu füllen.

«Wie kommen Sie voran?» fragte Vaughan.

Bruder Konrad kletterte aus der Grube und wischte sich mit dem Handrücken den Schweiß von der Stirn. «Bis jetzt sehr gut.»

«Was machen Sie mit der Erde?»

«Das ist das kleinste Problem. Kommen Sie, ich zeige es Ihnen.»

Bruder Gregor hatte seine Karre gerade gefüllt, und Bruder Konrad schob sie, gefolgt von Vaughan mit dem Mädchen, in den Schuppen. Er hatte einen Steinfußboden und war mit rostenden landwirtschaftlichen Geräten vollgestellt. Hinten stand ein Brunnen, dessen Holzdeckel abgenommen war – Konrad kippte den Inhalt der Karre einfach hinein. Erst einige Zeit später hörten sie ein Platschen.

«Siebzehntes Jahrhundert», erklärte er. «Wir haben

ihn seit Jahren nicht mehr benutzt. Ich denke, hier geht soviel rein, wir könnten noch einen Tunnel ausheben.»

Sie gingen in die Scheune zurück. Margaret sagte: «Wo sind denn die anderen?»

Bruder Konrad griff wieder zu seiner Schaufel. «Wir haben noch mehr Arbeit. Der Bauernhof, Milch und Eier für die Dorfbewohner. Wir müssen den Anschein wahren. Bruder Urban ist zu alt zum Graben. Er versorgt die Kühe und die Hühner. Bruder Florian melkt und bringt die Sachen für Franz ins Dorf, und Bruder Augustin kocht und hält das Haus in Ordnung.»

«Das könnte ich doch übernehmen», sagte sie. «Es wird langsam Zeit, daß ich wieder laufen lerne, und wenn ich zu erschöpft bin, kann ich auch vom Rollstuhl aus arbeiten.» Er sah sie unschlüssig an, und sie zupfte Vaughan am Ärmel. «Sagen Sie es ihm, Simon! Es ginge sehr gut! Das Hoftor ist immer verschlossen. Wenn jemand ins Haus will, muß er vorher klingeln. Man kann mich also nicht zufällig entdecken.»

«Sie hat recht», sagte Vaughan. «Dann könnte Bruder Augustin beim Graben helfen. Und wo wir schon mal dabei sind – geben Sie mir bitte ein paar Sachen, damit ich die schöne Uniform nicht schmutzig mache, und dann kann ich mich bis heute abend auch nützlich betätigen.»

Die Badewanne war altertümlich und hatte Armaturen aus Messing, und als das Wasser endlich kam, spuckte es aus dem offenen Mund eines Puttos. Aber das spielte nicht die geringste Rolle – das einzige, was zählte, war die köstliche Wärme, die ihn umhüllte, als Süßmann und Becker ihn vorsichtig hineinlegten. Conlin seufzte wohlig und schloß die Augen. Van Buren gab den beiden Männern ein Zeichen, den Raum zu verlassen, und Leutnant Leber kam herein. Sie trug einen weißen Kittel und hatte Frotteetücher im Arm.

«Waschen Sie ihn gründlich und desinfizieren Sie dann bitte das Wasser.»

«Habe ich Ihnen doch einen Schrecken eingejagt?» Der alte Geistliche lächelte und öffnete die Augen. Er erblickte die Frau. Sein Lächeln erstarb, seine Hände fuhren nach unten, um seine Blöße zu bedecken.

«Sie schämen sich, wenn eine Krankenschwester sie nackt sieht?» sagte Van Buren. «Das ist eine ungesunde Einstellung. Der menschliche Körper hat nichts Unanständiges, oder hat man Ihnen als Junge im Priesterseminar etwas anderes beigebracht? Ich habe mich oft gefragt, wie es in solchen Häusern zugehen mag. Zölibatäre Priester und heranwachsende Knaben ...»

«Ich finde es merkwürdig, daß einem Mann von Ihrer Bildung nichts anderes einfällt, wenn er an den Zölibat denkt.» Sie seifte gerade seinen Rücken ein, und Conlin zuckte zusammen. «Was soll das? Eine Lektion in bewußter Demütigung?»

«Wissen Sie, ich finde es wirklich interessant», sagte Van Buren. «Ich meine, daß diese Situation für Sie so beunruhigend ist. So beschämend?»

Zum erstenmal verlor der alte Mann die Beherrschung. «Gott möge mir verzeihen, daß ich so etwas sage, aber warum gehen Sie nicht zur Hölle?»

«Ah, jetzt weiß ich», sagte Van Buren, als habe er plötzlich eine Erleuchtung. «Nicht beschämend, sondern beängstigend. Sie haben in einer solchen Situation Angst.

Das ist interessant.» Er wandte sich an die Frau und fuhr auf deutsch fort: «Lassen Sie ihn jetzt herauskommen und sich anziehen. Ich rede nachher weiter mit ihm, wenn er gegessen hat.»

Er ging, und Ruth Leber half Conlin aus der Wanne und trocknete ihn wortlos ab, sehr behutsam, als wäre er ein Kind. Dann brachte sie ihm saubere Unterwäsche, eine Cordhose, ein Hemd und einen dicken Pullover, Socken und Hausschuhe und wartete, bis er sich angekleidet hatte. Sie sagte immer noch kein Wort. Als er fertig war, öffnete sie die Tür und führte ihn ins Zimmer nebenan. Van Buren saß nicht an seinem Schreibtisch; im Kamin prasselte ein großes Feuer, und auf einem kleinen Spieltisch davor wartete eine Mahlzeit.

Sie rückte ihm den Stuhl zurecht und entfernte sich zur Tür. Als sie sie aufmachte, sagte er auf deutsch: «Ich danke Ihnen, meine Tochter.»

Sie hielt nicht einmal inne, sondern schloß leise die Tür hinter sich. Conlin seufzte, griff nach der Gabel und probierte das Gulasch. Es war ausgezeichnet, und der Wein hatte genau die richtige Temperatur. Er machte sich keine Illusionen über den Sinn des Ganzen, nicht im geringsten, aber sein Körper brauchte möglichst viel Kraft, um die kommenden Tage zu überstehen.

Als Berg in das dritte Kellergeschoß hinabstieg, traf er den Posten, der Conlins Zelle gerade mit mehreren Eimern Wasser aus einer Leitung im Gang ausspülte.

«Ist er immer noch oben?» fragte der Verwalter ihn.

«Ja. Was haben Sie denn da?»

Berg hatte in einer Hand eine Stabtaschenlampe, in der

anderen einen kleinen Eimer, den er jetzt hochhob. «Rattengift. Möchten Sie ein bißchen?»

Der junge Mann schüttelte sich. «Nein danke. Wollen Sie es hier streuen?»

«Nein, weiter unten, wo sie ihre Nester haben», sagte Berg. «Bis nachher.»

Er ging weiter durch das abschüssige Gewölbe und bog um eine Ecke, das pechschwarze Dunkel vor sich mit der Taschenlampe ausleuchtend. Hundert Meter weiter betrat er ein Nebengelaß, das ebenfalls eine Gewölbedecke hatte. Das, was er suchte, befand sich in der Mitte: eine schwere Metallplatte, die mit einem Riegel und Vorhängeschloß am Steinboden befestigt war. Er kniete sich hin, zog einen Schlüsselbund aus der Tasche und ging an die Arbeit.

Er hatte das Schloß noch nie geöffnet und mußte sechs Schlüssel ausprobieren, bis er den richtigen fand. Die Platte war schwer, so daß er beide Hände und seine ganze Kraft brauchte, um sie von der Öffnung zu heben. Er richtete den Lichtstrahl in die gähnende Schwärze. Die eiserne Leiter, die er erblickte, führte gut drei Meter in die Tiefe, und er stieg schnell hinab und stand in der ungefähr drei Meter breiten Tunnelröhre, die langsam nach unten verlief und völlig trocken war.

Zwanzig Minuten später kroch er wieder aus der Öffnung, schob die Platte zurück und verschloß das Vorhängeschloß, nahm den Eimer und streute einen Teil des Rattengifts aus, wobei er an Vaughan denken mußte. Er wünschte, er hätte ihn damals in Mauthausen gehabt. Bei Gott, er hätte ihm gezeigt, wo es langging! Aber der verdammte Kerl hatte ihn in der Hand. Er wagte sich gar nicht auszumalen, was geschähe, wenn Ulbricht ...

Andererseits bot die Situation gewisse Vorteile. Sie bedeutete letzten Endes die Flucht in den Westen und in Sicherheit, die Erlösung von der nagenden Angst, die ihn seit Jahren gequält hatte. Dann konnte die Vergangenheit ihn nicht mehr einholen. Das Gerichtsverfahren machte ihm keine großen Sorgen; schließlich konnte er sich auf Befehlsnotstand berufen, und es gab keine Zeugen mehr – und gute Anwälte. Als er den Gang zurückschritt, begann er leise vor sich hin zu pfeifen.

Conlin begnügte sich mit einem Glas Wein und schob gerade den letzten Bissen in den Mund, als Van Buren eintrat.

«Sie sehen aus wie neugeboren», rief er ironisch aus, ließ sich in den Ohrensessel an der anderen Seite des Kamins fallen und zündete sich eine Zigarette an.

«Und jetzt?» fragte Conlin.

«Was meinen Sie?»

«Zuerst Isolationsfolter und dann ein Festmahl. Nicht ungewöhnlich. Die Gestapo wendete bei meinem ersten Aufenthalt im Keller der Prinz-Albrecht-Straße dieselbe Technik an. Zuerst der Kerkermeister, der mich mit einer Peitsche halb totschlug, und dann der gepflegte Herr, der mich anflehte, um meiner selbst willen alles zu gestehen.»

«Und am Ende stellte sich heraus, daß er schlimmer war als der andere. Stimmt's?»

«Was wollen Sie von mir?»

«Nicht ich», sagte Van Buren. «Ich arbeite hier nur. Klein will den christlichen Untergrund. Namen, Adressen. Die Organisation. Und Einzelheiten über Ihre Verbindung zur CIA. Das ist die allgemeine Vorstellung.»

«Aber so etwas existiert nicht.»

«Spielt das eine Rolle? Was ist schon Wahrheit? Was ist Realität? Es ist alles eine Frage des Standpunkts. Es ist irgendwie eine Kettenreaktion. Klein möchte Ulbricht einen Gefallen tun, indem er tut, was *er* will, und ich möchte Klein einen Gefallen tun.» Er lächelte freundlich. «Und das bedeutet, daß Sie mir einen Gefallen tun werden, alter Junge.»

«Ich fürchte, das wird kaum gehen.»

«Geben Sie sich ein bißchen Mühe.»

«Was soll also jetzt geschehen?»

«Sagen *Sie* es.»

«Phase zwei: Das Ziel besteht darin, mich an den Rand des Wahnsinns zu treiben. Mich auseinandernehmen und dann wieder so zusammensetzen, wie Sie es wollen. Die gute alte marxistische Philosophie, nach der jeder Mensch seine These hat, seine positive Seite, und seine Antithese, die dunkle Seite seines Wesens. Wenn Sie herausfinden können, woraus sie besteht, werden Sie sie fördern, bis ich das daraus erwachsende Schuldgefühl nicht mehr ertragen kann. So schildern Sie es wenigstens Ihren Studenten. Habe ich recht?»

«Sehr gut», sagte Van Buren. «Und wo sollte ich Ihrer Meinung nach suchen, wenn ich Ihre Antithese finden will? Auf dem sexuellen Gebiet? Der kleine Vorfall im Bad, mit Leutnant Leber, schien Sie tatsächlich ein bißchen zu beunruhigen.»

«Warum finden Sie und Ihresgleichen den Begriff des Zölibats so merkwürdig?» fragte Conlin. «Sie sollten Ihren Horizont erweitern, mein Bester. Zur Abwechslung mal andere Bücher lesen.»

Van Buren war nicht im geringsten verstimmt. Er drückte einen Knopf auf dem Schreibtisch, und Süßmann trat ins Zimmer. «Bringen Sie ihn jetzt wieder zurück.»

Conlin stand auf: «Ist das alles?»

«Was erwarten Sie noch?» Van Buren nahm eine weitere Zigarette aus der Schachtel «Gute Nacht, Pater. Schlafen Sie gut.»

Süßmann sagte auf dem Rückweg ins dritte Kellergeschoß kein Wort, bis sie die Zelle erreichten, wo der Posten stand. Conlin blieb stehen, doch der Hauptmann erklärte ihm: «Nein, die nächste Tür, wenn ich bitten darf.»

Die Zelle glich der ersten aufs Haar, nur daß sie sauber und gut gelüftet war. In einer Ecke stand ein Chemikalienklosett, und auf der Pritsche lagen eine Matratze und Decken.

«Ich denke, hier werden Sie sich wohler fühlen, Pater. Gute Nacht.» Die Tür wurde zugemacht, der Schlüssel drehte sich im Schloß.

Einen Augenblick später erlosch das Licht. Conlin faltete die Decken auseinander. Hier konnte er wieder aufatmen. Er wußte nicht warum, aber plötzlich entkrampfte er sich, die Spannung wich aus ihm, und er kniete neben dem Bett nieder, um zu beten.

Da ertönte ein schauderhafter, furchterregender Lärm. Er sprang auf und sah, daß genau über der Tür eine große Glocke hing, die wie wild läutete, während eine rote Lampe in kurzen Abständen aufleuchtete.

Was für ein Narr er gewesen war. Der Schlüssel drehte sich abermals im Schloß, die Tür ging auf, und Süßmann und Becker stürzten herein, zerrten ihn in den Gang und schleiften ihn weiter.

Vaughan kletterte erschöpft aus der Grube heraus, und Bruder Franz sprang zu Bruder Gregor hinein, um ihn abzulösen. Sie hatten gut sechs Meter geschafft, und der Boden wurde langsam härter.

Bruder Florian kam mit der leeren Karre aus dem Schuppen nebenan. «Genug für heute?»

«Das kann man sagen. Ich bin keine Schwerarbeit mehr gewohnt. Aber ich muß mich ohnehin wieder auf die Socken machen.»

Margaret Campbell kam auf einem Paar alter Krücken durch die Tür gehumpelt, und hinter ihr erschien Bruder Konrad mit einem Tablett, auf dem eine Kaffeekanne und Becher standen.

«Was ist denn das?» fragte Vaughan angesichts der Krücken.

«Bruder Konrad hat sie aufgetrieben», lachte sie. «So komme ich mir wieder halbwegs menschlich vor.»

Am Hoftor wurde geläutet. Bruder Franz ließ die erhobene Spitzhacke sinken. Alle warteten, und dann sagte Bruder Konrad: «Ich schaue nach, wer es ist.» Er ging schnell auf den Hof hinaus.

Vaughan spähte durch die angelehnte Tür in den Regen. Margaret Campbell humpelte zu ihm und flüsterte: «Können Sie etwas sehen?»

Bruder Konrad schaltete die schummrige Lampe neben dem Hoftor an und riegelte die kleine Seitentür auf. Er öffnete sie, und Berg kam herein. Er murmelte Bruder Konrad etwas zu und blickte sich nervös im Hof um. Bruder Konrad schloß die Tür wieder und kam zur Scheune zurück.

«Er will zu Ihnen, Herr Major.»

Berg war ihm gefolgt und blieb mit der Mütze in der Hand in der Tür stehen, wo er mit seinen dunklen, wachsamen Augen alles registrierte. Die Grube in der Ecke – das Mädchen. Die anderen warteten. Er bemühte sich, gewinnend zu lächeln. «Major? Das wußte ich nicht.»

«Haben Sie es gefunden?» fragte Vaughan ungeduldig.

«O ja, Herr Major, genau wo Sie sagten. Ein Einstiegloch in der letzten Kammer, mit einer dicken Eisenplatte, verschlossen und verriegelt.»

«Und Sie sind hinuntergestiegen?»

«Ja.»

«Erzählen Sie.»

«Zuerst kommt eine Leiter – eine Leiter aus Eisen, ungefähr vier Meter lang. Der Tunnel ist etwa drei Meter breit und überall abschüssig. An zwei anderen Stellen kamen noch mal Leitern, die ungefähr drei Meter tiefer führten – mehr nicht.»

«Sind Sie bis ans Ende gegangen?»

«Ja. Die Röhre ist auszementiert, bis auf die letzten zehn oder zwölf Meter. Das Stück ist ziemlich übel. Man sieht, daß sie mitten bei der Arbeit alles hinwarfen, und überall liegt Erde und Geröll herum.»

«Und wie war die Luft – irgendwie abgestanden oder faulig?»

«Nein, ausgezeichnet. Weiter hinten ist allerdings Wasser, an manchen Stellen steht es fast einen halben Meter hoch. Aber kein Abwasser – ich glaube, es kommt aus irgendeiner Quelle.»

Bruder Konrad sagte: «Wenn die Luft gut ist, muß der Tunnel irgendwo Belüftungsschächte haben.»

«Genau.» Vaughan wandte sich wieder an Berg: «Sie

haben gute Arbeit geleistet. Wir werden uns jetzt eine Zeitlang nicht sehen. Mindestens eine Woche.»

«Soll ich bis dahin noch etwas tun?»

«Finden Sie möglichst viel darüber heraus, was sie mit Pater Conlin machen. Halten Sie Bruder Konrad auf dem laufenden – am besten, Sie kommen alle zwei Tage her und berichten.»

«Wird gemacht.»

«Sehr schön. Sie können jetzt gehen.»

Bruder Konrad begleitete ihn hinaus und verriegelte die Tür wieder. Als er zurückkehrte, sagte er: «Glauben Sie, wir können uns auf ihn verlassen?»

«Er hat keine andere Wahl. Wenn er könnte, würde er uns sofort verraten, aber er kann nicht. Leute wie Berg müssen sich im Leben immer anpassen, weil andere sie in der Hand haben.» Er blickte auf die Uhr. «Ich muß mich langsam umziehen. Ich möchte nicht, daß mein Freund an der Grenze auf mich warten muß.»

Als er auf die Veranda hinaustrat, war er wieder der Meldefahrer: langer Mantel und Helm, AK-Kampfgewehr über der Brust.

Margaret Campbell sagte: «So gefallen Sie mir gar nicht.»

«Das ist auch nicht der Zweck der Übung.» Hinter ihr schob Bruder Konrad das Motorrad mit Beiwagen aus einem Schuppen auf den Hof und ging dann zum Tor, um es zu öffnen.

Vaughan berührte mit seiner behandschuhten Hand kurz ihre Wange. «Sie sehen so süß aus, daß ich Sie am liebsten gleich mitnehmen würde, liebe Maggy. So rührend hilflos mit diesen Krücken.»

«Wohin würden Sie mich bringen?»

«Das überlege ich mir noch.» Er schwang sich auf die Maschine. «Ich komme nächstes Wochenende wieder.» Er fuhr durch das Hoftor, das Konrad hinter ihm wieder zumachte. Das Mädchen stand da und lauschte, wie das Motorengeräusch im Dunkel verklang, drehte sich dann um und humpelte ins Haus zurück.

Pascoe saß in dem alten Kontrollraum in Bitterfeld am Schreibtisch des Fluglotsen und studierte im Schein einer Leselampe den Plan von Schloß Neustadt. In einem Sessel am anderen Ende des Zimmers döste Bruno Teusen vor sich hin. Es war sehr still – fast Mitternacht –, und Pascoe fragte sich, was wohl geschehen sein mochte. Was schiefgelaufen war. Dann klopfte es an der Tür, und Vaughan trat, gefolgt von Böhmler, ins Zimmer.

Pascoe lehnte sich auf seinem Stuhl zurück und lächelte. «Wissen Sie, ich fing schon an, mir Sorgen zu machen. Sicher weil ich langsam alt werde. Ist an der Grenze alles glattgegangen?»

Vaughan nahm den Helm ab. «Hätte nicht besser sein können. Mir ist zwischen Neustadt und Flossen keine Menschenseele begegnet, bis ich Böhmler traf.»

«Das war kurz nach elf», sagte Böhmler. «Wir stellten das Motorrad in den Lastwagen und fuhren weiter nach Flossen, wo Bülow uns ohne Formalitäten durchließ.»

«Ausgezeichnet», sagte Pascoe. «Und jetzt erzählen Sie bitte, was drüben passiert ist. Alles.»

Böhmler und Vaughan gingen über das Flugfeld zu dem kleinen Gebäude, das früher als Offiziersmesse gedient hatte.

«Es ist nicht übel», sagte Böhmler. «Allerdings nur alte Wehrmachtspritschen, aber es sind reichlich Decken da, und der Verwalter hat den Boiler wieder in Gang gesetzt. Morgen früh werden wir also mehr als genug heißes Wasser haben.»

Durch den Spalt einer angelehnten Hangartür drang Licht, und sie hörten das Geräusch eines Elektrobohrers. «Was ist denn da los?» fragte Vaughan.

«Ihr Freund Kubel. Er scheint Tag und Nacht an seiner Maschine zu basteln, wie ein Verrückter.»

«Ich komme Ihnen gleich nach», sagte Vaughan.

Als er den Hangar betrat, stand der Fieseler Storch ganz allein mitten in der Halle. Max Kubel machte sich, fröhlich pfeifend, mit dem Bohrer an einer Tragfläche zu schaffen. Er hatte einen ölverschmierten Overall an, der sicher schon bessere Tage gesehen hatte. Er schaltete den Bohrer ab und grinste. «Der Held ist wieder da. Wie war es?»

«Interessant. Ich sehe, daß du Flugzeuge immer noch mehr liebst als Frauen.»

«Es ist mehr Verlaß auf sie. Sag mal, mein Freund, was macht die Kleine, von der du mir erzählt hast? Hast du sie wohlbehalten vorgefunden?»

«Ja, aber das ist auch so ungefähr das einzige, was ich mit Sicherheit sagen kann.» Vaughan schritt nervös zu der angelehnten Tür.

«Und was für ein Gefühl hast du?»

«Ein mulmiges.»

«Weshalb? Wegen der jungen Dame, oder ist es etwas anderes?» Er lachte auf. «Mein armer Simon.»

«Scher dich zum Teufel», brummte Vaughan und verließ den Hangar.

«Das werde ich bestimmt eines Tages tun», rief Max Kubel spöttisch, griff wieder zum Bohrer und schaltete ihn an.

Pater Conlin hockte in der Ecke einer Zelle im ersten Kellergeschoß. Sie war weiß getüncht, enthielt kein einziges Möbelstück und war so grell beleuchtet, daß es seinen Augen weh tat.

Er vernahm ein dumpfes, volles, klatschendes Geräusch, das in einem regelmäßigen Rhythmus erklang. Es schien sehr nahe und gleichzeitig fern zu sein. Er konnte sich keinen Reim darauf machen.

Die Tür ging auf, und Van Buren erschien mit einem jungen Volkspolizisten. «Nehmen Sie ihn mit», befahl der Amerikaner.

Als der Vopo mit Conlin in den Gang trat, sah der Priester, daß Van Buren vor der Tür zur Nachbarzelle stand und durch ein kleines, vergittertes Fenster hineinspähte. Das klatschende Geräusch wurde deutlicher, und der Posten drängte Conlin so nahe an das Fenster, daß er in der Zelle einen Mann in zerfetzten Kleidungsstücken erblickte, der über einer Bank lag. Süßmann und Becker, die ihren Oberkörper entblößt hatten, bearbeiteten ihn systematisch mit Gummischläuchen.

Der Mann auf der Bank stöhnte und wandte den Kopf, und Conlin erkannte zu seinem Entsetzen, daß es Karl war, der junge Fahrer, der ihn damals mit dem Laster in der Nähe vom Bauernhaus der Campbells abgesetzt hatte.

«Was bezwecken Sie damit?» fragte er Van Buren. «Er weiß nichts über den Untergrund. Er kann Ihnen nicht weiterhelfen – ich habe es so organisiert, daß die einzelnen Mitarbeiter praktisch keine Ahnung voneinander haben.»

«Oh, das glaube ich Ihnen», antwortete Van Buren. «Aber ohne reuigen Sünder ist eine Bekehrung unmöglich, das lehrt Ihre Kirche doch auch? Wir bemühen uns nur um sein Seelenheil. Schmerzen wirken nun einmal läuternd. Denken Sie nur an den Mann am Kreuz. Was für einen Weg er gehen mußte. Entwürdigend und voller Martern. Aber drei Tage später . . .»

# 11

Am Sonnabend winkte Bülow den Lastwagen um acht Uhr bei Flossen durch. Nach knapp zwei Kilometern bog Böhmler auf einen Waldweg ab und erreichte einige hundert Meter weiter eine Lichtung, wo eine alte, stillgelegte Sägemühle an einem schnell fließenden Bach stand. Das Schaufelrad, das einst die Energie geliefert hatte, drehte sich schon seit Jahren nicht mehr, und die Türen an der Vorderseite des Gebäudes hingen schief in den Angeln. Er fuhr hinein, nahm eine Taschenlampe, ging zur Ladeklappe und öffnete sie. Auf der Ladefläche standen das Motorrad, verschiedene Gegenstände, die sie zur Arbeit brauchten – und Vaughan, immer noch als Vopo gekleidet, der ihm jetzt eine Fußpumpe mit einem langen Schlauch und ein paar Plastikeimer herunterreichte. Böhmler nahm die Utensilien wortlos entgegen und ließ die Eimer unter einem Wasserhahn vollaufen.

Regentropfen prasselten auf das Dach; er grinste: «Zwanzig Minuten eher, und wir hätten nicht soviel Arbeit gehabt.»

«Und wären womöglich von einem Neugierigen gesehen worden, der sich garantiert gefragt hätte, wieso ein Vopo-Fahrzeug plötzlich von drüben in die DDR kommt», erwiderte Vaughan.

Er steckte das kurze Schlauchende der Fußpumpe in einen Eimer und begann kräftig zu pumpen. Böhmler spritzte den Lkw mit dem anderen Ende ab. Die schmutziggraue Wasserfarbe, mit der er gestrichen worden war, löste sich sehr schnell auf, und das Fahrzeug verwandelte sich in seinen ursprünglichen Zustand zurück – in einen Transportlaster der Volkspolizei in der dunkelgrünen und braunen Tarnfarbe, die in waldigen Gegenden benutzt wird.

Das Ganze dauerte kaum zehn Minuten, und als sie fertig waren, warf Böhmler Pumpe und Eimer in den Abflußkanal des Mühlwerks. Er kam zurück und wischte sich die Hände mit einem alten Lappen trocken. «Zu Diensten, Herr Major.»

Vaughan kletterte ins Fahrerhaus. «Eine Stunde nach Mitternacht. In Ordnung?»

Er ließ den Motor an und sauste über die Lichtung. Böhmler folgte zu Fuß, und als er die Hauptstraße erreichte, war das Geräusch des Lasters schon in der Dunkelheit verklungen. Er trabte los zum Grenzübergang.

Vaughan hätte wissen müssen, daß es einfach zu glatt ging, um so bleiben zu können. Man mag alle möglichen Eventualitäten berücksichtigen, irgend etwas Unerwartetes kommt einem doch in die Quere. Die dummen Kleinigkeiten, die man nicht einkalkuliert hat, nicht einkalkulieren konnte.

Die ersten fünfzehn oder zwanzig Kilometer passierte nichts. Nur Bäume und pechschwarzes Dunkel, aber dann, in Ploden, erblickte er vor dem Wirtshaus ein Motorrad mit Beiwagen, das dem seinen genau glich. Offensichtlich eine beliebte Zwischenstation für Vopo-Streifen. Andererseits war es wahrscheinlich weit und breit das einzige Lokal.

Das Fahrzeug schleuderte heftig, als einer der hinteren Reifen platzte. Er brauchte alle seine Kräfte, um das Steuer zu halten, trat auf die Bremse und schaffte es, den Laster auf der Grasböschung heil zum Stehen zu bringen.

Leise fluchend stieg er aus, nahm den Wagenheber aus dem Werkzeugkasten und zog eines der beiden Reserveräder aus der Halterung. Es war dunkel – zu dunkel, um genug sehen zu können, so daß er die Taschenlampe aus dem Handschuhfach holte, anknipste und auf die Erde stellte, ehe er begann, die Muttern des defekten Rads abzudrehen. Sie wollten sich nicht bewegen, und ihm fiel ein, daß sie in der Werkstatt sicher mechanisch festgezogen worden waren. Er biß die Zähne zusammen und konzentrierte sich. Vielleicht hörte er das nahende Motorengeräusch deshalb erst, als es zu spät war, um irgend etwas zu unternehmen.

Die Maschine hielt auf der Böschung, der Volkspolizist sprang ab und beugte sich über ihn. Unter anderen Umständen wäre es vielleicht lustig gewesen, denn er hätte Vaughans Zwillingsbruder sein können; alles war identisch, Helm, Schutzbrille, der Mantel, selbst das AK über der Brust.

«Eine Panne, Genosse?»

«Was denn sonst?» antwortete Vaughan verdrossen. Seine Hand glitt in die rechte Manteltasche, fand den Lauf der Walther und entsicherte sie.

«Ich helfe dir.»

Der Vopo fing an, auf den Fußhebel des Wagenhebers

zu treten. «Wohin geht die Fahrt?»

«Nach Stendal», erklärte Vaughan. «Zum Ersatzteillager der Division.» Er wußte, daß dieses Lager existierte. Sein neuer Freund zog das Rad ab.

«Was, am Wochenende, und so spät abends?»

Vaughan rollte das Reserverad zu ihm. «Ja, wir hatten einen Unfall. Eins von unseren Bergungsfahrzeugen ist bei Flossen von der Straße abgekommen und hat einen Achsenschaden. Wir brauchen es Montag, und deshalb mußte ich gleich losfahren, um die neue Achse zu holen, und morgen dürfen wir dann den ganzen Tag arbeiten.» Er fing an, die Muttern festzuziehen. «Das Wochenende ist hin.»

Er trat auf den Fußhebel des Wagenhebers, und Luft zischte heraus. Der Vopo schmunzelte. «Und du hattest dir etwas anderes vorgenommen, stimmt's? Jetzt wird's nichts mit der kleinen Gertie vom Gasthof. Ich habe gehört, sie läßt sich nicht lange bitten.»

Vaughan warf den Wagenheber in den Werkzeugkasten. «In dieser gottverlassenen Gegend muß man nehmen, was man bekommt.» Er kletterte hinter das Steuer. «Auf jeden Fall vielen Dank, Genosse. Ich muß wieder los.»

Der Vopo rief: «Einen Augenblick, du hast das Rad vergessen, das du abgenommen hast. Ich schiebe es schnell hinten in die Halterung.»

Vaughan hörte, wie er zur Ladeklappe ging, und antwortete nicht, sondern gab Vollgas und sauste davon.

Er hatte keine Chance, nicht gegen ein so schweres Motorrad. Im Rückspiegel sah er, wie sein Scheinwerfer schnell näher kam, und als es überholen wollte, fuhr er auf die linke Fahrbahn. Er wiederholte das Manöver noch einige Male mit Erfolg, aber dann war der Wald zu Ende, und sie erreichten den Damm durch die Sümpfe, eine vier Kilometer lange, erhöhte Chaussee, die durch eine öde Moorlandschaft führte und an den Seiten von einer übermannshohen blaßgrünen Schilfbarriere begrenzt wurde. Eine fremdartige, nur von Vögeln bewohnte Welt.

Hier konnte er den Laster nicht mehr ruckartig nach links ziehen, weil das Fahrzeug bei der kleinsten falschen Bewegung vom Damm abkommen und im Sumpf landen würde. Schade für Sean Conlin und Margaret Campbell, von Simon Vaughan ganz zu schweigen.

Vielleicht konnte er den Vopo aber zum Überholen bewegen, indem er scharf rechts fuhr, und die Maschine dann vom Damm abdrängen. Er versuchte es, aber sein Verfolger fiel nicht darauf herein und hielt sich weiter dicht hinter ihm.

Ein Schuß knallte, dann noch einer, als er sein AK einhändig abfeuerte, und Vaughan tat das einzig Richtige – er bremste scharf und kam schleudernd zum Stehen. Er ließ den Motor weiterlaufen, rutschte auf den Beifahrersitz, ließ sich aus der anderen Tür auf die Erde fallen und ging unter dem Fahrzeug in Deckung.

Die Maschine hatte ebenfalls gehalten, und jetzt näherten sich Schritte. Die Stiefel, das untere Mantelende kamen dicht an seinem Gesicht vorbei, und die Tür an der Fahrerseite wurde aufgerissen. Vaughan robbte lautlos vor und sprang hinter dem Vopo auf. Er rammte ihm das Knie über dem Gesäß in den Rücken, nahm ihn mit dem linken Arm von hinten in den Schwitzkasten und riß seinen Oberkörper zurück. Mit der rechten Hand knallte er ihm den Helmrand so heftig er konnte ins Genick. Es brach mit einem scheußlichen Knacken, und der Mann stieß einen röchelnden Schrei aus, als er starb.

Vaughan hielt ihn noch eine Weile schwer atmend fest, schleifte ihn dann zum Motorrad zurück und setzte ihn in den Beiwagen, was wegen seiner Größe keine leichte Arbeit war. Dann stieg er auf. Als der Motor wieder warmgelaufen war, sprang er ab und drehte gleichzeitig den Gashebel. Die Maschine machte einen heftigen Satz und landete im Sumpf.

Er holte die Taschenlampe aus dem Fahrerhaus des Lasters. Der Vopo war kopfüber in ein riesiges Moorloch gestürzt und unter der Maschine begraben worden. Es dauerte nicht lange, bis er und sein Motorrad versanken, aber Vaughan wartete und gab sich erst zufrieden, als die schwarzbraune, dicke Flüssigkeit wieder unbewegt war.

Nun ja – ein Volkspolizist war nicht von der Streife zurückgekehrt, und mit einigem Glück würden seine Vorgesetzten den Sicherheitsbehörden melden, er sei mit seinem Motorrad in den Westen geflüchtet. Aber selbst wenn das Moor sein Geheimnis preisgeben sollte, würde alles auf einen tragischen Unglücksfall hinweisen.

Er kletterte ins Fahrerhaus und zündete sich eine Zigarette an. Sie schmeckte ihm nicht. Angewidert warf er sie aus dem Fenster und fuhr los, wobei er das Steuer viel zu fest umklammerte.

Vaughan schritt mit Bruder Gregor die steile Bretterrampe hinunter, die in die Grube führte, und spähte in den gähnenden Schlund.

«Wie weit sind Sie schon?» fragte er.

«Knapp sieben Meter. Es geht wirklich sehr gut.»

Der Tunnel war mit Glühbirnen beleuchtet, die in regelmäßigen Abständen von einer langen Schnur baumelten. Das Dach und die Seiten waren mit angerosteten Wellblechplatten ausgeschlagen und mit Balken abgestützt.

«Dort drinnen kann man kaum eine Hacke schwingen», gab Vaughan zu bedenken.

«Ja, das stimmt. Richtig arbeiten kann nur ein Mann – der andere steht hinter ihm und schaufelt die Erde in die Schubkarre. Knapp anderthalb Meter breit, gut einen Meter hoch.»

«Ginge es nicht schneller, wenn zwei Mann gleichzeitig graben könnten?»

«Wenn wir den Tunnel breiter machten? Wohl kaum, denn dann müßten wir zuviel Erde ins Freie schaffen. Ich habe es gründlich durchgerechnet.» Bruder Gregor lächelte entschuldigend. «Gelegentlich kommt der Ingenieur in mir durch.»

«Sie haben die Oberleitung», sagte Vaughan. «Solange der Tunnel breit genug ist, daß ein Mann durchgehen kann, ist schließlich alles in Ordnung.»

«Genau. In den letzten Tagen von Stalingrad hatte ich bei den Verbindungswegen zwischen den Schützengräben das gleiche Problem.»

«Kann ich mir denken.»

Oben wurde dreimal laut auf die Bretterrampe geklopft, und Bruder Gregor blickte zu Bruder Konrad und den anderen hoch, die sich über den Rand der Grube beugten. «Fertig zum Raufholen.»

Jemand zog an einem Seil, und Vaughan sah, wie eine alte, bis obenhin mit Erde gefüllte Holzkarre näher kam, die auf ein primitives Gestell mit Eisenrädern montiert war. Die improvisierte Lore rumpelte den wackeligen Schienenstrang entlang, bis sie die obere Kante der Rampe erreicht hatte, wo Bruder Konrad begann, die Erde in seine Schubkarre zu schaufeln.

Vaughan bückte sich und kroch zwischen den Stützbalken hindurch, bis er zu Bruder Franz kam, der in der Tunnelröhre hockte und die Erde vor sich mit einer alten Hacke bearbeitete. Dicht hinter ihm war Bruder Florian. Beide Männer arbeiteten mit nacktem Oberkörper, waren über und über schmutzig und glänzten vor Schweiß.

Franz grinste. «Wieder zurück, Major? Soll ich Ihnen eine Schaufel geben?»

«Nein, vielen Dank», sagte Vaughan. «Ich will Ihnen nicht den Spaß rauben.»

«Ein gemütliches, sicheres Gefühl. Geborgen wie im Mutterschoß. Und interessante Reliquien.» Er griff in den losen Boden und hob einen Fingerknochen in die Höhe. «Da, ein Souvenir aus Neustadt.»

Vaughan kroch auf allen vieren zurück, verließ den Tunnel und ging die Rampe hoch. «Bisher nichts Unangenehmes passiert?»

Bruder Gregor schüttelte den Kopf. «Nur alte Knochen. Ich habe mich auf dem Friedhof umgeschaut. Die Gräber auf dieser Seite stammen größtenteils aus dem siebzehnten und achtzehnten Jahrhundert.»

«Und dann?»

Bruder Konrad stützte sich auf seine Schaufel und antwortete erst eine Weile später. «Ich fürchte, dann wird es schlimmer. Einige Leichen sind erst vom letzten Jahr.»

Verlegenes Schweigen. Niemand schien zu wissen, was er sagen sollte, bis die Scheunentür geöffnet wurde und Margaret Campbell hereinhumpelte. Sie ging nicht mehr auf Krücken, stützte sich nur noch auf einen dicken Gehstock.

«Das Abendbrot ist fertig», sagte sie, und als sie Vaughan zulächelte, fühlte er, wie sein Inneres von Wärme durchflutet wurde.

Kurz bevor sie zu Ende gegessen hatten, klingelte die Hofglocke.

«Das ist sicher Berg», sagte Bruder Konrad. «Ich habe ihn heute abend erwartet.»

Er ging hinaus und kam kurz danach mit dem Verwalter zurück. Berg war offensichtlich überrascht, Vaughan zu sehen, und er blieb nervös, seine Mütze zwischen den Händen drehend, im Zimmer stehen. «Sie sind wieder da, Herr Major.»

«Das will ich meinen. Was ist oben los?»

«Ich werde nicht eingeweiht. Ich bekomme nur einige Dinge mit.»

«Erzählen Sie, Mann», befahl Vaughan ihm.

«Nun, Conlin geht es den Umständen entsprechend gut. Ich meine, er kann mit eigener Kraft gehen. Ich habe heute nachmittag gesehen, wie er mit seinen Bewachern aus Van Burens Arbeitszimmer kam.»

«Sitzt er immer noch im dritten Keller?»

«Ja.» Berg zögerte. «Sie haben sich jetzt auf einen anderen Mann konzentriert.»

«Auf wen?»

«Ich hörte zufällig ein Gespräch zwischen Hauptmann Süßmann und Becker mit. Dieser Gefangene hat anscheinend den Laster gefahren, mit dem Pater Conlin herkam.»

«Und was haben sie mit ihm angestellt?»

«Alles», sagte Berg nur. «Sie haben ihn stundenlang im Hof an einen Pfahl gebunden. Ich würde sagen, er macht es nicht mehr lange.»

Margaret Campbells innere Qualen zeichneten sich deutlich auf ihrem Gesicht ab. Vaughan nahm unter dem Tisch ihre Hand und drückte sie fest.

«Und der weibliche Vopo-Offizier – diese Frau, die Van Buren mitgebracht hat? Was ist mir ihr?»

«Sie heißt Leber, Leutnant Leber. Eine Krankenschwester vom Sanitätskorps.» Berg zuckte die Achseln. «Ich sehe sie, offen gesagt, kaum. Sie ist die meiste Zeit oben bei ihm.»

Vaughan antwortete nicht gleich und überlegte. Dann nickte er: «Sehr gut, Sie bleiben am besten gleich hier und hören sich an, was ich zu sagen habe. Schließlich sind Sie jetzt einer von uns.» Er stand auf. «Heute abend bin ich mit einem Vopo-Laster hierhergekommen, mit einem Truppentransporter. Er steht in einem Schuppen im Hof.»

«Und wir werden damit flüchten, wenn es soweit ist?» fragte Konrad.

«Genau. Hinten liegen Uniformen und Gewehre für alle, auch für Sie, Herr Berg. Selbst wenn die ganze Gegend alarmiert ist, wird man Sie in einem solchen Fahrzeug nicht behelligen.»

Der Verwalter räusperte sich. «Aber man wird bestimmt alle Grenzposten benachrichtigen und die Übergänge sperren.»

«Genau», sagte Vaughan wieder. «Zum Glück wird der, den wir benutzen, aber von Freunden bewacht werden.»

«Haben wir eigentlich einen genauen Zeitplan?» fragte Margaret Campbell. «Wie wollen Sie das arrangieren?»

«Wir brauchen keinen Zeitplan.» Er ging zur Anrichte und nahm einen Armeetornister herunter. Er brachte ihn zum Tisch, öffnete ihn und holte ein kleines, schwarzes Funkgerät heraus.

«Funkkontakt?» sagte Konrad. «Aber das wäre Wahnsinn. Die Sicherheitskräfte haben Dutzende von Einheiten, die sich einzig und allein damit beschäftigen, den gesamten Funkverkehr abzuhören. Man würde uns in ein paar Stunden aufspüren.»

«Stimmt», sagte Vaughan. «Aber verlassen Sie sich auf mich. Ab Mittwoch stehen meine Freunde in Bitterfeld rund um die Uhr in Bereitschaft. Dort wartet ein Fieseler Storch mit einem Piloten, der schon oft solche Flüge gemacht hat. An dem Tag, an dem ich beschließe, Conlin herauszuholen, wird dieser Sender eingeschaltet. Er sendet ein besonders verschlüsseltes UKW-Signal und schaltet nach zwei Minunten automatisch ab. Dann wissen die Männer in Bitterfeld Bescheid. Das Signal wird in dem Augenblick wiederholt, in dem ich mit Conlin hier erscheine, und sobald sie es in Bitterfeld empfangen, startet der Storch.»

«Und wie lange wird der Flug dauern?» fragte Margaret.

«Maximal zwanzig Minuten. Der Pilot landet am Fluß

auf einer Wiese, die im Volksmund Pferdegrund heißt, gut einen halben Kilometer von hier entfernt.»

«Kann er denn nachts ohne Piste landen?»

«Dieser Pilot kann es, und ich habe alles, was er dazu braucht, hier in meinem Tornister. Konrad bringt mich mit Conlin zum Landeplatz. Der alte Mann und ich fliegen dann mit dem Storch nach Bitterfeld.»

«Und wir?» fragte Berg.

«Bruder Konrad kommt wieder hierher und holt Sie alle ab, natürlich in Uniform.» Er lächelte dem Mädchen zu. «Es ist sogar eine für Sie da.»

«Ich wußte gar nicht, daß es so kleine Größen gibt.»

«Ich auch nicht. Sie werden sich die Mütze tief ins Gesicht ziehen müssen. Im Fahrerhaus des Lasters liegt eine Karte, auf der die schnellste Route nach Flossen eingezeichnet ist. Ich empfehle Ihnen dringend, sie auswendig zu lernen.»

«Selbstverständlich.»

«Und noch eines, was Sie sich unbedingt merken sollten. An dem fraglichen Abend muß jeder seine Arbeit auf die Minute pünktlich erledigen. Falls jemand nicht da ist, wenn Bruder Konrad abfahren will, hat er die Folgen ganz allein zu tragen.» Er wandte sich an Bruder Konrad: «Sie warten auf niemanden, verstanden?»

Berg schüttelte den Kopf. «Verrückt», sagte er. «Absolut verrückt.»

«Nein, nicht verrückt», korrigierte Bruder Konrad ihn. «Es ist im Grunde sehr einfach, wenn man genau darüber nachdenkt. Ein Teil paßt ins andere, wie bei einer guten Schweizer Uhr.»

«Und Sie wissen ja, was mit denen passiert, wenn ein

Teil nicht in Ordnung ist», sagte Berg mürrisch. Er setzte sich die Mütze auf. «Aber ich muß jetzt gehen. Bis übermorgen.»

Konrad begleitete ihn hinaus, und die anderen erhoben sich vom Tisch. «Ab ins Salzbergwerk», sagte Franz fröhlich, als sie den Raum verließen.

Margaret Campbell wandte sich an Vaughan, und ihre Stimme war sorgenvoll: «Sie sehen abgespannt aus.»

Beinahe hätte er dem Drang nachgegeben, ihr zu erzählen, was im Moor geschehen war. Daß er vor wenigen Stunden einen Mann getötet hatte. Aber das blieb besser ungesagt. Sie gehörte nicht zu den Menschen, die so etwas leicht verkraften, so unumgänglich es sein mochte.

«Ich werde langsam alt», sagte er lächelnd.

Bruder Konrad kam zurück in die Küche. «Wann werden Sie fahren?»

Vaughan blickte auf die Uhr. «Ungefähr in einer Stunde. Mein Kontaktmann erwartet mich um ein Uhr an der Grenze.»

Das Mädchen legte ihm die Hand auf den Arm. «Sie fahren noch heute?»

«Ja, es geht nicht anders. Ich habe noch eine Menge zu erledigen. Aber ich komme Mittwoch wieder, das wissen Sie ja.»

Bruder Konrad sagte: «Und Sie meinen, daß Ihr Plan klappen wird?»

«Ich wüßte nicht, warum er schiefgehen sollte.»

«Und Pater Hartmann? Haben Sie ihn nicht eingeweiht?»

«Ich möchte ihm nicht alles sagen. Er könnte Einwände erheben.»

«Sie müssen es am besten wissen.» Bruder Konrad zögerte und blickte von einem zum anderen. «Ich lasse Sie jetzt eine Weile allein und schaue nach, wie die anderen in der Scheune vorankommen.»

Er ging hinaus. Vaughan zündete sich eine Zigarette an. Margaret Campbell verschränkte die Arme und lehnte sich, ihn nicht aus den Augen lassend, auf dem Stuhl zurück.

«Wie lange kennen wir uns nun schon? Ein Jahr? Hundert Jahre? Haben Sie eine Ahnung, was für ein Gefühl ich an jenem Morgen an der Spree hatte? Wie sehr ich mir wünschte, Ihnen alles sagen zu können?»

Er beugte sich zu ihr und berührte ihr Gesicht. «Noch mehr Wasser unter der Brücke.»

«Und Sie glauben an all das?» sagte sie. «An all das, was Sie tun? Sie müssen daran glauben. Sonst würden Sie sich nicht auf das Risiko einlassen.»

«Wenn Sie meinen, daß mir das, was hier geschieht, nicht paßt, dann haben Sie recht», sagte er. «Die Mauer und die Demarkationslinie werden von dreißigtausend Uniformierten bewacht, wußten Sie das? Jeder Soldat, der den Fluchtversuch eines Kameraden vereitelt, wird um zwei Dienstgrade befördert und bekommt einen Orden, fünfhundert Mark in bar und eine Reise nach Moskau für zwei. Ich nehme nicht an, daß man Ihnen das an der Universität erzählt hat.»

«Nein.»

«Und selbst das nützt nicht viel. Bisher sind schon mehr als zweitausend Grenzer geflohen. Sie sehen, die Fleischtöpfe des westlichen Kapitalismus üben einen größeren Reiz aus als die Reinheit der marxistischen Lehre.»

«Sie sind zornig», sagte sie.

«Bin ich das?»

«Erzählen Sie mir von Borneo.»

«Warum?»

«Ich würde gern Ihren Standpunkt kennenlernen. Bitte.»

Sie legte ganz leicht die Hand auf seinen Arm.

«Als ich das letzte Jahr auf Borneo stationiert war, wurde die Gegend um Kota Baru von Terroristen kontrolliert, und die meisten von ihnen waren keine Indonesier, sondern chinesische Kommunisten. Sie brannten ganze Dörfer nieder und zwangen die Einheimischen, ihnen zu helfen, indem sie in einigen der Dörfer, die sie einnahmen, jeden zweiten Bewohner abschlachteten, ganz gleich ob Mann oder Frau. Einfach um die anderen zur Mitarbeit zu zwingen.»

«Und Sie erhielten den Befehl, etwas dagegen zu tun?»

«Ich galt als Experte auf diesem Gebiet, so daß man mir eine Partisaneneinheit mit Dajak-Spähern unterstellte und mir befahl, die Gegend zu säubern. Ich hatte nicht viel Glück, bis sie die Mission von Kota Baru in Flammen aufgehen ließen und vier Nonnen und achtzehn Mädchen umbrachten. Da mußte ich etwas unternehmen.»

«Und was machten Sic?»

«Ein Informant unterrichtete mich, ein chinesischer Kaufmann namens Hui Lui, der in Selange lebte, sei ein kommunistischer Agent. Ich nahm ihn fest und gab ihn meinen Dajak, als er nicht reden wollte.»

«Damit sie ihn folterten?»

«Er wurde schon nach wenigen Stunden weich und

sagte mir, wo sich die Bande, hinter der ich her war, versteckt hielt.»

«Und Sie haben sie erwischt?»

«Zuletzt ja. Die Leute teilten sich in zwei Gruppen, aber es nützte ihnen nichts.»

«Man sagt, Sie hätten Ihre Gefangenen erschossen?»

«Erst im letzten Stadium der Verfolgung, als ich der zweiten Gruppe dicht auf den Fersen war. Gefangene hätten mich aufgehalten.»

«Und Mr. Hui Lui?»

«Wurde bei einem Fluchtversuch erschossen. Das ist das Ironische an der Sache. Ich hatte die feste Absicht, ihn zur Küste hinunterzuschaffen und vor ein Standgericht zu bringen, aber er versuchte am Abend, bevor wir aufbrachen, sich aus dem Staub zu machen.»

«Bereuen Sie heute etwas?»

«Was ich mit ihm machte, hätte er auch mit mir gemacht. Der Zweck des Terrorismus besteht darin, die Leute zu terrorisieren. Lenin hat es selbst gesagt, und es gehört zu den Grundprinzipien jeder kommunistischen Theorie vom revolutionären Krieg. Man kann solche Leute nur mit ihren eigenen Mitteln schlagen. Ich tat, was getan werden mußte. Malaya, Kenia, Zypern, Aden. Ich bin überall dabeigewesen, und ich habe die Leute satt, die die Ermordung Unschuldiger rechtfertigen, indem sie behaupten, es sei im Namen einer guten Sache. Als ich fertig war, gab es in Kota Baru keinen nächtlichen Terror mehr. Sie schlachteten keine kleinen Mädchen mehr ab. Das sollte, weiß Gott, zählen.»

Ihr Gesicht war entspannt, und ihre Augen hatten einen sinnenden Ausdruck, als sie sich mit verschränkten

Armen über den Tisch beugte und ihn leise fragte: «Sie haben sich also selbst ruiniert. Ihre Karriere, Ihren Ruf – alles.»

«Ich fahre jetzt besser.»

Er stand auf, holte den langen Regenmantel vom Haken neben der Tür und zog ihn an. Er hängte sich das AK-Kampfgewehr vor die Brust, setzte den Helm auf und schloß den Kinnriemen. «Ist es so richtig?»

«Ich denke ja.»

Er hatte bereits die Tür geöffnet, als sie sanft sagte: «Jetzt weiß ich, was ich von Anfang an in Ihnen gesehen habe, was ich unbewußt spürte und nicht verstand. Sie werden tief in Ihrem Inneren von einem verletzten Gerechtigkeitsgefühl beherrscht.»

Er antwortete nicht. Die Tür fiel leise ins Schloß, und er war fort.

Es war kurz nach zwei Uhr mittags, als Meyer unter einem dicken Stapel von Wolldecken – denn er fror leicht – auf einer der schmalen Wehrmachtspritschen von Bitterfeld lag. Er las ein Buch, das Vaughan mitgebracht hatte, eine kritische Würdigung der Philosophie Heideggers.

Die Tür ging auf, und Vaughan kam herein. «Schon wieder da, Simon?» sagte Meyer.

«Du scheinst überrascht zu sein.» Vaughan nahm den Helm ab und zog den Mantel aus, setzte sich erschöpft auf den Rand einer Pritsche und zündete sich eine Zigarette an.

«Alles gut gegangen?»

«Ich mußte einen Vopo umlegen, der Streife fuhr und mich stoppen wollte.»

«Mein Gott!»

«Keine Sorge. Ich habe ihn und seine Maschine in einem Moorgebiet versenkt. Wenn wir Glück haben, werden seine Leute denken, er sei geflüchtet.»

«Manchmal kann man nur noch das Fenster schließen und darauf warten, daß die Dunkelheit zu Ende geht», sagte Meyer feierlich.

«Vor einer Ewigkeit, als ich siebzehn war, ging ich immer zum Tanzen ins alte *Trocadero.* Deine Art von Musik, Julius. Es hätte dir dort gefallen.»

«Worauf willst du hinaus?»

«Darauf, daß Siebzehn ein herrliches Alter ist. Mit siebzehn bringt man Mädchen acht Kilometer weit zu Fuß vom Ball nach Haus und erhofft sich dafür nicht viel mehr als einen Kuß. Mit siebzehn ist man voller Erwartungen und rechnet fest damit, daß an der nächsten Straßenecke etwas Tolles passiert. Mit siebzehn steht man mit seiner Freundin unter einer Straßenlampe und läßt sich naßregnen, aber der Regen kommt einem vor wie eine Liebkosung.»

Meyer sagte: «Die Träume unserer Jugend sind vorbei, und die Wirklichkeit sieht anders aus, Simon. Heute bist du siebenunddreißig, und du warst zwanzig Jahre lang ein professioneller Killer, wenn ich es so grob ausdrücken darf. Das ist die Realität – Geschäft ist Geschäft, und Töten ist dein Handwerk. Du kannst nicht einfach damit aufhören. Malaya, Kenia, Zypern – all die kleinen Kriege, in denen du gedient hast. Und jetzt dieses Unternehmen. Für dich wird es immer wieder einen kleinen Krieg geben, weil du einfach nicht aussteigen kannst aus dem Spiel, das du spielst. Irgendwann wird es dich erwischen, mein

Freund, wie gut du auch sein magst, wie gerissen du es auch anstellst, eines Tages lauert irgendwo auf dem Dach ein Hitman und jagt dir eine Kugel in den Rücken. Kein ruhmvolles Ende.»

«Ich war zwei Jahre in einem chinesischen Kriegsgefangenenlager», sagte Vaughan verdrossen. «Das ist Ruhm genug für mich.»

«Du bist für immer gezeichnet, Simon. Laß das Mädchen in Ruhe, irgendwo wartet ein braver Junge auf sie. Hol sie heraus, vollbringe eine gute Tat, und dann laß sie gehen. Sie hat das Recht auf ein richtiges Leben.»

Vaughan zog sich aus und legte sich auf die Pritsche neben Meyer. Meyer sagte noch: «Macht es dir etwas aus, wenn ich weiterlese? Stört dich das Licht?»

«Nein.»

«Ein interessanter Bursche, dieser Heidegger. Er sagt, zum richtigen Leben gehört die entschlossene Konfrontation mit dem Tod. Findest du das auch?»

Vaughan gab keine Antwort.

Walter Ulbrichts Büro war spartanisch eingerichtet. Ein gerahmtes Stalin-Foto mit Widmung nahm einen Ehrenplatz an einer Wand ein, und die kalte und ungemütliche Atmosphäre war nicht allein das Ergebnis der allgemein bekannten Abneigung gegen Zentralheizung.

Durch eines der schmalen Fenster strömte Frühmorgensonne in den Raum, aber ihr Licht reichte nicht aus, um die Halbschatten zu vertreiben. Der Staatsratsvorsitzende saß am Schreibtisch, arbeitete aufmerksam die Akten durch, die ein Referent ihm reichte, und unterzeichnete dann und wann ein Schriftstück.

«Oberst Klein vom Staatssicherheitsdienst», meldete seine Sekretärin durch die Sprechanlage. An der Tür klopfte es, und Klein trat ein. In seinem Wintermantel mit Pelzkragen machte er eine sehr gute Figur, doch als er sich dem älteren Mann näherte, schien er an Haltung zu verlieren. Ulbricht beachtete ihn zunächst nicht und fuhr fort, Dokumente zu unterschreiben. Endlich hielt er inne, nahm die Brille ab und fuhr sich mit der Hand über die Augen.

«Lassen Sie uns bitte allein», sagte er zu dem Referenten, und der junge Mann ging sofort zur Tür, öffnete sie und verließ ohne ein Wort den Raum.

Ulbricht musterte den Mann vom SSD eine volle Minute, ehe er etwas sagte. «Nun, Klein, ich warte. Ich bin schon zwei Tage aus Moskau zurück und habe noch nichts von Ihnen gehört.»

«Genosse Vorsitzender», begann Klein, «solche Dinge brauchen ihre Zeit.»

«Sie sagten mir, daß dieser Amerikaner, dieser Van Buren, der beste Mann auf seinem Gebiet ist. Ich hatte gleich ein ungutes Gefühl, weil er es an politischer Überzeugung vermissen läßt, aber Sie versicherten mir, das spiele keine Rolle. Sie versprachen mir Ergebnisse. Sie garantierten mir sogar Ergebnisse – das ist wohl kaum übertrieben.»

Kleins Mund war wie ausgedörrt. Er fuhr sich mit der Zunge über die Lippen und anwortete heiser: «Ja, Genosse Vorsitzender.»

«Gut. Diese Sache darf auf gar keinen Fall schiefgehen. Ich werde Sie persönlich dafür verantwortlich machen. Ich rechne sehr bald mit einem positiven Bescheid.»

Er griff wieder nach dem Füller und wandte sich den Dokumenten zu, während Klein hastig aus dem Zimmer schritt.

Er ließ sich sofort von seinem Chauffeur zum Ministerium für Staatssicherheit in der Normannenstraße fahren. Als er den Vorraum seines Büros in Abteilung fünf betrat, stand Frau Apel auf, um ihn zu begrüßen. «Guten Morgen, Genosse Oberst. Die Leipziger Dienststelle hat vorhin angerufen.»

«Die kann warten», erwiderte Klein. «Verbinden Sie mich bitte sofort mit Hauptmann Süßmann in Neustadt.»

Er ging in sein Büro und nahm am Schreibtisch Platz, ohne sich den Mantel auszuziehen. Es war ihm klar, daß er am Rand eines Abgrunds stand. Er hatte seine Karriere, sein Leben in Van Burens Hände gelegt.

Das Telefon klingelte, und als er abnahm, sagte eine Stimme: «Hier Süßmann.»

«Was ist los bei Ihnen, Süßmann? Kommt er voran? Bitte keine Ausflüchte!»

«Ich sehe keine großen Fortschritte. Sie quasseln zuviel. Wenn Feldwebel Becker und ich könnten, wie wir wollten ...»

«Nein», fuhr Klein ihn an. «Wir warten noch eine Woche und sehen dann weiter. Ich rechne natürlich damit, daß Sie mich in allen Einzelheiten darüber unterrichten, was Van Buren macht.»

«Selbstverständlich, Genosse.»

«Wenn wir zu einem erfolgreichen Abschluß kommen, kann dies Sie schön weiterbringen, Süßmann.»

«Ich werde mein Bestes tun.»

«Noch etwas. Übermorgen wird der Priester aufkreuzen, dieser Hartmann. Ich möchte genau wissen, was er dort treibt. Sie können mich jederzeit anrufen. Sie haben die Nummer des Privatanschlusses, unter der Sie mich abends oder auch nachts erreichen können, wenn ich nicht im Büro bin. Stellen Sie mich jetzt bitte durch zu Van Buren.»

Van Buren saß mit Ruth Leber in seinem Arbeitszimmer und besprach gerade die Aufzeichnungen über die letzte Sitzung mit Conlin, als das Telefon klingelte. Er nahm ab, und Klein sagte aufgekratzt: «Guten Morgen, Harry. Ich habe seit ein paar Tagen nichts mehr von Ihnen gehört und wollte mich nur kurz erkundigen, wie die Dinge stehen.»

«Ausgezeichnet», antwortete Van Buren. «Ich komme gut voran.»

«Sehr schön. Es ist nur, weil ich vorhin in einer anderen Angelegenheit zu Ulbricht mußte, und er hat auch die Sache mit Conlin erwähnt. Er sagte mir, er möchte jetzt bald konkrete Ergebnisse sehen. Wenn Conlin während des Kennedy-Besuchs vor Gericht gestellt werden soll, müssen wir bald Vorbereitungen treffen.»

«Ich verstehe.»

«Würde es Ihnen etwas nützen, wenn ich nach Neustadt käme?»

«Nein, ganz und gar nicht», antwortete Van Buren schnell. «Bei dieser Methode hängt der Erfolg von meinem persönlichen Kontakt zu ihm ab. Anders ausgedrückt, niemand anders darf in die Beziehung hineinfunken.»

«Sie haben noch eine Woche, Harry. Mehr kann ich Ihnen nicht geben.»

«Aber das ist lächerlich!»

«Nein, es ist eine Tatsache. Ulbricht hat es befohlen.»

Die Leitung war tot. Van Buren legte den Hörer auf und runzelte die Stirn. «Schwierigkeiten?» fragte Ruth Leber.

«Nein, ich glaube nicht. Wir müssen nur ein schnelleres Tempo vorlegen, das ist alles.» Er stand auf. «Ich denke, ich werde noch ein paar Worte mit Conlin reden.»

Als er die Zellentür aufmachte, saß Conlin auf dem Bett und starrte die Wand an. Er wirkte sehr mitgenommen und war auch im Gesicht völlig abgemagert, so daß die Wangenknochen spitz hervorstanden.

«Sie sehen nicht gut aus», sagte Van Buren.

«Ich werde alt, das ist alles.»

Van Buren zündete sich eine Zigarette an, und der Rauch erfüllte die kalte Luft mit einem besonders intensiven Geruch. Conlin lächelte schwach. «Das ist Zeitverschwendung. Ich habe die Entzugssymptome überwunden. Ich leide jetzt übrigens nicht mehr unter Atembeschwerden. Das habe ich einzig Ihnen zu verdanken, Harry.»

Daß der Pater ihn mit seinem Vornamen anredete, überraschte Van Buren, und er wurde sich einer zornigen Regung bewußt – oder versuchte er, ein Angstsyndrom zu rationalisieren? Vielleicht empfand er die Vertraulichkeit des alten Mannes tief in seinem Inneren als persönliche Bedrohung.

Er wandte sich an Becker: «Bringen Sie ihn mit.» Dann

ging er hinaus, schritt den Gang entlang und entriegelte die Tür zu einem anderen Verlies.

In einer Ecke lag Karl, der Fahrer des Lastwagens, mit dem Conlin gekommen war. Aus seinen Nasenlöchern und Mundwinkeln sickerte Blut, und er hatte die Augen starr auf irgendeinen Punkt in der Ferne gerichtet.

«Wir bilden uns immer etwas auf unseren Sinn für Logik und Ordnung ein», sagte Van Buren, «aber innerlich sind wir Wilde geblieben. Die Neigung zur Gewalt ist ein unauslöschlicher Wesenszug des Menschen.»

Conlin kniete sich unter Schmerzen hin und beugte sich über den jungen Mann. Karl erkannte ihn, seine Lippen bewegten sich. «Retten Sie mich, Pater. Helfen Sie mir», sagte er kaum vernehmbar.

Er versuchte, nach dem Hemd des alten Mannes zu greifen, hatte aber nicht die Kraft und sank wieder zurück. «Um Himmels willen, Harry», sagte Conlin. «Lassen Sie einen Arzt für ihn kommen.»

«Zu spät», erwiderte Van Buren knapp. «Aber ich habe immerhin das nächstbeste getan. Ich habe ihm einen Priester gebracht...»

Er ging hinaus, die Tür wurde geschlossen, der Riegel wieder vorgeschoben. Conlin legte den Arm um Karl und hob den halb zerschmetterten Kopf an seine Schulter. «Karl», flüsterte er. «Wir wollen beten. Sprechen Sie mir nach: ‹O mein Gott, der du voll unendlicher Gnade bist...›»

# 12

Der *Osservatore Romano* gehört zu den ältesten Zeitungen der Welt und erscheint nicht nur auf italienisch; jede Woche gibt es eine englische, eine französische, eine spanische, eine portugiesische und eine deutsche Ausgabe. Die Redaktion tut sich zwar etwas darauf zugute, daß sie das gesamte politische Weltgeschehen behandelt, aber die Neuigkeiten, die für die römisch-katholische Kirche wichtig sind, stehen zweifellos an erster Stelle. Am Mittwoch morgen tickte der Bericht eines deutschen Mitarbeiters über den Fernschreiber, und ein Reporter legte ihn umgehend Chefredakteur Manzini vor.

«Woher ist die Meldung gekommen?» fragte dieser.

«Aus West-Berlin. Glauben Sie, es ist etwas dran?»

«Ich weiß nicht. Wenn ja, ist es eine heiße Sache. Lassen Sie es hier und reden Sie bitte nicht darüber. Mit niemandem.»

Der Reporter ging hinaus. Manzini dachte eine Weile über das Fernschreiben nach, griff dann nach dem Hörer und bat seine Sekretärin, ihn mit dem Ordensgeneral der Jesuiten im Collegio di San Roberto Bellarmino zu verbinden.

Mehr als sechshunderttausend Menschen, die größte Zahl, die jemals zusammengekommen war, um einem Oberhirten der Kirche die letzte Ehre zu erweisen, war an dem einbalsamierten Leichnam Papst Johannes' XXIII. vorbeidefiliert, der drei Tage lang im Petersdom aufgebahrt war. Außer dem italienischen Staatspräsidenten und dem gesamten Kabinett waren die diplomatischen Vertreter von fünfundfünfzig Ländern unter den Trauernden gewesen. Dann wurde der Papst, seinem letzten Wunsch entsprechend, in kleinstem Kreis in der Krypta der Peterskirche beigesetzt.

Pacelli hatte in dieser Zeit viel um die Ohren gehabt. Zahlreiche Würdenträger der Kirche waren aus aller Welt nach Rom gekommen, und um viele von ihnen hatte er sich persönlich kümmern müssen; Konferenzen und Besprechungen, nicht zuletzt mit verschiedenen Abteilungen der Sicherheitsbehörden; die politischen Richtlinien mußten der neuen Entwicklung angepaßt werden; und dann natürlich die laufenden Geschäfte.

Als er an die Tür klopfte und den Raum betrat, stand der Ordensgeneral am Fenster. Er drehte sich um: «Ah, da sind Sie ja. Eben hat Manzini vom *Osservatore Romano* angerufen. Sie haben Wind von der Affäre Conlin bekommen.»

«Wieviel wissen sie?»

«Es ist nur eine kleine Meldung von einem Mitarbeiter aus West-Berlin. Sie lautet, daß Conlin auf rätselhafte Weise verschwunden ist und sich jetzt in der Gewalt der Ostdeutschen befindet.»

«Was haben Sie Manzini gesagt?»

«Ich habe ihn natürlich gebeten, es nicht zu bringen.

Ich habe ihm erklärt, daß es ein Sicherheitsproblem ersten Ranges ist. Er verstand sofort. Er ist ein äußerst zuverlässiger Mann. Er wies allerdings darauf hin, daß das Gerücht über kurz oder lang auch anderen Nachrichtenagenturen zu Ohren kommen wird, und bei denen hätten wir keinen Einfluß.»

«Eine dumme Situation», sagte Pacelli. «Es ist doch merkwürdig, daß immer irgend etwas durchsickert, so streng die Geheimhaltung sein mag. Um die Nachrichtenagenturen werde ich mich gegebenenfalls kümmern – so ganz ohne Einfluß sind wir dort nämlich nicht.»

«Tun Sie bitte, was Sie können.»

«Darf ich Sie daran erinnern, daß Pater Hartmann heute nach Neustadt fährt?»

Der Ordensgeneral, der sich inzwischen an seinem Schreibtisch gesetzt hatte, blickte auf. «Dann müssen wir für ihn beten.»

«Das müssen wir tatsächlich», sagte Pacelli. «Er wird unsere Gebete brauchen, denke ich.»

In der Tiefgarage des Katholischen Sekretariats in Ost-Berlin bugsierte Pater Hartmann seinen Koffer hinter den Rücksitz des Volkswagens. Die Garage war nur schwach beleuchtet. Im Augenblick parkten dort drei Fahrzeuge, zwei andere Personenwagen und ein Krankenwagen. Er fragte sich, weshalb der Krankenwagen hier war, als er das Knattern von Schäfers Motorrad hörte, das die Einfahrtsrampe heruntersauste. Schäfer kam wie immer mit Trenchcoat, Schirmmütze und Motorradbrille; ein Segeltuchkoffer war auf den Gepäckständer der Maschine geschnallt. Der Stasi-Mann stellte das Motorrad ab, schob die Schutzbrille hoch und näherte sich dem Geistlichen.

«Warum konnten wir nicht schon heute nachmittag los, Pater, bei Tageslicht? Ich hasse es, im Dunkeln zu fahren.»

«Ich hatte noch eine Menge Papierkram zu erledigen», log Hartmann. Er hatte die Abfahrt auf acht Uhr abends verschoben, weil Pascoe ihn darum gebeten hatte, ohne zu erklären warum.

«Na gut, Pater. Von mir aus können wir.»

«Das ist doch Unsinn», sagte Hartmann. «Warum fahren Sie nicht mit im Wagen, dann hätten Sie es viel bequemer?»

«Die Vorschriften», antwortete Schäfer. «Ich muß Ihnen überallhin folgen. Das heißt, ich darf nicht neben Ihnen sitzen.»

«Übertriebene Bürokratie.»

«Das ist im demokratischen Sozialismus nun mal so, Pater.»

Hartmann lächelte. «Wie geht es Ihrer Frau?»

«Sie ist froh, daß sie mich für eine Woche vom Hals hat», grinste Schäfer. «Ich habe eine Bitte, Pater. Kurz hinter Rathenau ist ein Café an der Straße, das *Astor*. Wenn Sie dort halten, dürfen Sie mir einen Kaffee spendieren.»

«In Ordnung», sagte Hartmann, stieg in den Volkswagen und verließ die Tiefgarage im Schrittempo.

Schäfer blieb stehen, um sich die Handschuhe anzuziehen, als er hinter sich plötzlich eine Stimme rufen hörte: «Entschuldigen Sie bitte ...»

Er drehte sich um und sah einen großgewachsenen Mann, der auf ihn zukam. Er hatte etwas Merkwürdiges an sich, etwas, das Schäfer nicht sofort einordnen konnte. Dann begriff er, was es war – der Mann war genauso gekleidet wie er: Trenchcoat, Tweedmütze, dunkelblauer Rollkragenpullover, graue Tweedhose. Alles identisch.

«Horst Schäfer?»

Schäfer spürte, daß irgend etwas nicht in Ordnung war, und griff nach dem Achselhöhlenhalfter mit der Walther. Zu spät; er starrte bereits in die Mündung einer anderen Walther.

«Wenn ich bitten darf?» sagte Vaughan lächelnd.

Der Krankenwagen rollte ein Stück vor, hielt wieder, und zwei Männer in weißen Kitteln sprangen heraus. Einer von ihnen drehte Schäfer die Arme auf den Rücken und fesselte sie mit Handschellen, und Vaughan nahm ihm die Brieftasche ab. Er holte nur die Ausweise heraus und steckte sie Schäfer dann wieder in die Tasche. Die persönlichen Dinge, einen Brief von Schäfers Vater, einige Schnappschüsse von seiner Frau und seinen Kindern, behielt er. Er nahm die gleichlautenden Ausweise, die er mitgebracht hatte, und tat sie in die Brieftasche, die er anschließend selbst einsteckte. Dann ergriff er Schäfers Motorradbrille, zog sie ihm vom Kopf und setzte sie auf.

«Was soll das heißen?» Aus Schäfers Stimme sprach Angst. «Wer sind Sie?»

«Ich bin Horst Schäfer», antwortete Vaughan liebenswürdig. «Und diese beiden Herren sind Mitglieder einer Organisation, die Sie als illegal bezeichnen würden. Sie gehören nämlich zum christlichen Untergrund. Ich würde Ihnen nicht raten, Schwierigkeiten zu machen. Sie halten nämlich nicht sehr gern die andere Wange hin.»

Einer der Männer führte Schäfer zur Rückseite des

Krankenwagens, der andere öffnete die Tür, und gemeinsam drängten sie ihn hinein und zwangen ihn, sich auf eine der Bahren zu legen. Ehe er wußte, was geschah, nahm der erste eine Injektionsspritze und stieß sie ihm durch den Ärmel ins Fleisch.

Auf der anderen Bahre lag eine Gestalt, die völlig von einer roten Decke eingehüllt war. Vaughan zog die Decke zurück und entblößte das wächserne Gesicht eines jungen Mädchens mit geschlossenen Augen. Es war eine Tote.

«Wir versuchen immer, ein junges Mädchen zu bekommen. Dann sind die Vopos am Sektorenübergang gleich viel milder gestimmt.»

«Ich verstehe nicht», lallte Schäfer. Er konnte kaum noch die Augen offenhalten, und seine Gliedmaßen fühlten sich bleischwer an.

«In den Westsektor. Alles ganz legitim. Die beiden Herren haben die erforderlichen Dokumente.»

Ein gut mannsgroßes Stück des Wagenbodens klappte auf, und darunter kam ein Hohlraum von den Ausmaßen eines Sarges zum Vorschein. Die beiden Männer legten Schäfer hinein, und als der Deckel wieder geschlossen wurde, schwanden ihm bereits die Sinne.

Im Café *Astor* war an jenem Abend nicht viel los. Außer der Kellnerin waren nur drei Gäste da – zwei Fernfahrer, die gerade zu Abend aßen, und Erich Hartmann, der mit einer Tasse Kaffee an einem Ecktisch saß.

Mit seinem Priesterhut und der schwarzen Soutane wirkte er an diesem Ort wie eine Gestalt aus einer anderen Welt, und die anderen beobachteten ihn mehr oder weniger verstohlen. Er fragte sich, was Schäfer aufgehalten haben mochte; am Verkehr konnte es kaum liegen, denn die Straße war kaum befahren gewesen. Endlich hörte er draußen das Knattern eines Motorrads, und als er aus dem Fenster sah, erblickte er die Maschine, die auf den Parkplatz rollte und neben seinem Käfer hielt.

«Fräulein!» rief er dem Mädchen an der Theke zu. «Bitte noch einen Kaffee.»

Einen Moment später ging die Tür auf. Er drehte sich lächelnd um, doch sein Lächeln erstarb jäh, und er holte tief Luft, denn der Mann, der das Café betrat, war kein anderer als Simon Vaughan.

Vaughan tat sich Zucker in den Kaffee. Hartmann wartete, bis die Kellnerin wieder zur Theke gegangen war, und flüsterte dann: «Was, um Himmels willen, wird hier gespielt?»

Vaughan zog seine Brieftasche, nahm seinen Dienstausweis heraus und reichte ihn über den Tisch. «Horst Schäfer, Ihr ständiger Begleiter vom Stasi.»

Der Ausweis glich Schäfers Dokument aufs Haar, nur daß man den Daumenabdruck und die Körpermaße von Vaughan eingesetzt hatte – und natürlich sein Foto.

Hartmann gab das Papier zurück. «Und wo ist Schäfer? Was haben Sie mit ihm gemacht?»

«Er müßte jetzt schon in West-Berlin sein», erwiderte Vaughan. «Und tief und traumlos schlafen. Wenn er wieder aufwacht, dürfte Bruno Teusen an seiner Bettkante sitzen.»

Pater Hartmanns Gesicht war gelassen, aber seine Augen funkelten zornig, und er hatte die rechte Hand zur

Faust geballt. «Warum ist das nicht mit mir abgesprochen worden?»

«Weil man der Ansicht war, Sie könnten etwas dagegen haben. Jetzt ist es zu spät dafür.»

«Der Teufel soll Sie holen, Vaughan.»

«Seltsame Worte für einen Mann Gottes, Pater», sagte Vaughan. «Und wo wir gerade bei diesem Thema sind, warum haben Sie sich so kostümiert? Auffälliger ging es wohl nicht?»

«Sie wollen auf den ersten Blick wissen, wer ich bin, wenn ich nach Neustadt komme. Ich dachte, es sei wichtig, die allgemeine Aufmerksamkeit auf mich zu lenken.»

«Ja, so ungefähr», sagte Vaughan. «Nun, wie ist es, sind wir Freunde oder Feinde?»

Hartmann lächelte wieder: «Habe ich eine Wahl?»

Er stand auf und verließ das Lokal, gefolgt von Vaughan.

Kurz nach zehn Uhr hielt Hartmann vor dem Wirtshaus in Neustadt. Ein paar Meter weiter parkte ein Vopo-Geländewagen. Hartmann blieb noch eine Weile im Auto sitzen, griff dann nach seinem Koffer und stieg aus. Er ging die Eingangsstufen hoch, hielt kurz inne und öffnete die Tür.

Georg Ehrlich stand mit Sigrid hinter der Theke. An einem der großen Tische saßen Heinrich Berg und fünf oder sechs Dorfbewohner und tranken Bier, während Süßmann und Becker an einem kleineren Tisch neben dem Ofen ihren Eintopf verzehrten.

Sigrid sah Hartmann zuerst und hielt hörbar den Atem an. Dann wurde es im ganzen Raum totenstill. Hartmann stellte seinen Koffer ab und ging zur Theke. «Verzeihung, sind Sie Herr Ehrlich, der hiesige Bürgermeister?»

«Ja, der bin ich.»

«Mein Name ist Hartmann. Ich nehme an, man hat Sie über mein Kommen unterrichtet. Ich bin hier, um mich um Fragen der Kirche zu kümmern.»

Ehrlich blickte nervös zu den beiden Volkspolizisten am Ofen. «Ja», sagte er zögernd. «Das Ministerium für Staatssicherheit hat mich vor ein paar Tagen informiert. Sie verschwenden hier Ihre Zeit, Pater. Das müssen Sie doch wissen.»

Die Tür wurde geöffnet, und Vaughan trat mit seinem Segeltuchkoffer ein. Er stellte ihn neben Hartmanns Koffer und kam näher. «Gut angekommen, Pater?» Heinrich Berg starrte ihn mit offenem Mund an und schien einer Ohnmacht nahe zu sein. Vaughan nickte strahlend.

Süßmann wischte sich den Mund mit einer Serviette ab, stand auf und schritt durch das Gastzimmer. Vor den Neuangekommenen blieb er stehen und musterte sie von oben bis unten. «Darf ich um Ihre Papiere bitten?» sagte er dann kurz.

Hartmann reichte ihm die Reiseerlaubnis des Ministeriums für Staatssicherheit. Süßmann las sie aufmerksam durch, gab sie wortlos zurück und wandte sich dann an Vaughan.

«Und Sie?»

«Schäfer – Abteilung sechs.» Vaughan holte seinen Dienstausweis aus der Brieftasche, und Süßmann untersuchte ihn. «Sie sind also sein Schatten?»

«So ungefähr.»

Er reichte Vaughan den Ausweis zurück, und Hartmann sagte: «Sind Sie zufällig der militärische Oberbefehlshaber dieser Gegend?»

«An sich ja», antwortete Süßmann. «Warum fragen Sie?»

«Ich habe Anweisung, mich bei meiner Ankunft bei ihm zu melden.»

Süßmann zögerte. «Sie müssen sich bei jemand anderem melden. Er ist heute abend beschäftigt. Versuchen Sie es am besten morgen. Morgen früh im Schloß.»

Er ging an den Tisch zurück und setzte sich wieder, sagte leise ein paar Worte zu Becker, der unterdrückt lachte. Hartmann wandte sich an den Wirt: «Haben Sie zufällig zwei Zimmer für uns, Herr Ehrlich?»

Ehrlich schüttelte den Kopf: «Nein, wir haben leider keinen Hotelbetrieb.»

«Ach so», sagte Hartmann ungerührt. «Gibt es das Pfarrhaus noch?»

«Ja», antwortete Ehrlich widerstrebend. «Aber es steht schon einige Zeit leer. Ich habe den Schlüssel.»

«Wenn Sie vielleicht ein paar Decken für uns hätten», sagte Hartmann. «Ich bin sicher, Herr Schäfer und ich werden zurechtkommen, es sei denn, Sie könnten wenigstens ihn hier unterbringen.»

Ehrlich schien nicht zu wissen, was er antworten sollte, und Vaughan erlöste ihn aus seiner Verlegenheit. «Leider darf ich Sie nicht so lange aus den Augen lassen, Pater. Wir bleiben also am besten möglichst nahe beisammen.»

«Na gut», sagte Ehrlich. «Ich hole Ihnen gleich ein paar Decken, und natürlich den Schlüssel.»

«Und die Kirche?» sagte Hartmann. «Haben Sie auch den Schlüssel zur Kirche?»

«Die Kirche bleibt verschlossen.» Das war die Stimme Süßmanns.

Hartmann drehte sich um und betrachtete ihn unbewegt, während Ehrlich mit einem hastig gestammelten «Ich hole schnell die Decken» davoneilte.

Die Männer aus dem Dorf tuschelten aufgeregt miteinander, und Hartmann setzte sich mit Vaughan an einen Tisch und wartete. Sigrid brachte ihnen unaufgefordert zwei Bier. Sie war ein hübsches, ländlich gekleidetes Mädchen und hatte ihre flachsblonden Haare auf dem Kopf zu einem Kranz geflochten. Sie starrte Hartmann fasziniert an und schien die Augen nicht von ihm wenden zu können.

Er prostete ihr zu: «Vielen Dank, das war sehr freundlich von Ihnen.»

Becker erhob sich und schwankte mit seinem Bierglas in der Hand auf ihn zu. Er trank aus, stellte das Glas auf Hartmanns Tisch und sah verächtlich auf den Geistlichen herab.

«Männer in Kleidern. Was kommt wohl als nächstes?» Er schmatzte mit den Lippen ein küssendes Geräusch und tätschelte Hartmanns Wange.

Hartmann packte sein Handgelenk, und das Lächeln schwand aus Beckers Gesicht. Er kam aus dem Gleichgewicht und wurde durch den stählernen Druck, den der Geistliche ausübte, auf die Knie gezwungen. Hartmann ließ ihn unvermittelt los, so daß er vollends die Balance verlor und der Länge nach auf den Rücken plumpste. Sein Gesicht war vor Wut verzerrt, und er nestelte an seinem Pistolenhalfter. «Becker!» rief Süßmann. «Es reicht!»

Der Feldwebel erhob sich, und seine Hand umklammerte bereits den Kolben der Walther. Als Süßmann ihn erneut anfuhr, war Eisen in seiner Stimme: «Becker! Ich sage es nicht noch mal.»

Der Feldwebel ging an seinen Tisch zurück, und Ehrlich kam mit den Decken und einer Petroleumlampe. «So, meine Herren, wenn Sie mir nun folgen würden?»

Das Pfarrhaus lag neben der Kirche, ein kleines Bauwerk mit zwei Geschossen und geschlossenen Fensterläden.

«Es überrascht mich, daß Sie niemanden hineingesetzt haben», sagte Hartmann.

«Bei uns im Dorf gibt es keine Wohnungsnot, Pater. In unserer Gegend herrscht Landflucht, und die meisten jungen Leute gehen nach Berlin, wenn sie dort in einer Fabrik Arbeit finden. Ich fürchte, daß der elektrische Anschluß abgeschaltet ist – deshalb habe ich die Petroleumlampe mitgebracht. Es gibt aber fließendes Wasser und eine Toilette. Sie werden sicher zurechtkommen.»

Er schloß auf, und sie betraten einen Flur, der mit Steinplatten gefliest war. Eine Holztreppe führte zum ersten Stock, doch der Wirt führte sie zuerst in die Küche. Sie sahen einen Holztisch, Stühle und einen alten eisernen Herd.

«Draußen liegt Holz, wenn Sie sich Feuer machen möchten. Oben sind zwei Schlafzimmer. Ich weiß allerdings nicht, in welchem Zustand die Matratzen sind.»

«Wir schaffen es schon», sagte Hartmann. «Sie waren sehr freundlich.»

«Schon gut, Pater», antwortete Ehrlich mürrisch. Einen Augenblick schien es, als wolle er noch etwas sagen, aber er überlegte es sich anders und verließ das Haus.

«Und jetzt?» sagte Hartmann.

«Jetzt machen wir ein hübsches kleines Feuer, schon um die Zeit totzuschlagen. Dann würde ich gern sehen, wie die Franziskaner vorangekommen sind.»

«Kann ich mitgehen?»

«Wenn Sie möchten. Nur eines: Wir lassen uns tagsüber nicht bei ihnen sehen. Kein Mensch darf merken, daß zwischen ihnen und uns eine Verbindung besteht.»

«Wie Sie meinen.»

Vaughan zündete sich eine Zigarette an. «Es hat mir gefallen, wie Sie es dem widerlichen Kerl im Wirtshaus gezeigt haben. Ich wußte gar nicht, daß Sie und Ihre Leute auch zupacken können.»

«Soldaten Christi, Major Vaughan. Haben Sie es noch nie gehört?» Hartmann nahm die Petroleumlampe. «Und jetzt schaue ich nach, ob ich im Hof genug Holz finden kann.»

Die Klingel am Hoftor bimmelte nur einmal, ein beinahe unheimliches Geräusch, und eine ganze Weile rührte sich nichts, erst dann erklangen Schritte. Eine Klappe in der Seitentür wurde geöffnet, und der zerbrechliche alte Bruder Urban spähte hinaus. Der Riegel wurde zurückgezogen, er machte die Tür auf.

«Herr Major», sagte er mit seiner monotonen Stimme. «Sie sind in der Scheune.»

«Wie steht's?»

«Es könnte besser sein.»

Als Vaughan die Scheunentür öffnete, fiel ihm als erstes der scheußliche Gestank auf. Konrad und Florian schaufelten am Rand der Grube Erde in die Schubkarre, und beide hatten Mund und Nase mit Masken aus Mullbinden bedeckt. Das Halbdunkel, das in der Scheune herrschte, verstärkte den fremdartigen, fast gespenstischen Eindruck, den sie machten.

Als Bruder Konrad innehielt, um zu reden, und sich erschöpft auf seine Schaufel stützte, klang seine Stimme dumpf und erstickt. «Schön, daß Sie es geschafft haben. Gab es Schwierigkeiten?»

«Nicht im geringsten. Dies ist Pater Hartmann.»

«Ich gebe Ihnen lieber nicht die Hand», sagte Bruder Konrad.

Hartmann trat mit bleichem Gesicht an den Grubenrand. «Ist es schlimm dort unten?»

«Das muß man leider sagen. Zuerst sind wir sehr gut vorangekommen, aber jetzt müssen wir durch jüngere Gräber, und das ist alles andere als angenehm.»

«Der Gestank ist furchtbar.»

Unten bewegte sich etwas, und eine Gestalt kam auf Händen und Knien aus dem Loch gekrochen. Als sie sich aufrichtete, erkannte Vaughan, daß es Bruder Gregor war, obgleich – mit Ausnahme eines schmalen Sehschlitzes – der ganze Kopf mit Mullbinden umwickelt war. Gregor trug einen länglichen, in ein Tuch eingeschlagenen Gegenstand.

«Ein Arm, vielmehr das, was davon übrig ist», sagte er zu Konrad. «Das letzte Stück ist am schlimmsten.»

Er ging in den Schuppen nebenan. «Wirft er es in den Brunnen?» fragte Vaughan.

Bruder Konrad nickte. «Dann schütten wir eine Kalkschicht drauf, ehe die nächste Fuhre Erde hineinkommt. Mehr können wir nicht tun.»

«Wo ist Fräulein Dr. Campbell?»

«Im Haus. Sie kümmert sich um Bruder Franz. Er hat sich geschnitten, und sie besteht darauf, daß selbst der kleinste Kratzer sofort versorgt wird.»

«Wir gehen kurz zu ihr.»

Sie fanden sie mit Bruder Franz, der sich den Oberkörper freigemacht hatte, in der Küche. Auf dem Tisch standen eine große Zinkwanne mit stark desinfiziertem Wasser und verschiedene Medikamente. Margaret gab ihm gerade eine Spritze, als sie hereinkamen, und Vaughan sah sofort den kleinen, mit Pflaster befestigten Verband auf dem linken Arm des jungen Mannes.

«Simon.» Sie lächelte, aber mit eingefallenen Augen.

«Wie geht's?»

«Sehr gut. Haben Sie Bruder Konrad schon gesehen?»

«Ja, wir waren eben in der Scheune. Ziemlich übel.»

Bruder Franz sagte: «Ich gehe wieder an die Arbeit.»

«Und nicht vergessen», ermahnte sie ihn. «Beim kleinsten Symptom – Unwohlsein, Kopfweh oder andere Schmerzen – müssen Sie sofort zu mir kommen.»

«Ja, Fräulein Doktor.» Er lächelte breit. «Aber wie soll ich wissen, daß das Kopfweh nicht Ihretwegen ist?»

Er ging hinaus, und sie sagte: «Das ist also Pater Hartmann.»

Hartmann nahm ihre ausgestreckte Hand und lächelte herzlich. «Ich freue mich, Sie kennenzulernen. Ich habe schon viel von Ihnen gehört.»

«Soll ich Ihnen einen Kaffee machen?»

Er zögerte und blickte zu Vaughan. «Nein, vielen Dank. Ich denke, ich gehe besser wieder in die Scheune. Vielleicht kann ich dort helfen.»

«Lieber nicht», mischte Vaughan sich ein. «Schuster bleib bei deinem Leisten, wenn ich so sagen darf. Sie haben Ihre Arbeit – wir haben unsere. Ich möchte nicht, daß Ihre Soutane schmutzig wird. Wenn Sie noch mal in die Scheune gehen, erkennen die Dorfbewohner Sie morgen schon von weitem am Geruch.»

«Na gut», sagte Hartmann ungehalten. «Sie haben recht.»

Als er gegangen war, wandte Vaughan sich wieder an Margaret. Sie stellte gerade den Wasserkessel auf den Herd und drehte sich um, als habe sie seinen Blick gespürt. Sie wirkte erschöpft, beinahe apathisch, als läge alles, was gewesen war, weit hinter ihr. Und sie wirkte unendlich verwundbar.

«Sie haben keine Ahnung, wie froh ich bin, Sie zu sehen», sagte sie und kam in seine Arme.

Er vergaß alle Entschlüsse, die er gefaßt hatte. Er drückte sie an sich. «Ist es sehr schlimm?»

Als sie zu ihm aufsah, flammten ihre Augen plötzlich vor Widerwillen. «Schrecklich, Simon. Wie ein Alptraum, und das Dumme ist, daß ich glaube, es wird noch schlimmer werden.»

Früh am Morgen, es war noch dunkel und die feuchte Kälte drang ihm in alle Poren, wurde Conlin von zwei Volkspolizisten in den Burghof gezerrt. Er stand zitternd zwischen ihnen und fragte sich, was jetzt wohl kommen mochte. Die Scheinwerfer eines in der Nähe geparkten Geländewagens wurden eingeschaltet, und der doppelte Lichtstrahl fiel auf Karl, der in der Mitte des Hofs an einen Pfahl gebunden war.

Süßmann und Becker traten näher. Der Hauptmann sagte: «Bringen Sie ihn her.» Er ging mit dem Feldwebel zu dem Pfahl, und die zwei Männer folgten mit Conlin.

Karl baumelte förmlich in den Riemen, sein Kopf hing zur Seite. Becker betrachtete ihn aus nächster Nähe. «Ich glaube, er ist tot», verkündete er.

«Gehen Sie auf Nummer Sicher», sagte Süßmann kalt.

Becker zog seine Walther, entsicherte sie, drückte Karl den Lauf an die Schläfe und feuerte. Knochensplitter flogen umher, Blut spritzte, und der Körper erschlaffte. Conlin schrie laut auf. Süßmann und Becker entfernten sich, die beiden Volkspolizisten lockerten ihren Griff, und Conlin sank vor Karl zu Boden und fühlte, wie alle Kraft aus ihm wich.

Er hörte Schritte und roch Zigarettenrauch. Harry Van Buren ging neben ihm in die Hocke. «Sie hätten es verhindern können, wenn Sie vernünftig gewesen wären. Ohne Ihre unglaubliche Selbstgerechtigkeit wäre er noch am Leben. Warum müssen Sie selbst dann darauf beharren, daß Sie im Recht sind, wenn Sie andere Menschen damit ins Grab bringen?»

«Gehen Sie», sagte Conlin schwach.

«Wie diesen armen Jungen», fuhr Van Buren fort. «Oder Ihre Schwester.»

Er richtete sich auf und entfernte sich schnell. Seine Schritte klapperten gespenstisch laut auf dem alten Kopfsteinpflaster. Conlin blieb, den Kopf an Karls Knie gelehnt, liegen.

«Oh, mein Gott», sagte er. «Ich habe es nicht gewollt, Frances Mary. Das weißt du.»

Zum erstenmal seit Jahren weinte er.

Vaughan und Hartmann saßen vor Van Burens Arbeitszimmer und warteten. Nach einer Weile stand Vaughan auf, ging zur Brüstung und blickte die imposante, geschwungene Treppe hinab in die Halle.

«Hier könnte man zwar sehr gut einen *Frankenstein* drehen, aber es mangelt an Gemütlichkeit», bemerkte Hartmann.

Die Tür wurde aufgemacht, und Süßmann steckte den Kopf hinaus. «Treten Sie bitte ein – beide.»

Hartmann betrat, gefolgt von Vaughan, das Zimmer, und Süßmann schloß hinter ihnen die Tür und lehnte sich dagegen. Van Buren saß wartend an seinem Schreibtisch. Hartmann holte seine Erlaubnis aus der Tasche.

Van Buren ignorierte sie und musterte den Geistlichen mit einem halb amüsierten, halb verächtlichen Lächeln. «Wollen Sie auf ein Kostümfest?»

«Ich denke, Sie kennen den Zweck meines Besuchs», sagte Hartmann vorsichtig. «Man hat mich angewiesen, mich gleich nach der Ankunft beim zuständigen Mann der Gegend zu melden, was ich hiermit getan habe. Gestatten Sie, daß ich wieder gehe?»

«Sehr gut.» Van Buren klatschte feierlich in die Hände. «Im Priesterseminar lernt man doch das beste Benehmen.»

«Ich habe Sie vor drei Monaten in Dresden gehört. Ich meine Ihre Vorlesung – ‹Die psychologischen Grundlagen der religiösen Bekehrung›. Sie haben sehr geschickt argumentiert.»

«Aber nicht sehr überzeugend?»

Hartmann sagte: «Ich glaube zufällig, daß es in jedem Menschen einen verborgenen, geheimnisvollen Aspekt gibt, den man nicht rational erklären kann ...»

Van Buren unterbrach ihn mit einer ungeduldigen Handbewegung. «Bitte nicht, so früh am Morgen habe ich noch nichts für Philosophie übrig. Bleiben wir lieber bei den Tatsachen. Was beabsichtigen Sie während Ihres hiesigen Aufenthalts zu tun?»

«Ich möchte den Zustand der Kirche untersuchen. Und mit den Menschen reden – vor allem über ihre religiösen Bedürfnisse.»

«Mit dem Ziel, die Kirche wieder zu öffnen?»

«Wenn die Leute es möchten, ja. Die Verfassung dieses Landes garantiert jedem Bürger das Recht auf freie und ungehinderte Ausübung der Religion seiner Wahl.»

«Ja, ja. Religionsfreiheit und Zensur und Streikverbot – widersprüchlich, nicht wahr? Aber wer kann entscheiden, was richtig ist und was nicht?»

«Wenn ich Sie eben richtig verstanden habe, wollen Sie im Augenblick doch nichts von Philosophie wissen?»

Van Buren lächelte. «Ein Punkt für Sie, Pater.» Er zündete sich eine Zigarette an und lehnte sich zurück. «Nun gut. Spielen Sie Ihr Spielchen, wenn Sie unbedingt müssen, aber gehen Sie nicht zu weit. Beim geringsten Zwischenfall werde ich Sie umgehend nach Berlin zurückschaffen lassen.»

«Das ist mir klar. Noch etwas. Wie man mir sagte, haben Sie den Schlüssel zur Kirche?»

Van Buren starrte ihn finster an, öffnete dann eine Schublade, holte drei große Schlüssel an einem Ring heraus und warf sie über den Schreibtisch. «Bitte. Aber veranstalten Sie bloß keinen Gottesdienst.»

«Sie nehmen also an, ich würde genug Gläubige versammeln können? Vielen Dank. Das ist sehr ermutigend. Und entschuldigen Sie, daß ich Ihre Zeit in Anspruch genommen habe.»

Hartmann schritt zur Tür. Als Süßmann sie ihm öffnete, sagte Van Buren auf englisch: «Man hat mir berichtet, Sie hätten in Notre Dame studiert und dort zwei Jahre lang in der ersten Liga Football gespielt.»

«Das stimmt.»

Van Buren lachte. «Ein Stürmer in der schwarzen Robe», sagte er. «Daß ich das noch erleben durfte!»

Hartmann reagierte nicht und ging wortlos hinaus. Van Buren lachte weiter, stand dann auf und ging ungerührt zum Kamin. Er legte ein Scheit nach und wandte sich dann an Vaughan. «Sie sind also Schäfer?» sagte er auf deutsch.

«So ist es.»

«Ich habe gehört, daß Sie mit ihm ins Pfarrhaus gezogen sind.»

«Ich hatte kaum eine andere Wahl. Der Bürgermeister sagte, er könne uns nicht im Wirtshaus unterbringen, und außerdem ist es besser, wenn ich in seiner Nähe bleibe. Deshalb bin ich schließlich hier.»

«Genau», sagte Van Buren. «Lassen Sie ihn nicht aus den Augen. Und erstatten Sie mir sofort Meldung, wenn er irgend etwas macht, was Ihnen seltsam vorkommt.»

«In Ordnung.»

Van Buren nickte. «Gut. Sie gehen jetzt am besten, sonst entwischt er Ihnen noch. Halten Sie mich auf dem laufenden.»

Vaughan ging hinaus, und Süßmann machte hinter ihm wieder die Tür zu. «Wollen Sie ihn so einfach davonkommen lassen, diesen Pfaffen?»

«Seine Genehmigung ist vom Minister für Staatssicherheit persönlich unterschrieben. Das ist hohe Politik, mein Lieber. Würden Sie Leutnant Leber bitte sagen, ich möchte sie sehen?»

Der Hauptmann verließ den Raum, und Van Buren setzte sich wieder an den Schreibtisch und suchte in einer Schublade nach Schreibpapier. Dabei fiel sein Blick auf die russischen Handgranaten. Er nahm eine heraus und stellte fest, daß sie ganz ähnlich konstruiert waren wie ihr amerikanisches Pendant. Ein Ring, den man mit den Fingern oder Zähnen auslösen konnte, der Sicherheitsbügel, den man erst in der letzten Sekunde, vor dem Werfen, loslassen durfte.

Er nestelte an der Granate herum, als Süßmann zurückkam.

«Hübsches kleines Ding», sagte Van Buren.

«Eine Splittergranate.»

«Ja, wir haben sie in Korea benutzt. Ich kenne ihre Tücken. Wenn man nicht in Deckung geht, ehe man sie wirft, kann es einen leicht selbst erwischen. Sie streuen in einem Radius von zweihundert Metern!»

Süßmann, der noch nie an der Front gewesen war und Van Buren insgeheim um seine Kampferfahrung beneidete, nickte. «Ich werde daran denken. Übrigens, Leutnant Leber kommt sofort.»

«Gut.»

«Kann ich sonst noch etwas für Sie tun?»

«Ja. Bringen Sie Conlin wieder herauf, damit wir sehen, wie die kleine Lektion auf ihn gewirkt hat.»

# 13

In der eiskalten Kirche roch es ganz schwach nach Moder, aber das war zu erwarten gewesen. Durch die schmalen Fenster fiel nur wenig Licht, denn sie waren in dunklen, nicht sehr freundlichen Farbtönen verglast.

«Neunzehntes Jahrhundert», sagte Hartmann. «Aber diese Pfeiler sind gotisch.»

Vaughan mußte an seine Kindheit denken, an die obligatorischen Kirchgänge am Sonntag mit seiner Großmutter. Damals hatte es in der Kirche merkwürdig gerochen, und heute roch es merkwürdig. In diesen Gewölben stand die Zeit still.

Auf beiden Seiten des Gangs waren Eichenbänke, und links sah er eine kleine, düstere Kapelle mit einem Bildnis der Jungfrau, die im Halbschatten zu schweben schien. Hartmann ging zum Chor und beugte vor dem Altar die Knie.

Vaughan folgte ihm langsam, und der Jesuit zeigte auf eine Stelle neben dem Altar: «Sehen Sie das Loch hier?»

Der Plattenboden hatte eine quadratische, mit Messing ausgeschlagene Vertiefung.

«Was ist das?» fragte Vaughan.

«Die Fassung für das Michaelskreuz, nehme ich an.» Hartmann blickte stirnrunzelnd umher. «Irgend etwas ist hier eigenartig», fuhr er fort. «Ist Ihnen auch aufgefallen, wie sauber alles ist?» Er fuhr mit einem Finger über das Geländer vor dem Altar. «Nicht nur, daß kein Körnchen Staub da ist. Hier riecht es sogar nach Politur ...»

Er schritt zur Sakristei und machte die Tür auf. In dem Raum standen ein Tisch, Stühle und ein Schrank, den der Jesuit ebenfalls öffnete. Er enthielt die Kirchenbücher und einen reichlichen Vorrat an Kerzen.

Dann machte Vaughan eine interessante Entdeckung. Als er nämlich die Klinke einer anderen Tür hinunterdrückte, wäre er beinahe nach draußen gefallen. Die Tür war unverschlossen! «Was halten Sie davon?» sagte er. «Jetzt wissen wir wenigstens, wie die Putzkolonne hereingekommen ist.»

«Ich frage mich, ob der Bürgermeister darüber Bescheid weiß.» Hartmann drehte den Lichtschalter, und eine kleine Deckenlampe flammte auf. «Sogar der Strom ist noch angeschlossen, was man vom Pfarrhaus leider nicht sagen kann. Warum bloß?»

Vaughan zündete sich eine Zigarette an. «Wahrscheinlich leben hier noch viele gläubige Bauern, die ab und zu in die Arme von Mutter Kirche zurückkehren – wenn auch heimlich.»

«Vielleicht», antwortete Hartmann. «Übrigens, halten Sie es für möglich, daß Bruder Konrad und seine Freunde es tatsächlich so schnell schaffen, wie Sie gestern abend gesagt haben?»

«Daß sie die Röhre in drei Tagen erreichen? Warum nicht? Wie kommen Sie ausgerechnet jetzt darauf?» Dann begriff Vaughan plötzlich, warum Hartmann gefragt hatte. «Sie würden gern noch länger hierbleiben, ist es das?

Sie möchten die Lage in den Griff bekommen. Vergessen Sie das lieber, Pater. Wir sind nicht in Neustadt, um Seelen zu retten. Wir wollen Pater Conlin retten.»

Hartmann erwiderte nichts, sondern stand auf und ging zurück in die Kirche. Vaughan blieb sitzen, um die Zigarette zu Ende zu rauchen, und hörte zu seiner Verblüffung plötzlich Orgelklänge.

Als er das Mittelschiff betrat, konnte er Hartmann zunächst nirgends entdecken, erblickte ihn aber dann an der Orgel, die von einem Vorhang über dem Chorgestühl zum großen Teil verdeckt wurde. Während Vaughan hinaufging, probierte Hartmann das Instrument aus, ließ die einzelnen Register ertönen, indem er mit den Fingern über die Tasten fuhr.

«Sie haben in Notre Dame offenbar nicht nur Football gelernt.»

«Nicht sehr gut», sagte Hartmann. «Aber auch nicht schlecht. In einem solchen Dorf kann man keine erstklassige Orgel erwarten, und die Holzpfeifen haben unter der Feuchtigkeit gelitten.»

Er spielte Bachs Präludium und Fuge in D-Dur, und er spielte gut. Vaughan setzte sich auf einen Sitz des Chorgestühls, steckte die Hände in die Taschen, lehnte den Kopf zurück und lauschte, und die Reinheit der Töne verfehlte nicht ihre Wirkung, obgleich er sich eigentlich kaum etwas aus Musik machte. Die Klänge erfüllten die ganze Kirche und wurden von den Gewölben zurückgeworfen, während Hartmann weiterspielte, sich in eine unbekannte, nur ihm gehörende Welt zurückzog.

Endlich hörte er auf. Vaughan sagte leise: «Sie hätten auch das in der ersten Liga machen sollen.»

Hartmann drehte sich um und lächelte zum erstenmal, seit Vaughan ihn kennengelernt hatte, ein herzliches Lächeln – offenbar freute er sich wirklich über das Kompliment. Dann änderte er die Blickrichtung und zog unvermittelt die Augenbrauen hoch. Vaughan drehte sich um und folgte seinem Blick. In der ersten Bankreihe saß Sigrid Ehrlich. Sie hatte sich ein Tuch um den Kopf gebunden, und ihr dicker Wollmantel hing um ihre Schultern, als hätte sie keine Zeit gehabt, ihn richtig anzuziehen. Sie saß da, zog den Mantel vorn zu und starrte Hartmann mit ehrfürchtigen Augen an.

Er ging die Stufen hinab und lächelte ihr freundlich zu. «Fräulein Ehrlich, nicht wahr? Wie schön, Sie hier zu sehen.»

«Pater.» Ihre Stimme war kaum mehr als ein Flüstern.

«Was bringt Sie hierher?» Er setzte sich neben sie auf die Bank.

«Ich habe die Orgel gehört.»

«Im Wirtshaus?»

«Ja.»

«Verzeihen Sie mir. Ich wollte niemanden stören.»

Sie beugte sich eifrig vor. «Nein, Sie haben nicht gestört, im Gegenteil. Es war wunderbar. Ich habe lange keine Orgelmusik mehr gehört. Pater Honecker spielte früher auch immer, aber damals war ich noch ein kleines Mädchen und wußte solche Dinge nicht zu schätzen.»

«Sie haben Pater Honecker gekannt?»

«O ja.»

«Ich verstehe», sagte Hartmann vorsichtig. «Sagen Sie, sind Sie katholisch, Fräulein Ehrlich?»

Sie errötete. «Ich . . . bin zwar getauft, Pater, aber seitdem Pater Honecker gestorben ist, haben wir hier keinen Priester mehr gesehen.»

«Ja, das weiß ich.» Eine kleine Pause trat ein. Sie starrte auf ihre Hände hinunter, die jetzt gefaltet in ihrem Schoß lagen. Hartmann sagte leise: «Die Kirche macht einen sehr gepflegten Eindruck. Blitzsauber. Haben wir das Ihnen zu verdanken?»

Sie warf einen ängstlichen Blick auf Vaughan. «Sie können offen reden», beruhigte Hartmann sie. «Herr Schäfer wird nichts weitersagen.»

«Ach so. Einige der älteren Frauen machen jede Woche einmal sauber.»

«Ich verstehe.» Er lächelte nicht mehr, aber in seinen Augen war ein Licht, das sein ganzes Gesicht wie von innen heraus beleuchtete. «Ich werde für Sie beten, meine Tochter. Für Sie und die anderen.»

Er erhob sich, und sie hielt ihn flehend am Ärmel fest. «Pater, nehmen Sie mir bitte die Beichte ab.» Er stand wie angewurzelt da und schaute mit bleichem Gesicht auf sie hinunter.

Plötzlich kniete sie nieder und umklammerte tränenüberströmt seine Hand. «Oh, Pater, es ist so lange her.»

«Selbstverständlich, meine Tochter.» Er hob sie hoch und drängte sie sanft auf die Bank zurück. «Warten Sie hier, ich komme gleich wieder.»

Er ging in die Sakristei hinaus, und Vaughan folgte ihm, doch als er den Raum betrat, war Hartmann nicht mehr zu sehen. Er öffnete die andere Tür und sah gerade noch, wie der Geistliche im Pfarrhaus verschwand. Er setzte sich seufzend an den Tisch und zündete sich eine Zigarette an. «Mein Gott», stöhnte er. «Das hat mir gerade noch gefehlt. Ein wahrhaft guter Mensch.»

Einige Augenblicke später kam Hartmann mit einer schwarzen Samttasche zurück. «Sagen Sie nichts», rief Vaughan. «Lassen Sie mich raten. Ihr liturgisches Gewand und anderes Handwerkszeug?»

Hartmann öffnete die Tasche und holte einige Gegenstände heraus. «Sie haben doch wohl nicht gedacht, ich käme unvorbereitet.» Er zog sein Meßhemd an und legte sich eine violette Stola um die Schultern.

«Darf ich Sie daran erinnern, weshalb wir hier sind, oder ist das zuviel verlangt?»

Hartmann hatte die Hand bereits an der Türklinke, hielt jedoch inne. «Major Vaughan, es gibt etwas, das ich mit allen Geistlichen teile, sogar mit dem Heiligen Vater selbst. Was ich auch sonst sein mag, woher ich auch komme, wie weit ich es auch bringe, zuerst und vor allem bin ich immer noch ein Priester. Dem kann ich mich niemals entziehen. Es ist meine Daseinsberechtigung.»

«Dann wären wir also wieder in der Kanalisationsröhre?»

«Wenn Sie so wollen.»

Hartmann ging in die Kirche, und Vaughan folgte ihm bis zur Tür und beobachtete, wie er mit Sigrid Ehrlich sprach. Sie stand auf, und sie gingen zusammen zum Beichtstuhl, wo Hartmann den geschlossenen Teil betrat, während das junge Mädchen im offenen Teil niederkniete.

Vaughan hörte Stimmengemurmel und dann das heftige Schluchzen des Mädchens. Er erschauerte plötzlich, als sei er sich bewußt geworden, daß er kein Recht hatte, hierzusein. Er schloß leise die Tür, ging in den Garten des Pfarrhauses und spazierte ziellos, hastig paffend, unter den Platanen hin und her.

Eine gute halbe Stunde verging, bis Hartmann und das Mädchen die Kirche wieder verließen. Der Priester hatte Meßhemd und Stola abgelegt und trug wieder die einfache schwarze Soutane und den breitkrempigen Priesterhut. Sigrid Ehrlich blickte aufmerksam zu ihm hoch, während er mit ihr redete.

Als sie sich näherten, sagte Hartmann fröhlich: «Ah, da sind Sie ja, Herr Schäfer. Sehr freundlich von Ihnen, daß Sie so lange gewartet haben.» Er lächelte Sigrid zu. «Herr Schäfer ist gewissermaßen mein Aufpasser.» Sie warf Vaughan einen besorgten Blick zu, und Hartmann lachte. «Keine Angst, er beißt nicht. Wir haben eine gute Arbeitsbeziehung, wenn ich so sagen darf.»

Er war ausgezeichneter Stimmung – beinahe aufgekratzt. Vaughan hatte ihn noch nie so erlebt. «Ich nehme an, Sie sind dort drinnen fertig?» sagte er.

«Fürs erste ja. Sigrid wird uns jetzt das St. Michaelskreuz zeigen, unten am Fluß.»

«Fabelhaft», sagte Vaughan.

Hartmann schien die Ironie in seinem Ton nicht zu bemerken. «Was sagten Sie doch gleich, Fräulein Ehrlich, wie weit ist es? Gut anderthalb Kilometer? Dann gehen wir am besten zu Fuß, denke ich.»

Die ganze Sache war natürlich absurd, aber Vaughan kam sich vor wie in einer Falle, was Hartmann, wie er annahm, nur zu gut wußte. Er trottete hinter dem Priester und dem Mädchen her, über den Platz und die Hauptstraße entlang, und die wenigen Dorfbewohner, denen sie begegneten, schauten ihnen neugierig nach. Hinter dem letzten Haus führte die Straße, die nun von Kiefern gesäumt wurde, zur Elbe hinunter und bot einen wundervollen Ausblick.

Er hörte, wie das Mädchen auflachte, und dann sagte Hartmann: «Aber es gibt kein Gesetz, das Priestern verbietet, Sie zu besuchen. Einer oder zwei müssen in den letzten Jahren doch gekommen sein, vielleicht aus Nachbardörfern?»

«Sozusagen mit dem Parteibuch in der Tasche», sagte sie geringschätzig. «Sie sind nur äußerlich Priester.»

Die Straße machte eine Biegung nach rechts und folgte dem Flußlauf. Links führte ein Feldweg zu einem Wäldchen, vor dem sich das Michaelskreuz deutlich sichtbar abzeichnete, schwarze, massive Eiche, auch die daran festgenagelte Gestalt des Erlösers. Es war offensichtlich die Arbeit eines Laienschnitzers und hatte keinen überragenden künstlerischen Wert, aber es strahlte eine schlichte Würde aus. Man hatte es einfach in die Erde gesetzt, und rings um den Fuß stand hohes, dichtes Gras.

Hartmann blieb vor dem Kreuz stehen und blickte andächtig zum Christusbildnis empor. «Und Pater Honekker hat versucht, es ganz allein zu heben?»

«Er muß verrückt gewesen sein», sagte Vaughan.

«Nein. Eher verzweifelt, denke ich.»

«Er ist hier gestorben», sagte Sigrid. «Bei dem Versuch, es fortzuschaffen. Hier, an dieser Stelle.»

Hartmann senkte den Kopf und betete.

Vaughan nahm das Mädchen am Ellbogen und führte es einige Schritte weiter. Neben ihnen floß der angeschwollene Fluß träge und braun dahin. Er nahm seine

Zigaretten heraus und bot ihr davon an: «Rauchen Sie?»

«Nein», antwortete sie.

«Ich gratuliere.» Er steckte sich eine in den Mund und zündete sie an.

«Mein Vater sagt, Sie seien Polizist.»

«So kann man es ausdrücken.»

«Warum folgen Sie Pater Hartmann auf Schritt und Tritt?»

«Oh, er braucht jemanden, der auf ihn achtgibt. Finden Sie das nicht auch?»

«Er ist ein guter Mensch», sagte sie. «Ein wunderbarer Mensch.» Dabei schaute sie zu Hartmann, der immer noch am Kreuz stand.

Der Wind trug den Klang seiner vollen, festen Stimme zu ihnen her. *«Reqiem eternam dona eis, Domine, et lux perpetua luceat eis.»*

Auf dem Rückweg äußerte Vaughan den Wunsch, den katholischen Friedhof zu besichtigen, und das Mädchen führte sie hin. Er war erstaunlich gut gepflegt, man hatte die Rasenflächen frisch gemäht, und die meisten neueren Gräber waren mit Blumen geschmückt. Vaughan wußte, daß der Tunnel vom Rand der Scheune bis zur nordöstlichen Ecke des Friedhofs lief, aber hier, über der Erde sah alles völlig normal aus. Hoffentlich gab der Boden nicht nach – das wäre das Ende des Befreiungsunternehmens.

Er drehte sich um und folgte Hartmann und dem Mädchen über die Straße zur Kirche. Der Bürgermeister stand auf der Veranda des Wirtshauses, kam die Stufen hinab und ging einige Schritte auf sie zu.

«Sigrid, komm sofort ins Haus, wir haben Gäste.»

Sie warf Hartmann einen unsicheren Blick zu. Er nickte freundlich, und sie eilte an ihrem Vater vorbei ins Haus.

«Schimpfen Sie bitte nicht mit Ihrer Tochter, Herr Ehrlich», sagte Hartmann. «Sie war so freundlich, mir einige Dinge zu zeigen, die ich sehen wollte.»

Ehrlich kam näher, und seine Stimme war leise und zeugte von innerer Bewegung. «Glauben Sie, ich wüßte nicht, daß sie in der Kirche war? Ich möchte nicht, daß sie wieder hingeht. Ich möchte nicht, daß sie in diese Sachen verwickelt wird, verstehen Sie? In der Welt, in der wir heute leben, ist das zu gefährlich, Pater.»

«Es ist schon immer gefährlich gewesen, mein Freund», antwortete Hartmann. «Aber als Bürgermeister und lokaler Parteisekretär wären Sie sicher der letzte, der einem Bürger das verfassungsmäßige Recht verweigern würde, zu beten, wo er will?»

«Oh, gehen Sie doch zum Teufel!» Ehrlich wandte sich ab und lief ins Wirtshaus zurück.

«Was haben Sie vor?» fragte Vaughan, als sie zur Kirchentür gingen. «Was wollen Sie eigentlich beweisen?»

«Ich soll hier doch eine Art Ablenkungsmanöver inszenieren, nicht wahr? Ich denke, das ist mir vollauf gelungen.» Hartmann öffnete die Tür und betrat die Kirche, wo er überrascht stehenblieb. Das Innere war reich mit Blumen geschmückt; in der Marienkapelle standen Gladiolen, auf dem Altar auch. Die Lampe über dem Altar verbreitete warmes Licht. Hartmann schritt langsam durch den Gang und blieb an den Stufen zum Altarraum stehen. Neben dem kleinen schwarzen Kasten für die Kollekte steckten sogar frische Kerzen.

«Sigrid scheint also nicht allein zu sein.» Er nahm eine

Kerze, steckte sie auf einen Metalldorn und sagte zu Vaughan: «Würden Sie sie bitte anzünden?»

Vaughan rieb ein Streichholz an und führte es an den Docht. Als die kleine Flamme aufleuchtete, wandte sich Hartmann ihm zu und lächelte: «Für den heiligen Judas, den Schutzpatron der Leute, die das Unmögliche wollen.»

Conlin war unendlich erschöpft, und seine Augen schmerzten von der langen Schlaflosigkeit. Sobald er sie schloß, sah er den Schädel Karls vor sich, der von der Kugel zerschmettert wurde, und von Zeit zu Zeit war ihm, als hörte er wieder die Stimme, die ihn anflehte, zu gestehen. Aber das war nur zu verständlich. Solche Halluzinationen entwickelten sich unter extremen Streßbedingungen häufig, und sein Gesundheitszustand war momentan alles andere als gut. Die Erfahrung und Logik sagten es ihm, aber es half ihm nicht, einzuschlafen. Es half ihm nicht, die brennenden Augen für längere Zeit zu schließen.

Er erbrach sich in den Kübel, und der Posten schaute durch die Klappe in der Tür, um zu sehen, was los war. Conlin saß auf dem Bett und fühlte sich sehr elend. Endlich hörte er Schritte, die Tür wurde aufgemacht, und Van Buren erschien. Leutnant Leber war bei ihm, in ihrem weißen Kittel und mit ihrer Bereitschaftstasche. Conlin mußte plötzlich daran denken, daß er sie noch nie reden gehört hatte.

Van Buren sagte: «Sind Sie krank?»

«Es ist nichts», antwortete Conlin apathisch. «Mir war nur übel, und ich kann nicht schlafen.»

«Dagegen läßt sich etwas machen», sagte Van Buren fürsorglich und wandte sich an die Frau: «Geben Sie ihm eine Spritze.»

Conlin erhob keine Einwände. Es wäre zwecklos gewesen. Sie holte eine Injektionsnadel aus der Tasche und gab ihm eine Spritze in den rechten Arm. Es tat ziemlich weh, weil er nicht mehr viel Fleisch auf den Knochen hatte, aber das war ihm jetzt gleichgültig. Als sie die Stelle anschließend massierte, war der Druck ihrer Finger überraschend behutsam und wohltuend.

Van Buren sagte: «Wir lassen Sie jetzt wieder allein. Versuchen Sie, richtig auszuschlafen. Wir haben morgen früh viel Arbeit.»

«Was hat sie mir gegeben?» fragte Conlin, der bereits spürte, wie sich überall in seinem Körper eine wohltuende Mattigkeit ausbreitete.

«Auf jeden Fall etwas Gutes.» Die Tür wurde zugeschlagen. Das Echo schien nicht enden zu wollen, und dann hörte er plötzlich nichts mehr.

Er lag auf einem Bett, und es war nicht mehr dunkel. Der Raum war in ein angenehmes, diffuses Licht getaucht. Es war warm, was ihm wie ein Wunder vorkam, weil er nun schon unvorstellbar lange gefroren hatte. Im Zimmer bewegte sich etwas, und er erblickte Leutnant Leber, die in der anderen Ecke stand. Sie hatte ihre Uniform an – Jacke, Rock und Lederstiefel. Ihr Gesicht war unbewegt, als sie begann, ihre Jacke aufzuknöpfen. Darunter trug sie eine weiße Baumwollbluse, und als sie mit den Händen an ihre Taille fuhr, straffte sich das Gewebe, und die beiden Brustwarzen zeichneten sich deutlich darunter ab.

Sie trat an das Bett, beugte sich nach unten und faßte ihn an. Er versuchte, sie fortzustoßen, aber er hatte keine Kraft mehr, und seine Arme bewegten sich wie im Zeitlupentempo.

Sie sprach mit seltsam modulierter, ferner Stimme: «Sie brauchen keine Angst zu haben. Sie brauchen sich nicht zu schämen.»

Sie öffnete den Reißverschluß an der Seite ihres Rocks und zog ihn aus. Und dann setzte sie sich auf den Rand des Betts und knöpfte die Bluse auf. Ihre Brüste waren rund und fest und sehr schön, und als sie sich über ihn beugte und ihn wieder anfaßte, begann er unkontrolliert zu lachen, und sein ganzer Körper schüttelte sich in kindischer Wonne. Er wagte nicht, die Augen zu öffnen.

Als er sie endlich wieder aufmachte, war sie fort.

Van Buren stand am Kamin und starrte, ein Glas Kognak in der Hand, ins Feuer, als es klopfte und Ruth Leber eintrat. Sie war in voller Uniform, hatte sogar den langen Mantel an, der allerdings nicht zugeknöpft war. Der einzige Widerspruch war der kleine Schminkkoffer, den sie in der Hand hatte.

«Ich habe noch ein paar Sachen im Badezimmer», sagte sie. «Darf ich sie holen?»

«Aber sicher.»

Er zündete sich gerade eine Zigarette an, als sie zurückkehrte, stehenblieb und ihn ansah: «Soll ich wirklich fahren?»

«Sie haben Ihre Arbeit getan, nicht wahr?»

«Ich glaube ja.»

«Sie können den Wagen nehmen.»

Sie hatte schon die Hand an der Klinke, als sie noch einmal innehielt. «Gibt es irgendeinen Weg, wie Sie aus dieser Geschichte herauskommen könnten, Harry?»

Er drehte sich überrascht um. «Warum sollte ich?»

«Wie viele Male habe ich jetzt schon mit Ihnen gearbeitet? Wie viele Fälle? Fünfzehn – zwanzig?»

«Na und?»

«Dieser alte Mann ist anders. Er ist nicht wie die, die wir bisher behandelt haben.»

«Warum? Weil er Gott auf seiner Seite hat?»

«Vielleicht.»

Er lächelte geringschätzig. «Vorsicht, mein Engel. Wenn Klein Sie so reden hörte ...»

«Auf Wiedersehen, Harry.»

Sie machte leise die Tür hinter sich zu.

Er saß etwas benommen, eine Wolldecke um die Schultern, vor Van Burens Schreibtisch. Sein Mund war ausgetrocknet, offensichtlich eine Nachwirkung des Medikaments, und er trank gierig von dem Kaffee, den man ihm gebracht hatte. Nach einer Weile ging die Tür auf, Van Buren trat in den Raum und nahm auf der anderen Seite des Schreibtisches Platz.

«Wie fühlen Sie sich?»

«Scheußlich. Es muß an der Spritze liegen, die Sie mir geben ließen.»

«Wir werden wieder ins Labor gehen müssen, um es noch einmal zu versuchen.»

«Das arme Mädchen.» Conlin schüttelte den Kopf. «Was wollten Sie damit erreichen? Beweisen, daß ich genauso ein Sünder bin wie alle anderen? Das weiß ich ohnehin. Meine schlummernde Sexualität wecken ...?» Er schüttelte den Kopf. «Wissen Sie, Harry, manchmal verzweifle ich an Ihnen. Haben Sie noch nie daran gedacht, daß der Allmächtige das als eine völlig normale biologische Reaktion betrachten könnte?»

Van Buren mußte wider Willen lächeln. «Damit könnten Sie recht haben.»

«So ist es. Der Mensch wird nicht nur von seinem Verstand, sondern auch von seinen Instinkten geleitet. Selbst der verbohrte Sigmund Freud gab zu, daß eine Zigarre manchmal nur eine Zigarre ist.»

«Sie sollten etwas vorsichtiger sein», sagte Van Buren. «Wenn Sie so weitermachen, muß ich Sie anders behandeln.»

«Wie den armen Karl? Aber ich habe keine Angst vor dem Tod, Harry. Das ist vielleicht der Unterschied zwischen uns beiden. Man verliert das Bewußtsein – schläft. Der anschließende Verfall des Körpers ist etwas anderes. Das berührt einen nicht mehr. Außerdem beginnt der Prozeß des Sterbens schon am Tag unserer Geburt.»

«Aber bei manchen von uns ist er schneller als bei den anderen», sagte Van Buren. «Zum Beispiel bei Frances Mary.»

Um kurz nach acht Uhr ging Vaughan über den Marktplatz zum Wirtshaus. Als er die Gaststube betrat, sah er Van Buren mit Süßmann an dem besten Tisch – neben dem Ofen – sitzen. Sie unterhielten sich angeregt. Becker hockte allein, zu seinem sichtlichen Mißfallen von dem Gespräch ausgeschlossen, an einem kleineren Tisch. Er warf Vaughan einen unfreundlichen Blick zu, aber dieser ignorierte ihn und ging zur Theke. Ehrlich begrüßte ihn mit einem höflichen Kopfnicken. «Was kann ich Ihnen bringen?»

«Ich hätte gern eine Flasche Wein und etwas zu essen.»

«Ich habe leider nur Kartoffelsuppe und Sauerkraut mit Kasseler da.»

«Sehr schön.»

Ehrlich ging in die Küche, und Van Buren rief: «Wo ist denn der Heilige Vater?»

Wenn er erwartet hatte, die Gäste aus dem Dorf zum Lachen zu bringen, hatte er sich gründlich verrechnet. Ein beklommenes Schweigen entstand.

Vaughan trat zu ihm. «Er sammelt seine Gläubigen. Er ist wie ein Hausierer, geht von Tür zu Tür und hofft, daß ihm jemand seine Ware abnimmt.»

Süßmann sagte: «Sie sollten ihn doch nicht aus den Augen lassen?»

Schäfer bekleidete beim SSD einen Rang, der dem eines Leutnants der Volkspolizei entsprach, so daß Vaughan nicht die Notwendigkeit sah, vor Süßmann in die Knie zu gehen. Also sagte er knapp: «Mein Auftrag lautet, ihn zu beobachten und jederzeit zu wissen, wo er ist. Und das tue ich.»

Er nickte Van Buren zu, schritt zu einem freien Tisch und setzte sich. Becker musterte ihn finsterer denn je. Sigrid kam mit einem Tablett aus der Küche und servierte ihm Suppe, ein Stück Schwarzbrot und eine bereits entkorkte Flasche Wein.

«Wo ist denn Ihr Vater?» fragte Vaughan.

«In der Küche. Er findet, er koche besser als ich.»

Vaughan stellte fest, daß sie in ihrem Bauernrock hinreißend aussah.

Als sie wieder zur Theke ging, packte Becker sie an der Hand und zog sie auf seine Knie. Er tat so, als wäre er stark beschwipst, aber Vaughan hegte einen ganz bestimmten Verdacht. Becker hatte etwas Animalisches, das ihm mißfiel, und jetzt schien das Tier in ihm durchzukommen.

Das Mädchen zappelte verzweifelt, aber Becker lachte nur und betatschte mit einer Hand ihre linke Brust, während die andere unter ihren Rock fuhr. Sie wehrte sich mit Tränen der Erniedrigung in den Augen, und er lachte wieder schmutzig: «Das gefällt dir doch, oder?»

Vaughan blickte zu den Dorfbewohnern. Kein Mensch rührte sich. *Sie haben eine Todesangst*, dachte er und wandte sich zu Van Buren und Süßmann. Der Hauptmann saß gleichmütig da, und Van Buren schenkte sich gerade Wein nach. Er konnte kaum noch an sich halten. Becker schien vor Geilheit alles andere zu vergessen, und das Mädchen stöhnte vor Scham und Schmerz. Vaughan sagte: «Loslassen.»

Becker wandte ihm ruckartig das Gesicht zu: «Wie bitte?»

«Ich habe gesagt, loslassen. Ich meine, sie kann sich selbst aussuchen, mit wem sie knutschen will, oder?»

Jetzt war Van Burens Interesse erwacht, und er schaute über dem Brillenrand aufmerksam zu, wie Becker Sigrid zur Seite stieß und aufstand. Er ging übertrieben langsam durch das Gastzimmer und stützte sich mit beiden Händen auf Vaughans Tisch. Der Engländer goß sich gerade das Glas voll. Mit einer beinahe eleganten Bewegung holte er kurz mit der Flasche aus und knallte sie Becker an die Schläfe. Sigrid schrie auf, und Becker verlor das Gleichgewicht und fiel auf ein Knie. Vaughan ergriff einen Stuhl und ließ ihn so heftig auf die breiten Schultern des Mannes hinuntersausen, daß er in Stücke ging. Becker grunzte und wollte sich auf ihn werfen, doch Vaughan kam ihm zuvor und schlug mit dem Teil des Stuhls, den er noch in der Hand hatte, abermals zu. Dann warf er ihn beiseite und wich einige Schritte zurück.

Langsam, mühselig griff Becker nach dem Rand der Tischplatte und zog sich hoch. Er schwankte ein wenig, drehte sich zu Vaughan und wischte sich Blut vom Gesicht.

Und dann stürmte er plötzlich mit gesenktem Kopf und ausgestreckten Händen los, um den anderen zu zerquetschen. Vaughan wartete den richtigen Augenblick ab, trat einen halben Schritt zur Seite und versetzte ihm einen Hieb in die Nierengegend. Becker stöhnte auf wie ein getroffener Bulle und plumpste zu Boden. Er versuchte, wieder hochzukommen, aber er hatte nicht mehr die Kraft und fiel ächzend der Länge nach auf den Rükken.

Sigrids Gesicht war schneeweiß, und sie zitterte am ganzen Leib. Ihr Vater, der inzwischen aus der Küche gekommen war und den Kampf beobachtet hatte, zog sie hinter die Theke. Süßmann stand auf, kam mit zornentbranntem Gesicht auf Vaughan zu und kniete sich neben Becker hin.

Er blickte zu Vaughan hoch. «Das wird ein Nachspiel haben, mein Freund.»

Van Buren zog seinen Mantel an und lächelte vergnügt.

«Unsinn. Er hat es provoziert – er hat sein Fett bekommen. Sie versuchen besser, ihn zusammenzuflicken, während ich einige Worte mit unserem Genossen hier rede.»

Vaughan folgte ihm nach draußen. Van Buren blieb auf der obersten Stufe stehen, um sich eine Zigarette anzuzünden. «Ausgezeichnet für einen Mann von Abteilung sechs. Ich wußte gar nicht, daß Sie auch dafür ausgebildet werden.»

«Wir tun unser Bestes», sagte Vaughan vorsichtig.

«Und Pater Hartmann? Ist er brav? Oder versucht er etwa, auf eigene Faust eine Messe zu zelebrieren?»

«Nicht daß ich wüßte.»

Van Buren schritt bereits über den Marktplatz, und Vaughan ging hinterher. Der Amerikaner stieß die große Tür auf, und sie betraten die Kirche. Jetzt brannten an vielen Stellen Kerzen, und neben dem Beichtstuhl warteten sechs Frauen und drei Männer darauf, daß sie an die Reihe kamen.

«Was haben wir denn da?» sagte Van Buren. «Das würde ich nicht als brav bezeichnen, im Gegenteil.»

«Ich weiß», sagte Vaughan. «Karl Marx hatte recht. Opium für das Volk. Genau wie Zigaretten. Ein Zug, und man sitzt wieder an der Angel.»

«Sehr treffend. Ich werde es mir merken.» Van Buren schlug seinen Mantelkragen hoch. «Bis hierher und nicht weiter. Richten Sie ihm das bitte aus.» Er drehte sich um und ging hinaus.

Er hatte kaum geklingelt, als der alte Bruder Urban auch schon die kleine Tür neben dem Hoftor öffnete, und während er über den Hof ging, machte Bruder Konrad die Scheunentür auf und spähte hinaus.

«Oh, Sie sind es. Was macht Pater Hartmann?»

«Zählt seine Schäfchen», antwortete Vaughan. «Ich glaube, er ist zu dem Schluß gekommen, daß er in Neustadt gebraucht wird.»

«Damit könnte er recht haben, Herr Major. Es ist nicht so weit hergeholt, wie Sie vielleicht denken.»

In Bruder Konrads Stimme war ein leiser Vorwurf, mehr nicht, und sie gingen in die Scheune, wo Bruder Gregor gerade etwas auf einer Karte abmaß, die auf einem kleinen Tisch ausgebreitet war. Daneben stand Margaret Campbell und goß Kaffee in mehrere Becher, und ein paar Schritte weiter, neben Bruder Gregor, stand Berg mit einer Zigarette im Mund.

Bruder Augustin kam, bis zur Taille entblößt, mit der leeren Schubkarre aus dem Schuppen nebenan. Er trug keine Maske mehr vor dem Gesicht, und Vaughan wurde sich plötzlich bewußt, daß der scheußliche, alles durchdringende Gestank verschwunden war.

«Verglichen mit neulich ist die Luft fast wie im Kurort.»

Bruder Konrad nickte. «In der Hinsicht läuft alles bestens. Wir sind sehr gut vorangekommen. Viel besser, als wir gehofft haben.»

«Wo sind die anderen?»

«Franz und Florian arbeiten vor Ort, wie sie es jetzt nennen.»

Während er sprach, beobachtete Vaughan das Mädchen. Sie war seinem Blick ausgewichen. Margaret hatte sich ein Tuch um den Kopf gebunden und wirkte unglaublich jung, trotz ihrer tief umränderten Augen.

Er riß sich zusammen und wandte sich an Berg: «Na, wie sieht's oben im Schloß aus?»

«Nicht sehr gut. Der Lastwagenfahrer, Karl. Sie erinnern sich doch?»

«Was ist mit ihm?»

«Sie haben ihn abgeknallt. An einen Pfahl im Burghof gefesselt und erschossen. Ich konnte es von einem Fenster oben sehen.»

«Wann war das?»

«Heute morgen, sehr früh, es war noch ziemlich dunkel. Aber ich konnte trotzdem genug sehen, verstehen Sie?»

«Und Pater Conlin?»

«Er war auch da. Er mußte zugucken. Als ich vorhin fortging, war er wieder unten, im dritten Keller.»

«Ist sonst noch etwas vorgefallen?»

«Ich glaube nicht. Das heißt, doch. Die Frau – der Vopo-Leutnant.»

«Was ist mit ihr?»

«Sie ist weg ... sie fuhr gegen Abend nach Berlin zurück.»

Bruder Gregor sagte: «Nach meiner Berechnung sechzehn Meter. Wir sind fast am Rand des Friedhofs, und die Kanalröhre ist nur noch knapp zwei Meter entfernt.»

«Wir könnten also morgen nachmittag durchbrechen», sagte Konrad.

«Mit Leichtigkeit. Vielleicht noch eher.»

«Sind Sie ganz sicher?» fragte Vaughan.

«Ja. Der Durchbruch könnte uns ein bißchen zu schaffen machen, aber ich sehe auch da keine großen Schwierigkeiten», erklärte Bruder Gregor ihm.

«Das heißt, wir könnten versuchen, ihn morgen abend herauszuholen», sagte Konrad. «Es sei denn, das wäre Ihnen aus irgendeinem Grund zu früh.»

«Guter Gott, nein.» Vaughan schüttelte den Kopf. «Je früher, um so besser. Man kann nicht sicher sein, was Van Buren am nächsten Tag mit Conlin anstellt. Vielleicht verabreicht er ihm gefährliche Drogen.» Er wandte sich an Berg. «Sie werden morgen wieder mit Ihrem Rattengift nach unten steigen und das Vorhängeschloß von der Platte nehmen.»

«Gut», antwortete Berg. «Aber wann hauen wir ab?»

«Es muß natürlich im Dunkeln sein. Ich würde sagen, gegen neun Uhr.»

«Kommen Sie um sechs mit ein paar Milchkannen», sagte Bruder Konrad. «Ich sage Ihnen dann die letzten Einzelheiten.»

Berg nickte. «Gut. Ich gehe jetzt.»

Er verließ die Scheune. Bruder Konrad beugte sich wieder mit Bruder Gregor über den Plan, und Margaret Campbell reichte Vaughan wortlos einen Becher Kaffee. Sie schritten langsam zur Tür, die nur angelehnt war. Im Hoflicht draußen zeichnete sich feiner Nieselregen ab. Sie schienen ganz allein zu sein.

«Sie sehen müde aus», sagte er.

«Wir sind alle müde. Die Arbeit dauert bis tief in die Nacht, und dann müssen wir uns noch um die Landwirtschaft kümmern, um den Schein zu wahren. Jeden Tag Milch und Eier ins Dorf bringen. Die Kühe auf die Weide treiben und zum Melken zurückholen. Wenn man nicht Verdacht schöpfen soll, muß das alles und noch vieles andere erledigt werden.»

«Was macht Ihr Bein?»

«Oh, danke, ich komme sehr gut zurecht.» Ihre Schulter berührte seine, sie lehnte sich erschöpft an ihn. «Jetzt dauert es nicht mehr lange, Simon.»

«Nein.»

«Und was dann?»

«Dann können Sie wieder zurück.»

«Und wo sollte das sein?» In ihrer Stimme war plötzlich eine Bitterkeit, die er noch nie gehört hatte. «Wenn Sie es herausfinden, geben Sie mir bitte Bescheid, Herr Major. Ich weiß es nämlich nicht.»

Er bemühte sich verzweifelt, das Richtige zu sagen, für sie, nicht für sich. «Sie müssen neu anfangen, Maggie. Ganz von vorn beginnen. Sie hatten bisher ein schweres und kompliziertes Leben, aber das Wissen, das man bitteren Erfahrungen verdankt, hat nur einen begrenzten Wert. Es gibt einem eine Prägung, die auf diesen Erfahrungen basiert, und das ist nicht gut.»

«Was soll ich also tun?»

«Sie werden in Ihrem Beruf arbeiten, als Ärztin. Pascoe könnte Ihnen helfen, wenn Sie nach England oder Amerika wollen. Sie könnten natürlich auch in der Bundesrepublik bleiben. Sie müßten vielleicht eine Zusatzprüfung machen, damit Ihr Examen anerkannt wird, aber das ist sicher nur eine Frage von ein oder zwei Semestern.»

«Und Sie?» Ihre dunklen Augen ließen ihn nicht los.

Ihm fiel ein, was Meyer von dem Hitman auf dem Dach gesagt hatte, und er gab sich Mühe. «Das weiß der Himmel. Irgend etwas wird sich schon bieten. Menschen wie ich fallen immer wieder auf die Beine.»

«Und was für ein Mensch sind Sie?»

«Es gibt ein altes chinesisches Sprichwort», antwortete er. «Versuche nie, den Scharfrichter zu spielen. Du könntest ebensogut Tischler spielen. Du würdest dir nur die Hand verletzen.»

«Und was soll das bedeuten – ich meine, in diesem Zusammenhang?»

«Es bedeutet, daß Sie es aufgeben sollen, Maggie. Lassen Sie mich gehen.»

«Nein», sagte sie einfach. «Was wiederum nicht heißen soll, daß ich mit Ihrer Art zu leben oder mit Ihrer Vergangenheit einverstanden bin. Es heißt nur, daß ich Sie liebe.»

Ihre Hand lag auf seinem Arm, ihre Augen waren jetzt friedlich, heiter. Er blickte auf sie hinunter und wußte nicht mehr, was er tun sollte. Aus dem Tunnel hinter ihnen ertönte der fürchterlichste Schrei, den er jemals gehört hatte.

Bruder Franz hatte sich gerade umgedreht, um eine Wellblechplatte von Bruder Florian entgegenzunehmen, als es passierte. Er spürte, wie Erde auf seinen Kopf rieselte. Er sah hoch, während Bruder Florian bereits hastig zurückrobbte: «Achtung, ich glaube, der Gang bricht ein.»

Der Boden gab weiter nach, und ein fauliger Sarg sank ein Stück nach unten. Das Sargende löste sich, und zwei verwesende Füße wurden sichtbar. Der atemberaubende Gestank hüllte die beiden sofort ein. Bruder Franz schrie entsetzt auf und versuchte, zurückzukriechen, doch schon bei seiner ersten Bewegung sauste der Sarg in den Tunnel, das faulende Holz zerbrach und gab die Überreste des Leichnams frei.

Vaughan und Bruder Gregor schlichen über den dunklen Friedhof und hockten sich an der Mauer hin.

«Das müßte die Stelle sein», flüsterte Bruder Gregor.

Vaughan knipste seine Taschenlampe an. Sein Blick fiel auf ein relativ frisches Grab. Ein alter Mann, der vor zehn Monaten gestorben war, wie er auf der marmornen Grabplatte las. Das Grab war luxuriöser als die anderen – außer der Marmorplatte hatte es sogar ein schmiedeeisernes Geländer.

«Ist es dies?»

Bruder Gregor nickte. «Es muß es sein. Wir können Gott danken, daß die Platte da ist. Sonst wäre das Loch schon von weitem zu sehen.»

Sie kehrten schnell zum Gut zurück. In der Scheune hing wieder jener Geruch, nur daß er noch intensiver war als vorher, und Konrad und Augustin trugen wieder Schutzmasken. Margaret Campbell hatte ihren Erste-Hilfe-Kasten mitgebracht und zog gerade eine Spritze auf.

«Ich werde jedem von Ihnen zur Vorbeugung eine Injektion geben. Ihnen auch, Major. Wir müssen vorsichtig sein, weil erhebliche Infektionsgefahr besteht.»

«Wo sind Franz und Florian?» fragte Vaughan. «Doch nicht schon wieder dort drin?»

«Ja», sagte Bruder Konrad. «Wir müssen den Leichnam herausholen, ehe wir das letzte Stück graben können.»

Unten bewegte sich etwas, und Bruder Florian erschien mit einem langen Bündel. Franz trug das andere Ende. Konrad sprang hinunter, um ihnen zu helfen, und gemeinsam zogen sie den Sack die Rampe hoch.

Trotz der Umhüllung war der Gestank grauenvoll, und er sagte: «Zurücktreten, das ist nichts für zarte Gemüter.»

Sie gingen in den Schuppen, und Vaughan folgte gerade noch rechtzeitig, um zu sehen, wie sie die Leiche in den Brunnen warfen. Bruder Konrad schüttete eine Ladung Kalk hinterher, und dann kam Bruder Florian mit einer Karre voll Erde.

Als sie zurückkamen, wartete Margaret Campbell schon mit den Spritzen. Bruder Franz atmete schwer, seine Augen brannten, und er verströmte einen scheußlichen Geruch.

Bruder Konrad sagte: «Ich denke, es ist am besten, du gehst jetzt und nimmst ein Bad, Franz. Wir machen inzwischen allein weiter.»

«Ein Bad?» Bruder Franz starrte ihn an. «Glaubst du etwa, ich könnte es mit Wasser und Seife abwaschen? Es wird an mir bleiben, solange ich lebe.»

Er eilte hinaus. Bruder Konrad nahm eine Schaufel und sagte ruhig: «Die letzte Runde, Freunde. Bald haben wir es geschafft.» Er ging die Rampe hinunter und kroch in den Tunnel.

Hartmann saß in der Sakristei am Tisch und las in Augustinus' *Gottesstaat*. Es war sehr still. Plötzlich wurde zaghaft an der Tür geklopft, und Sigrid schaute in den Raum.

«Dürfen wir eintreten, Pater?»

Er sah zu seinem Erstaunen, daß ihr Vater bei ihr war. Georg Ehrlich wirkte verlegen und fühlte sich sichtlich unwohl in seiner Haut.

«Was gibt's denn?» fragte Hartmann. «Kann ich etwas für Sie tun?»

«Sag es ihm, Vater», drängte das Mädchen.

«Es geht um meine Tante», erklärte der Bürgermeister. «Sie ist eine alte Frau. Zweiundachtzig.»

«Ja?»

«Sie liegt im Sterben, Pater», sagte Sigrid einfach. «Und sie hat seit langer Zeit keinen Priester mehr gesehen.»

«Ich komme sofort», beruhigte Hartmann sie. «Ist es weit?»

«Nein, am Rand des Dorfes.»

Er öffnete seine Tasche und suchte hastig darin. Er fand das Ziborium, nahm die Hostie heraus und legte sie in eine silberne Pyxis, die er sich anschließend um den Hals hängte. Dann nahm er noch ein kleines silbernes Gefäß mit dem geweihten Öl heraus, um der Sterbenden die Letzte Ölung zu geben. Er warf sich die Stola um die Schultern und griff zu seinem Gebetbuch. «Ich bin soweit.»

In diesem Augenblick ging die Tür auf, und Vaughan kam herein. Der Bürgermeister erschrak. «Was ist denn hier los?» fragte Vaughan.

«Die Tante von Herrn Ehrlich liegt im Sterben. Sie braucht mich. Sie können mitkommen, wenn Sie möchten, aber wir haben keine Zeit für Diskussionen.»

Er nahm Sigrids Arm und eilte mit ihr hinaus. Vaughan sagte zu Ehrlich: «Wissen Sie, daß ich ihm auf Schritt und Tritt folgen soll? Nicht nur am Tag, sondern auch noch die halbe Nacht. Ich bin froh, wenn ich einen anderen Auftrag bekomme.»

Er verließ die Sakristei, und der Bürgermeister hatte Mühe, ihn einzuholen. «Meine Tante ist eine alte Frau, und alten Menschen muß man ihren Willen lassen. Andererseits könnte es sehr peinlich für mich werden, wenn sich das in der Partei herumspricht, Genosse. Sie wissen, was ich meine.»

Vaughan schlug seinen Kragen hoch, um sich vor dem Regen zu schützen. «Ja», sagte er kurz. «Ich weiß genau, was Sie meinen.»

Das Schlafzimmer lag im Erdgeschoß, und die Tür stand einen Spalt offen. Vaughan konnte die alte Frau sehen, die mit Kissen aufgestützt war. Hartmann sprach die Gebete, und sie hatte andächtig die Hände gefaltet und ließ ihn nicht aus den Augen. Als er ihr die Kommunion gegeben hatte, begann sie zu weinen, und er nahm ihre Hände.

*«Dominus vobiscum.»*

*«Et cum spiritu tuo»*, sagte sie unter Tränen.

Sigrid weinte ebenfalls, als sie hastig das Zimmer verließ.

Auf dem Rückweg zur Kirche schilderte Vaughan in allen Einzelheiten, was sich auf dem Schloßgut ereignet hatte. Seltsamerweise machte Hartmann keine Bemerkung über den Zwischenfall mit der Leiche, sondern fragte nur: «Also könnten Sie Pater Conlin morgen abend holen? Das ist viel früher, als ich dachte.»

«Wir haben auch nicht geglaubt, daß es so schnell gehen würde», antwortete Vaughan. «Aber es klingt fast, als täte es Ihnen leid.»

«Ich habe hier viel Arbeit. Ich muß ein echtes Bedürfnis befriedigen.» Hartmann lächelte. «Wissen Sie noch, was ich Ihnen vor ein paar Tagen sagte? Zuerst und vor allem ist man immer Priester. Auch heute ...»

Sie gingen die Eingangsstufen zur Kirche hoch, und er öffnete die Tür. Auf einer der hinteren Bänke saßen ein Mann, eine Frau und drei kleine Kinder. Sie erhoben sich sofort, als sie Hartmann erblickten, und die Frau schob die Kinder vor sich her. Das größte mochte sieben Jahre alt sein. «Bitte, Pater», sagte sie. «Ich möchte, daß sie getauft werden.»

Ihr Mann stand mit bittendem Gesicht, die Mütze in der Hand, neben ihr. Hinter der Gruppe sah Vaughan sechs oder sieben Leute, die offensichtlich auf die Beichte warteten.

«Aber es ist zwei Uhr nachts!»

Erich Hartmann lächelte. «Sehen Sie, mein Freund?» sagte er. «Sehen Sie jetzt, was ich meine?»

# 14

Die Franziskaner arbeiteten die ganze Nacht durch, ohne sich eine längere Pause zu gönnen, und gegen Morgen, kurz vor fünf Uhr, stieß Bruder Franz mit seiner Schaufel plötzlich gegen etwas Hartes.

«Ich glaube, wir haben es geschafft», sagte er zu Bruder Gregor, der die fortgeschaufelte Erde auf die Karre lud. Er räumte, jetzt behutsamer, die letzten Zentimeter Boden weg, die sie noch von der Röhre trennten, und die gekrümmte Betonwand begann Form anzunehmen.

«Ich komme gleich wieder», sagte Bruder Gregor aufgeregt und kroch auf allen vieren fort.

Bruder Franz arbeitete weiter, bis die Röhre freigelegt war. Bruder Gregor kehrte mit Konrad zurück. Sie hatten einen Vorschlaghammer und mehrere Brecheisen dabei.

«Gebt mir den Hammer und geht aus dem Weg», sagte Bruder Franz. Er nahm den Vorschlaghammer und knallte ihn, als sie die Karre fortgeschoben hatten, mit aller Kraft gegen die Röhre. Es gab einen lauten, hohlen Ton, aber der Beton war genauso glatt wie vorher. Er versuchte es noch einmal, und es wirkte ein bißchen ungeschickt, weil er wegen des beschränkten Raums nicht richtig ausholen konnte.

Bruder Gregor näherte sich auf allen vieren. «Mach es damit», sagte er. An der auszementierten Verbindungsstelle zweier Röhrenteile war eine winzige Fuge. Er steckte das spitze Ende eines Brecheisens hinein und ging in Deckung, indem er sich flach hinlegte und den Kopf mit den Armen schützte.

Franz holte abermals mit dem Vorschlaghammer aus und trieb die Brechstange in die Fuge hinein. Er schlug wieder zu, und diesmal zeigte der Beton Wirkung – ein großer Riß, dann noch einer.

«Das habe ich gehofft», sagte Bruder Gregor. «Wahrscheinlich ist die Materialbelastung von Anfang an zu groß gewesen.»

Beim nächsten Schlag fiel ein großes Betonstück in die Röhre. Sie spürten sofort kalte Luft, einen Wind, der durch den ganzen Tunnel blies. Bruder Franz holte wieder und wieder mit dem Hammer aus, während Bruder Gregor, der halb unter ihm lag, die Brechstange hielt, und nach wenigen Minuten war das Eingangsloch so groß, daß ein Mann durchschlüpfen konnte.

Vom Küchenfenster des Pfarrhauses konnte Vaughan den Verwalter beobachten, der neben seinem Lieferwagen vor dem Wirtshaus stand und mit Ehrlich redete. Die Karre mit den Milchkannen kam vom Schloßgut herbeigerumpelt, und zu seiner Überraschung sah er, daß Bruder Konrad sie schob.

Hartmann stand am Herd und machte Spiegeleier. Vaughan sagte: «Das ist interessant. Konrad fährt heute morgen die Milch aus. Ich denke, ich schaue mal nach, was los ist.»

Er nahm einen Becher aus dem Schrank und ging hinaus. Als er sich dem Wirtshaus näherte, war Bruder Konrad dem Verwalter gerade dabei behilflich, einige Kannen auf die Ladefläche seines Lieferwagens zu hieven. Ehrlich stand daneben und sah zu.

Vaughan begrüßte ihn: «Guten Morgen, Genosse.»

Der Bürgermeister brummte eine Antwort und ging ins Haus. Vaughan hielt Bruder Konrad den Becher hin, damit er ihn füllte. «Wir sind um fünf Uhr durchgebrochen», sagte der Franziskaner leise.

«Und wie sieht es aus?»

«Sehr gut. Franz und ich haben die gesamte Röhre abgeschritten, bis zur Einstiegluke. Sie war natürlich noch verschlossen.»

«Sie gehen nachher so schnell wie möglich nach unten und nehmen das Vorhängeschloß ab», sagte Vaughan zu Berg. «Ich möchte, daß Sie heute abend zum Gut kommen und melden, was im Schloß vorgefallen ist. Brechen Sie spät auf, damit Sie noch möglichst viel mitbekommen. Ich erwarte Sie gegen sieben Uhr.»

«Gut.» Berg kletterte hinter das Steuer und fuhr fort.

«Soll ich noch etwas tun?» fragte Bruder Konrad, während er die Gabeldeichsel der Karre anhob.

«Schalten Sie den Sender ein, sobald Sie zurück sind», sagte Vaughan. «Dann wissen die Leute in Bitterfeld Bescheid, daß heute abend etwas passieren wird.»

Der Franziskaner entfernte sich, und Vaughan ging wieder ins Haus. «Gibt es etwas, das ich wissen muß?» fragte Hartmann und reichte ihm einen Teller mit zwei Spiegeleiern und einer Scheibe Schwarzbrot.

«Sie sind durchgebrochen.»

«Aha – dann ist es also heute abend soweit.»

Vaughan stellte fest, daß die Eier sehr gut waren. «Sie sollten spätestens um neun Uhr auf dem Gut sein.»

«Warum?»

«Damit Sie bereit sind, zusammen mit den anderen loszufahren.»

«Davon ist aber nie die Rede gewesen.»

«Großer Gott, Sie können nicht hierbleiben, Mann. Sie können nirgends in der DDR bleiben. Spätestens fünf Minuten, nachdem sie gemerkt haben, daß Conlin nicht mehr da ist, werden sie zwei und zwei zusammenzählen und fünf herausbekommen, was Sie betrifft. Sie haben keine andere Wahl. Sie müssen mit den anderen über die Grenze, solange Sie noch können.»

«Ja, ich glaube, Sie haben recht», sagte Hartmann. «Darauf bin ich noch nicht gekommen.»

Merkwürdig, daß er plötzlich keinen Appetit mehr hatte. Er schob seinen Teller beinahe angewidert fort.

Berg nahm das Vorhängeschloß von der Platte, die den Einstieg blockierte, und steckte es in die Tasche, ergriff dann wieder seine Taschenlampe und verließ die Kammer, um nachzusehen, wie viele Ratten er zur Strecke gebracht hatte. Er fand ein gutes halbes Dutzend Kadaver und trug sie am Schwanz den Gang zurück.

Als er an dem jungen Volkspolizisten vor Conlins Zelle vorbeikam, hielt er sie hoch: «Sieben auf einen Streich, genau wie der Schneider im Märchen.»

Der junge Mann schüttelte sich. «Verdammte Biester. Ich kann sie nicht ausstehen.»

Berg lachte und ging weiter zu der Stelle, wo der nächste Posten die Tür zu der Treppe bewachte, die ins zweite Kellergeschoß hinaufführte.

Conlin schreckte immer wieder aus dem Schlaf hoch. Er konnte Karls Tod nicht vergessen und mußte unaufhörlich an Van Burens Bemerkung denken, er hätte ihn retten können, genau wie er Frances Mary hätte retten können. Beim Gedanken an sie wurde sein Schmerz, seine Qual so intensiv wie seit Jahren nicht mehr. Sie war seine einzige Schwester gewesen, neun Jahre jünger als er, und sie hatten sich immer, besonders aber seit dem Tod der Eltern, sehr nahegestanden. Frances Mary hatte bei einer Tante gewohnt, als er auf dem Priesterseminar war, und sie war selig gewesen, als er eine Stelle als Geistlicher in Dublin bekommen hatte und wieder in derselben Stadt lebte.

Dann hatte sie sich in Michael verliebt, einen jungen Dozenten für Geschichte am Trinity College, der Protestant war, aber trotzdem ein sehr sympathischer Junge. Und dann wurde sie schwanger.

Er konnte kaum atmen, als er daran dachte, und umklammerte den Rand seiner Decke. An jene Nacht im Dezember, kurz vor Weihnachten. Das Auto kam ins Schleudern, überschlug sich, und Michael war sofort tot. Bei der schwerverletzten Frances Mary setzten die Wehen ein. Als er das Krankenhaus erreichte, war es zwei Uhr morgens, und der für den Fall verantwortliche Arzt stellte ihn vor eine schreckliche Alternative. Sie mußte sofort operiert werden; die Wehen durften nicht weitergehen, und in ihrem Zustand war an einen Kaiserschnitt nicht zu denken.

Was sie wollten, war einfach: Conlin sollte ihnen erlauben, das Leben in ihr zu beenden, und das konnte er nicht, weil es allem zuwiderlief, was er sein Leben lang geglaubt hatte.

«Na gut», hatte der Arzt gesagt. «Wir können die Geburt einleiten, aber dann besteht die Möglichkeit, daß Ihre Schwester nicht durchkommt. Die Entscheidung liegt bei Ihnen.»

Aber als guter Katholik konnte er sich nicht anders entscheiden. Und er hatte dagesessen und bis vier Uhr morgens gewartet, und dann kam der Arzt zurück und sagte ihm, sie seien beide tot, Frances Mary und das Mädchen, das kaum gelebt hatte.

Es schneite, als er das Krankenhaus verließ, und es war bitterkalt – fast so kalt wie jetzt. Wie lauteten doch die Verse von Donne?

*Und dann kam die Knute des göttlichen Zorns.*
*Er zerbrach meine Knochen, die alt und schwach waren . . .*

O Gott, hilf mir, dachte er. Ich habe Karl umgebracht, genau wie ich meine eigene Schwester umbrachte, aus selbstsüchtigem, blindem Stolz. Aus meiner törichten Überzeugung heraus, ich allein wüßte, was gut und richtig ist.

In diesem Augenblick war er zutiefst verzweifelt, am Grund eines so dunklen Tals, daß es keinen Weg hinaus zu geben schien. Noch nie in seinem Leben hatte er sich so allein gefühlt.

«Gott möge mir vergeben», sagte er. Und weinte.

Da streckte sich eine Hand aus und nahm seine, und

eine wilde, fast schmerzende Erregung füllte sein Herz. Es war, als sei dies der dritte Tag, und er wartete darauf, daß der Stein beiseite rollte.

Pascoe trat in Bitterfeld in den Hangar und erblickte Kubel, der sich an dem Fieseler Storch zu schaffen machte, während Meyer daneben auf einer Holzkiste saß und ihm zuschaute. Das Flugzeug hatte einen neuen, mattschwarzen Anstrich und wirkte irgendwie unheimlich.

«Wie steht's?» fragte Pascoe.

Meyer schmunzelte. «Wenn er die Maschine nicht endlich in Ruhe läßt, wird sie sich noch bei der Gewerkschaft beschweren.»

«Die Hälfte der Piloten, die es im Krieg erwischte, wurde nicht etwa vom Feind abgeschossen. Sie kamen wegen irgendeines Motorschadens ums Leben», sagte Kubel. «Deshalb muß ich mich besser mit ihr vertraut machen als die Mechaniker.»

Sie hörten schnelle Schritte, und Teusen erschien so außer Atem im Hangartor, daß er kaum sprechen konnte.

«Was ist denn los?» fragte Pascoe.

«Es ist gekommen . . . das erste Signal. Wir haben es eben empfangen.»

Schweigen. Max Kubel ging zum Tor und schaute hinaus. Schwere graue Wolken hingen über dem Flugfeld, und Regen peitschte ihm ins Gesicht.

«Na also», sagte er leise zu sich selbst. «Zumindest wird es interessant werden.»

Süßmann und Becker nahmen Conlin in ihre Mitte und brachten ihn in Van Burens Zimmer, wo sie ihn in einen

Sessel gegenüber von dem Amerikaner bugsierten.

«Warten Sie draußen», sagte der Amerikaner.

Sie zogen sich zurück. Conlin versuchte sich aufzurichten. «Nun?»

«Sie sehen abgespannt aus.»

«Ja, damit haben Sie wohl recht.»

«Kein Wunder. Die Sache mit Karl. Und meine Bemerkung über Frances Mary.» Van Buren zuckte die Achseln. «Jeder stößt irgendwann an seine Grenze.»

«Es hat keinen Zweck, Harry.» Conlin lächelte schwach. «Sie verschwenden Ihre Zeit. Ich habe Karl nicht getötet – Sie waren es. Und Frances Mary habe ich auch nicht getötet. Es waren die Umstände, etwas, das ich wegen meiner religiösen Überzeugung nicht verhindern konnte. Ich habe kein Recht, über mich zu urteilen. Das wird Gott der Herr eines Tages tun.»

«Sie haben immer noch Zeit, um zu glauben?»

«O ja, das kann man sagen. In meiner größten Verzweiflung habe ich die Hand ausgestreckt, und er kam, wie ein kühler Morgenwind im Gesicht. Erregung, Harry – die unbeschreibliche, tiefe, beängstigende Erregung des Erkennens. Ich habe erkannt, daß mich nun nichts mehr berühren kann.»

«Ist das Ihr letztes Wort?»

Der alte Mann lächelte milde. «Harry, Ihr Vater war ein guter Mensch. Was ihm widerfuhr, war eine große Ungerechtigkeit, aber das gibt Ihnen noch lange nicht das Recht, Krieg gegen die ganze Welt zu führen. Ratten sind keine Menschen, Harry. Eine Ratte im Käfig tut, was Sie ihr beibringen, aber ein Mensch im Käfig hat immer noch seinen freien Willen.»

Van Buren war sehr bleich geworden und hatte die Hände fest ineinander verschränkt. Er antwortete langsam: «Ich habe ein neues Medikament mitgebracht, das bei bestimmten Operationen als Muskelrelaxans benutzt wird, aber der springende Punkt ist, daß der Patient bewußtlos sein muß, wenn man es verabreicht. Wenn er bei Bewußtsein ist, hat es eine so fürchterliche Wirkung, daß es oft ein bleibendes Trauma bewirkt. Dann wird gewöhnlich Scopolamin injiziert, um das Erlebnis aus dem Gedächtnis des Betreffenden zu tilgen.»

«Man lernt jeden Tag etwas Neues», sagte Pater Conlin.

Van Buren öffnete eine Schublade und nahm eine Flasche und eine Spritze heraus. Er begann, die Spritze aufzuziehen, und sagte dabei: «Es ist eine amerikanische Droge, *Succinyl choline*, und sie führt zunächst zu konvulsivischen Zuckungen. Dann wird die Versuchsperson total gelähmt, kann nicht mehr atmen, leidet entsetzliche Schmerzen – bleibt aber bei vollem Bewußtsein. Man glaubt, daß man an Sauerstoffmangel stirbt. Die Wirkung dauert nur zwei Minuten, aber das Erlebnis ist so schrecklich, daß die meisten Leute später schon dann zusammenbrechen, wenn man ihnen eine Wiederholung androht.»

Conlin gefror das Blut in den Adern. Er meinte, noch nie solche Angst gehabt zu haben, und seine Hände zitterten so sehr, daß er sie nur ruhig halten konnte, indem er sie mit aller Kraft auf die Sessellehne preßte. Er versuchte, gleichmäßig zu atmen.

*Läßt sich der menschliche Geist so leicht brechen? Hast du das wirklich gewollt, Herr? Nein, ich kann es nicht glauben. Ich werde meinem Glauben folgen, jetzt und immer.*

Er holte tief Luft und zwang sich zu seinem tapfersten Lächeln. «Fangen Sie an, mein Sohn. Ich hätte allerdings gedacht, daß Ihnen etwas Besseres einfällt. Wenn Ihr letztes Hilfsmittel eine Droge ist, stellen Sie sich ein Armutszeugnis aus, Harry. Finden Sie nicht?»

Van Buren starrte ihn finster an und drückte den Summer auf seinem Schreibtisch, worauf die Tür geöffnet wurde und Süßmann und Becker eintraten.

«Halten Sie ihn fest», befahl er.

Es war kurz vor sieben Uhr, als Vaughan die eiserne Leiter hochkletterte und vorsichtig die Metallplatte anhob, die den Einstieg bedeckte. Das Gelaß darüber war völlig finster. Er lauschte kurz, senkte die Platte wieder und kletterte zurück. Zehn Minuten später hatte er den Durchbruch unter dem Friedhof erreicht und kroch durch den Tunnel zur Scheune, wo er von den anderen erwartet wurde. Während er die Kanalröhre untersucht hatte, war Berg eingetroffen.

«Zufrieden?» fragte Konrad.

Vaughan nickte. «Zehn Minuten, um ins Schloß zu kommen, fünf Minuten, um Conlin zu befreien, und dann noch einmal zehn Minuten – höchstens eine Viertelstunde – um wieder zurückzukommen.»

«Sie werden ihn tragen müssen», sagte Berg. «Kurz bevor ich ging, habe ich gesehen, wie Becker ihn aus Van Burens Zimmer schleppte. Er sah nicht sehr gut aus.»

«Haben sie ihn geschlagen?»

«Soweit ich sehen konnte nicht.»

Vaughan griff nach seinem Ledermantel und zog ihn an. «Wahrscheinlich Drogen. Leuten wie Van Buren stehen neuerdings ein paar teuflische Mittel zur Verfügung. Sie fahren jetzt wieder zum Schloß. Bleiben Sie bis Viertel vor neun dort und halten Sie die Augen offen. Falls vorher etwas Außergewöhnliches passieren sollte, kommen Sie bitte so schnell wie möglich und sagen uns Bescheid.»

Berg nickte und ging hinaus. Konrad sagte: «Und nun?»

«Wir warten. Ich gehe zu Hartmann und informiere ihn, wenn es mir gelingt, ihn von seinen endlosen Beichten und Taufen loszueisen. Das einzige, was er noch nicht gemacht hat, ist ein großer Festgottesdienst.»

Als er zur Tür schritt, schloß Margaret Campbell sich ihm an. Sie gingen zusammen über den Hof, und er legte ihr den Arm um die Schulter.

«Wenn die Sache richtig losgeht, habe ich womöglich soviel um die Ohren, daß ich nicht darauf achten kann, was Sie machen», sagte er. «Versprechen Sie mir also, daß Sie alles tun, was Bruder Konrad sagt, und rechtzeitig in den Wagen steigen. Seien Sie ein braves Mädchen.»

«Morgen früh frühstücken wir dann zusammen in Bitterfeld», antwortete sie.

«Warum nicht?»

«Und ich möchte wieder einmal in jenes Café in Berlin, am Ende der Brücke. Nehmen Sie mich mit, wenn ich Sie darum bitte?»

«Wir werden sehen.» Er berührte leicht mit dem Handrücken ihre Wange. «Passen Sie auf sich auf.» Er ging durch das Hoftor und eilte fort.

Gegen acht Uhr öffnete Hartmann die kleine Tür zur Sakristei, wo er bereits von Vaughan erwartet wurde.

«Wo, zum Teufel, sind Sie gewesen?» fragte der Engländer.

«Ich habe Krankenbesuche gemacht», erwiderte Hartmann. «Ich sagte Ihnen doch, daß hier ein echtes Bedürfnis besteht. Wieso?»

«Weil ich gegen neun ins Schloß steige», sagte Vaughan. «Um zwanzig nach neun bin ich mit Conlin in der Scheune, um zwanzig vor zehn holt Kubel uns am Pferdegrund ab, und kurz danach werden Sie mit dem Laster unterwegs zur Grenze sein. Packen Sie also zusammen, was Sie brauchen, und dann kommen Sie mit mir zum Gut zurück.»

«Nein», sagte Hartmann. «Ich habe darüber nachgedacht, und mir ist etwas Besseres eingefallen. Ich spiele bei dieser Sache doch mehr oder weniger die Rolle des Köders. Ich finde, ich mache mich am nützlichsten, wenn ich sie jetzt weiterspiele.»

«Verdammt noch mal, worauf wollen Sie hinaus?»

Hartmann erklärte es ihm.

Van Buren ging gerade seine Aufzeichnungen durch, als ein Klopfen ertönte und Süßmann mit Becker in den Raum kam. «Schwierigkeiten?» sagte Van Buren.

«Ja, in gewisser Hinsicht», antwortete Süßmann. «Ich hatte gerade einen Anruf aus dem Dorf. Ein anonymer Freund, der kurz vorher im Wirtshaus war, als der Priester kam und mit dem Bürgermeister redete.»

«Und?»

«Er hat ihm offenbar gesagt, er habe die Absicht, das

St. Michaelskreuz wieder in die Kirche zu bringen.»

«Ich verstehe nicht.»

Süßmann erklärte ihm kurz, was es mit dem Kreuz auf sich hatte. Er schloß: «Mir scheint, das ist eine unverhüllte Herausforderung. Sie haben ihn doch gewarnt.»

Van Buren sagte: «Wo ist dieses Kreuz?»

«Ich kenne die Stelle», sagte Becker. «Ganz in der Nähe vom Elbufer, knapp einen Kilometer außerhalb des Dorfes. Ich habe es selbst gesehen. Als ich hierherkam, erzählte der Verwalter mir die Geschichte.» Er lachte verächtlich. «Hartmann muß verrückt geworden sein. Es ist völlig unmöglich, das Ding so weit zu tragen.»

«Wenn er es aber täte, würde er sich auch das Recht anmaßen, die Kirche wieder zum Gottesdienst zu öffnen...», sagte Süßmann.

Van Buren nickte. «Das können wir nicht dulden.» Er lächelte. «Trotzdem eine interessante Situation. Lassen Sie uns hinfahren und nachsehen, wie er es anstellt.»

In eben diesem Augenblick bearbeitete Erich Hartmann den Boden am Fuß des Kreuzes aus Leibeskräften mit einem Spaten. Ungefähr zwanzig Dorfbewohner, Männer und Frauen, von denen einige Taschenlampen bei sich hatten, standen in einiger Entfernung in einem Halbkreis herum und schauten neugierig zu.

Sigrid und ihr Vater waren ihm am nächsten. Der Bürgermeister sagte: «Pater, das ist Wahnsinn. Wenn sie im Schloß davon hören, werden die Vopos kommen.»

Hartmann sagte: «Sehen Sie, Sigrid, wir machen Fortschritte. Er sorgt sich bereits um mich.»

«Man wird Sie festnehmen, Pater», sagte Ehrlich.

Hartmann grub weiter. «Haben Sie im Schloß angerufen und ihnen mitgeteilt, was ich vorhabe? Sie sind schließlich der lokale Parteisekretär.»

«Nein», antwortete Ehrlich. «Das habe ich nicht.»

«Dann wird man *Sie* festnehmen, mein Freund. So ist die Obrigkeit, die Sie haben. So ist die Gesellschaft, die Sie haben.» Er wandte sich jetzt an die Umstehenden. «Und einen solchen Staat nennen Sie demokratisch?»

Das Kreuz schwankte und begann zu fallen. Er warf den Spaten beiseite, fing es auf und ließ es langsam zur Erde herunter. Dieser Beweis für seine Bärenkräfte entlockte den Zuschauern ein ehrfürchtiges Raunen.

Sigrid lief zu ihm und legte ihm die Hand auf den Arm. «Bitte, Pater, tun Sie es nicht.» Ihr Gesicht war angespannt, flehend. «Sie werden sich umbringen!»

«Aber ich muß es tun, meine Tochter», sagte er. «Sehen Sie, ich mußte vorhin daran denken, daß mein ganzes Leben auf dieses Ziel zugesteuert ist. Was ich jetzt mache, gibt ihm einen Sinn.»

Er blickte zu dem regenschwarzen Hügel hinauf, der drohend über dem Dorf aufragte. «Lieber Gott, schenk mir Kraft», murmelte er.

Er hievte sich das Kreuz auf die Schulter, suchte mit den Füßen einen besseren Halt, um nicht aus dem Gleichgewicht zu kommen, und stapfte langsam los.

Bruder Konrad stand in der Uniform eines Leutnants der Volkspolizei mit Margaret Campbell in der Scheune am Tisch, als Vaughan hereinkam. Er trug eine dunkle Hose und einen dunklen Pullover, und eine lange Wollmütze bedeckte den größten Teil seines Gesichts und gab ihm ein unheimliches, drohendes Aussehen.

Margaret Campbell riß die Augen auf. «Sie sehen aus wie . . .» Sie zögerte.

Er bückte sich, wischte mit der Hand über den schmutzigen Boden und schwärzte sich mit dem hängengebliebenen Staub den freien Teil des Gesichts. «Na, wie denn?» fragte er.

«Anders . . . wie ein anderer Mensch.»

Er schien förmlich vor Energie zu bersten. «Das ist mein wahres Ich», antwortete er. «Der Mensch, der ich im Grunde bin. Der mit seiner Aufgabe wächst, weil ich mich nur dann ganz entfalten kann.»

Ihre Lider zuckten kaum merklich. Er wandte den Blick von ihr ab und sagte zu Bruder Konrad: «Ist Franz schon unten?»

«Ja.»

Vaughan zog eine Mauser aus seinem Gürtel, das Vorkriegsmodell mit dem knollenartigen Schalldämpfer, das eigens für die Gestapo entwickelt worden war und seiner Meinung nach von keiner anderen «stummen» Handfeuerwaffe übertroffen wurde. Er prüfte den Entsicherungsmechanismus und steckte die Waffe dann wieder zurück.

«An welcher Station des Leidensweges Hartmann jetzt wohl mit seinem Kreuz ist?»

In Margaret Campbells Stimme war Zorn, als sie antwortete: «Er tut das, was er für richtig hält. Sie sind nicht der Mann, der sich über ihn lustig machen darf.»

«Ein heiliger Narr», sagte Vaughan. «Genau wie Sean Conlin. Nur deshalb sind wir jetzt hier, wenn Sie erlauben, daß ich Sie daran erinnere. Mein Gott, in welche

Schwierigkeiten die Guten dieser Welt uns andere immer bringen müssen.» Er warf einen Blick auf die Uhr und sah, daß es Viertel vor neun war. «Lassen wir das», sagte er. «Ich muß jetzt los.»

«Und der Sender?» Bruder Konrad berührte das schwarze Gerät auf dem Tisch. «Was soll ich damit machen?»

«Drücken Sie um zehn nach neun auf diesen Knopf», erwiderte Vaughan. «Das müßte ungefähr hinkommen.»

«Und wenn etwas schiefgeht?» sagte Margaret Campbell, plötzlich von Panik erfaßt. «Sie haben doch selbst gesagt, daß das Timing der springende Punkt ist.»

«Jetzt nicht mehr», sagte er. «Von nun an gehen die Dinge einfach ihren Gang. Sehen Sie, wir kontrollieren das Spiel nicht mehr – es kontrolliert uns.» Er bückte sich und verschwand im Tunneleingang.

In Bitterfeld hatte Teusen inzwischen die Pistenbefeuerung eingeschaltet. Schwerer, feuchter Dunst hing über dem Platz. Der Storch stand auf dem Vorfeld bereit, und Max Kubel, Pascoe und Meyer warteten im Schutz der Hangars.

Meyer sagte: «Seht euch das Wetter an. Manchmal frage ich mich, ob Gott es wirklich gut mit uns meint. Verdammte Suppe.»

Kubel trug seine alte Fliegerkluft, einschließlich des weißen Schals um den Hals. Er paffte an einer Zigarre und war blendender Laune. «Das Starten ist nicht weiter schlimm, Julius. Gefährlich wird es erst bei der Landung.»

«Und wenn es in Neustadt auch so ist?» fragte Pascoe.

«Dann haben wir ein Problem», antwortete Kubel knapp.

Hartmann hatte noch nie eine solche Last auf dem Rükken getragen, und als er den Kamm der Anhöhe erreichte, blieb er stehen. Sein ganzer Körper schien eine klaffende Wunde zu sein, seine linke Schulter war bereits aufgescheuert, und um die rechte, auf der er das Kreuz jetzt trug, stand es nicht viel besser. Aber er durfte ganz einfach nicht an den Schmerz denken.

Die Menge der Neugierigen war beträchtlich angewachsen, und es kamen immer noch Leute. Das Merkwürdige war ihr Schweigen, das nur gelegentlich von Stimmengemurmel unterbrochen wurde.

Er ging weiter und stöhnte unwillkürlich vor Schmerz auf, als der Balken wieder in sein Fleisch schnitt. Fast im selben Moment verlor er das Gleichgewicht, stürzte zu Boden und blieb unter dem Kreuz liegen.

Einige Leute lösten sich von der Menge, um ihm zu helfen, und er hörte ihre schnellen Schritte. «Nein!» rief er. «Nein!»

Sie hielten inne. Er blieb noch eine Weile auf Händen und Knien. Und dann begann Sigrid, mit fester, klarer Stimme das Kredo zu sprechen. «Ich glaube an den einen Gott ...»

Eine andere Stimme fiel ein, zuerst zögernd, und dann noch eine und immer mehr. Hartmann wurde von einer tiefen, inneren Freude durchströmt, wie er sie noch nie erlebt hatte. «Ich bin dieser Last nicht würdig», murmelte er. «Aber ich nehme sie an.»

Bruder Franz wartete mit der Taschenlampe am Fuße der Eisenleiter, während Vaughan hinaufstieg und vorsichtig die Platte hochstemmte. In der Kammer war es ziemlich dunkel, doch er konnte sehen, wo sich die Tür zu dem Gang befand. Er schob die Platte zur Seite, kletterte hinaus, zog die Mauser aus dem Gürtel und entsicherte sie.

Als er um die Ecke spähte, sah er sofort den jungen Volkspolizisten, der lässig, ein AK um die Schulter gehängt, an der Wand lehnte. Knapp zwanzig Meter von dem Gelaß entfernt war der Gang hell beleuchtet, doch er hatte keine Wahl. Vaughan schlich los, schmiegte sich dicht an die Mauer und hielt die Mauser an den rechten Oberschenkel gedrückt. Jetzt kam es darauf an, wie weit er sich dem Posten nähern konnte, ehe er bemerkt wurde.

In diesem Augenblick tauchte ganz hinten im Gang ein anderer Volkspolizist mit umgehängtem Kampfgewehr auf, der einen dampfenden Becher in der Hand hatte. Er entdeckte Vaughan sofort, warnte seinen Kameraden mit einem lauten Zuruf, stellte den Becher auf die Erde und nestelte hastig an seinem Gewehr. Vaughan feuerte zweimal, und beide Kugeln trafen ins Herz, töteten den Mann auf der Stelle.

Schon als der Vopo zu Boden ging, sauste die Mauser zu dem anderen Posten herum, der gerade sein AK hochriß. Vaughan schoß ihn in die rechte Schulter, und die schwere Kugel warf ihn herum. Die nächste zerschmetterte sein Rückgrat, und er stürzte gegen die Tür der Zelle. Sein langer Mantel begann am Einschußloch zu glimmen, und als er nach unten glitt, sah Vaughan sogar eine winzige Schmauchflamme.

Die Pistole mit Schalldämpfer hatte so gut wie kein Geräusch gemacht, aber was war mit dem Schrei des ersten Volkspolizisten? Vaughan lief schnell durch den Gang, an der Zelle vorbei bis zur Tür am Fuße der Treppe, wo er stehenblieb und horchte. Er hörte nichts und kehrte beruhigt um.

Er schob die Riegel der Zellentür zurück und ging hinein. Pater Conlin lag angekleidet, schwer atmend auf dem Bett. Er schien zu schlafen, und als Vaughan ihn rüttelte, reagierte er nicht. Vaughan steckte die Mauser wieder in den Gürtel, stützte den Priester auf, bückte sich und nahm ihn auf die Schulter. Er eilte hinaus und lief zum Einstieg zurück.

Bruder Franz hatte den Kopf aus der Öffnung gesteckt, als er ankam. «Ist etwas passiert?»

«Nichts, womit ich nicht fertigwerden konnte», sagte Vaughan. «Er ist bewußtlos. Ich nehme an, er steht unter Drogen. Gehen Sie hinunter, ich lasse ihn dann zu Ihnen hinab.»

Bruder Franz stand unten an der Leiter und nahm den alten Mann entgegen, wie ein federleichtes Bündel. Er wiegte ihn in den Armen, als wäre er ein Kind. Vaughan folgte und zog behutsam wieder die Platte über die Öffnung. Er blickte auf die Uhr. Gleich zehn nach neun. «Alles klar? Wir müssen weiter.»

Sie machten sich auf den Weg, und kurz darauf drückte Bruder Konrad in der Scheune den Knopf auf dem Sender, der das entscheidende Zeichen in den Westen funkte.

Max Kubel gab Gas und ließ den Storch anrollen. Der Argus-Motor reagierte großartig. Die Pistenbefeuerung war zwar eingeschaltet, aber er konnte nur die ersten paar

Lichter sehen – es machte ihm nichts aus. Als der Nebel ihn verschluckte, sagte Meyer, der mit Pascoe und Teusen am Hangartor stand: «Das wäre geschafft. Und was kommt jetzt?»

«Das Schlimmste», sagte Pascoe. «Das Warten.»

Van Buren konnte den Gesang schon hören, als sie noch nicht einmal den Marktplatz erreicht hatten. Becker fuhr den Geländewagen, auf dem Beifahrersitz saß Süßmann, und als sie auf den Platz einbogen, schien dort das ganze Dorf versammelt zu sein. Heinrich Berg, der in der letzten Reihe stand, sah sie sofort und trat schnell in den Schatten einer Mauer.

«Das ist ja schlimmer als bei Billy Graham», bemerkte Van Buren sarkastisch.

Süßmann stand auf und hielt sich am oberen Rand der Windschutzscheibe fest. «Jetzt sehe ich ihn.»

Hartmann betrat den Markt von der entgegengesetzten Seite, und die Versammelten traten schon auseinander, um ihm Platz zu machen. Er ging weiter, und die Leute begannen in die Hände zu klatschen und zu jubeln. Als er sich den breiten Stufen näherte, die zur Kirchentür führten, stieg Van Buren aus, um ihm den Weg abzuschneiden.

«Pater Hartmann!» rief er.

Hartmann blieb stehen. Der Gesang erstarb, es wurde still. Während sie sich gegenüberstanden, begann es zu regnen, erst tropfenweise, dann immer heftiger.

«Ich habe Ihnen gesagt, daß ich Sie umgehend wieder nach Berlin schaffen lasse, wenn Sie hier Schwierigkeiten machen.»

Süßmann wandte sich vom Geländewagen aus an die Dorfbewohner. «Geht nach Haus, Leute. Das ist ein Befehl!»

Niemand rührte sich. Hartmann sagte: «Ich bringe nur das Kreuz in die Kirche zurück. Das ist mein gutes Recht.»

Er betrat die Stufen. Van Buren sagte zu Becker: «Jetzt aber Schluß mit dieser Komödie. Halten Sie ihn auf.»

Becker lief die Stufen hinauf und packte das eine Ende des Kreuzes, so daß Hartmann das Gleichgewicht verlor und auf ein Knie sank. Der Feldwebel versetzte ihm einen heftigen Tritt, und er fiel der Länge nach hin.

«Sie sind festgenommen», sagte er.

Hartmann ignorierte ihn völlig und stemmte sich, das Kreuz auf dem Rücken, wieder hoch. Becker zog seine Walther und entsicherte sie.

«Nein!» sagte er, als Hartmann sich zu seiner vollen Höhe aufrichtete.

Der Priester, der offensichtlich völlig erschöpft war, schwankte ein wenig, und als er den ersten Schritt machte, konnte er kaum die Balance halten, und ein Balken des Kreuzes versetzte Becker einen Hieb, so daß er gegen die Kirchentür taumelte. Der Feldwebel drückte, wie in einer Reflexhandlung, zweimal ab. Hartmann stürzte die Stufen hinab und wurde teilweise unter dem Kreuz begraben.

Die Menge geriet sofort in Bewegung. Entsetzensschreie ertönten, und die Leute drängten sich heran. Sigrid erreichte den Priester zuerst und kniete sich neben ihn auf die Erde. Dann zog Süßmann seine Pistole und feuerte in die Luft. «Gehen Sie nach Haus!» brüllte er. «Ich befehle Ihnen, sofort den Platz zu räumen – ohne Ausnahme!»

Van Buren beugte sich über Hartmann. Die Augen des Jesuiten waren geöffnet, und aus einem Mundwinkel sikkerte Blut. Becker kam die Stufen herunter.

«Sie Idiot», fuhr Van Buren ihn an. «Das war vollkommen überflüssig.»

«Mörder!» schrie Sigrid.

«O nein», sagte Van Buren. «Er lebt noch, aber nicht mehr lange, wenn Sie ihn hier liegen lassen.»

Hinter ihm näherte sich ein zweiter Geländewagen in schneller Fahrt und zwang die Umstehenden, auseinanderzuspringen. Der Fahrer, ein Volkspolizist, stieg aus und eilte herbei. Schon ehe er stehenblieb, um hastig seine Geschichte hervorzusprudeln, erkannte Van Buren an seinem Gesicht, daß er schlechte Neuigkeiten zu überbringen hatte.

Als Berg am Hoftor des Schloßguts klingelte, kam Bruder Florian, um ihm zu öffnen.

«Wo ist der Major?» fragte der Verwalter atemlos.

«Er ist vor fünf Minuten mit dem Laster abgefahren», sagte Florian. «Alles ist nach Plan gelaufen. Franz und er haben Conlin hergebracht, und jetzt fährt Konrad sie zum Pferdegrund, wo sie das Flugzeug erwarten wollen.»

Margaret Campbell erschien im Scheuneneingang. «Im Dorf scheint ein richtiger Aufruhr ausgebrochen zu sein. Wissen Sie, was passiert ist? Wo Pater Hartmann wohl sein mag?»

«Er liegt vor der Kirche – tot oder sehr schwer verwundet, soweit ich sehen konnte», antwortete Berg und berichtete kurz, was geschehen war.

Sie ging wortlos in die Scheune zurück und kam wenige Sekunden später mit ihrer Ärztetasche wieder.

«Bringen Sie mich zu ihm.»

«Seien Sie nicht verrückt», antwortete er. «Konrad wird gleich zurückkommen, und wir müssen uns alle bereithalten, um mit ihm loszufahren.» Verzweifelt fügte er hinzu: «Hören Sie, er ist aus nächster Nähe zweimal getroffen worden. Wahrscheinlich ist er bereits tot.»

«Bringen Sie mich zu ihm», sagte sie.

Bruder Florian machte ihnen das Tor auf. «Beeilen Sie sich. Ich werde Bruder Konrad alles erklären, wenn er zurückkommt. Wir werden nicht ohne Sie fahren.»

Van Buren verließ Conlins Zelle und schaute auf den toten Volkspolizisten vor der Tür hinunter. «Unmöglich», sagte Süßmann. «Es ergibt einfach keinen Sinn.»

«Sie irren sich», antwortete Van Buren. «Irgendwo hier unten muß es einen zweiten Ausgang aus diesem Rattennest geben. Wenn Sie gründlich genug suchen, werden Sie ihn bestimmt finden.»

Er ging weiter, und Süßmann rief ihm nach: «Und Sie, Herr Professor? Was haben Sie jetzt vor?»

«Ich werde den Priester besuchen. Ich finde, es ist ein bemerkenswerter Zufall, daß er sein Spektakel mit dem Kreuz zur gleichen Zeit inszenierte, in der Conlin herausgeholt wurde.»

Er trat über den anderen Leichnam hinweg und eilte die Treppe hoch.

Der Truppenlaster parkte am nördlichen Rand des Pferdegrunds. Bruder Konrad kümmerte sich um Conlin, während Vaughan die Windrichtung prüfte und dann ein halbes Dutzend billige kleine Blinklampen aus seinem Tornister nahm, anschaltete und dann in einer langen Reihe auslegte. Anschließend lief er zum anderen Ende der Wiese und stellte noch zwei Lampen ins Gras. Eine einfache, aber sehr wirksame Markierung, die Kubel sofort sah, als er sich einige Minuten später in knapp zweihundert Metern Höhe näherte. Alles in allem war der Flug sehr gut gewesen, bis auf die ersten Kilometer, wo der dichte Bodennebel ihn gezwungen hatte, höher zu gehen, als ihm lieb war. Und doch . . .

Als der Fieseler Storch zum Landeanflug ansetzte und glatt aufkam, nahm Vaughan den alten Geistlichen auf die Schulter und sagte zu Konrad: «Sie fahren am besten gleich los und holen die anderen. Gegen elf sehen wir uns dann in Bitterfeld wieder.»

Konrad stieg in den Laster und fuhr fort, während Vaughan mit seiner Last zu der Maschine lief, wo Kubel inzwischen die Tür geöffnet und sich hinausgebeugt hatte, um ihm zu helfen. Er faßte Conlin unter die Achselhöhlen und zog ihn ins Flugzeug, und dann kletterte Vaughan in die kleine Kabine und schlug die Tür zu.

Die Maschine drehte bereits zum Start in den Wind. Max grinste. «Siehst du, mein Freund, es geht wie geschmiert.» Er gab Gas, die Maschine machte einen Satz und hob kurz darauf in die Nacht ab.

Hartmann war tot, und Margaret Campbell erkannte es, sobald sie den Raum betreten und sich einen Weg durch die Dorfbewohner gebahnt hatte, die sich um sein Bett drängten. Trotzdem tat sie alles Menschenmögliche, fühlte ihm den Puls, hörte ihn ab – nichts. Er sah sehr gefaßt, sehr friedlich aus, und sie steckte ihr Stethoskop langsam wieder in die Tasche.

Georg Ehrlich sagte: «Er ist also tot?»

«Ich fürchte ja.»

Sigrid, die neben dem Bett kniete, begann zu weinen, und unter den Umstehenden erhob sich leises Gemurmel.

Ehrlich sagte: «Wir kennen uns noch nicht. Sind Sie neu in unserem Bezirk, Fräulein Doktor?»

«Ich bin auf der Durchreise und hörte zufällig, daß ich eventuell gebraucht würde.»

Sie klappte die Tasche zu, erhob sich und begegnete dem ironischen Blick Van Burens, der in der Türöffnung stand. «Hallo, Margaret», sagte er. «*Das* nenne ich eine Überraschung.»

# 15

Max Kubel, der sich mit zweihundertfünfzig Stundenkilometern der Grenze näherte, fluchte leise vor sich hin. Er wußte, daß die Lage seit einiger Zeit brenzlig war. Kurz nach dem Start hatte er wegen schlechter Sicht auf dreihundert Meter gehen müssen, nur für einige Minuten, doch die Radarschirme von Allersberg hatten prompt seine Anwesenheit im Luftraum der DDR gemeldet. Die kurzen Signale konnten zwar auch eine «Geistermaschine» oder – aufgrund von Wellenreflektion – höhere Gegenstände am Boden anzeigen, aber der leitende Kontrolloffizier von Allersberg war kein Mann, der Risiken einging.

Der Regen war wieder stärker geworden und verschlechterte die Sicht abermals, so daß Kubel beschloß, erneut höher zu gehen. Er war ohnehin nur noch sechs oder sieben Minuten vom Gebiet der Bundesrepublik entfernt. Er zog den Steuerknüppel zurück, und der Storch kletterte und durchstieß die Regenwolke.

Die bleiche Sichel des Mondes, die fast den Wolkenrand zu berühren schien, verbreitete fahles Licht. Kubel drehte sich um und rief Vaughan über den Kopf des immer noch bewußtlosen Conlin hinweg zu: «Jetzt dauert's nicht mehr lange.»

Ein donnerndes Röhren erfüllte die Nacht, und die Maschine bockte wie ein wildgewordenes Pferd in der Turbulenz, so daß Kubel alle seine Kraft und Geistesgegenwart brauchte, um sie zu halten, während über ihnen ein schwarzer Schatten dahinschoß, wendete und sich ihrer rechten Tragfläche näherte.

«Was ist das?» fragte Vaughan.

«Ein MiG-Jäger. Jetzt wird's mulmig.»

Die MiG wippte mit den Tragflächen. «Er gibt uns Zeichen», sagte Vaughan.

«Ja, ich weiß.» Kubel schaltete das Funkgerät an. Der Empfang war sehr gut. Die Stimme sagte: «Gehen Sie sofort auf Kurs drei-vier-null zum Stützpunkt Allersberg. Ich folge Ihnen.»

Kubel knipste das Gerät aus. «Verdammter Mist. Er kann uns mit seiner Bordkanone wegpusten.»

«Was willst du machen?»

«Bei einem solchen Duell sind Düsenjäger wegen ihres Tempos manchmal im Nachteil. Ich bin einfach zu langsam für ihn. Ich werde tiefer gehen und sehen, ob ich ihm eine kleine Falle stellen kann.»

Er schwenkte nach links und ging tiefer, und der Abfangjäger machte eine so scharfe Kurve, daß er wegen seines Tempos abdrehen mußte, um nicht mit der kleinen Maschine zu kollidieren. Der Pilot feuerte seine Bordkanone zu früh ab. Kubel war auf zweihundert Meter hinuntergegangen, als sich die MiG wieder näherte, und dieses Mal wurde der Storch vom Aufprall der Geschosse, die seine Tragflächen durchsiebten, heftig hin und her geschüttelt.

Die MiG schwenkte ab, näherte sich abermals, und

wieder wurde die Maschine getroffen. Die Windschutzscheibe platzte, und Kubel schrie auf.

Vaughan sagte: «Ist es schlimm?»

Kubels Fliegerjacke war unter der linken Schulter zerfetzt. Als Vaughan die Stelle anfaßte und seine Hand zurückzog, war sie blutbeschmiert.

«Keine Angst, ich werde es überstehen», sagte Kubel. «Jetzt mußt du dich gut festhalten, weil ich dem Burschen zeigen will, wie man fliegt.»

Sie waren jetzt auf fast hundertfünfzig Meter hinuntergegangen und konnten die Bäume deutlich erkennen. Die Grenze mußte ganz nahe sein. Die MiG kam von hinten herangesaust, um ihnen den Fangschuß zu geben, und diesmal hatte der Pilot den richtigen Winkel erwischt – er näherte sich genau parallel zum Rumpf und würde gleich über dem Heck des Storchs sein. Er betätigte seine Bordkanone, und von seinen Tragflächen lösten sich ganze Partien, aber da stellte Kubel die Landeklappen aus.

Der Storch schien mitten in der Luft still zu stehen, und der überrumpelte MiG-Pilot riß den Jäger nach rechts, um nicht mit der anderen Maschine zusammenzustoßen. Zu scharf, der Jäger hatte nicht mehr genug Platz, um wieder in die richtige Fluglage zu kommen, raste direkt in die Bäume und pflügte eine breite Schneise auf.

Ein Flammenpilz durchzuckte die Nacht und verblaßte hinter ihnen, als sie sich der Grenze näherten. Der Motor stotterte, und Kubel betätigte hektisch die Kontrollknöpfe. «Los, du alte Hure. Laß mich nicht auf den letzten Metern im Stich.»

Vaughan untersuchte Conlin. Der alte Mann war immer noch bewußtlos, atmete jetzt aber regelmäßiger.

«Ist er in Ordnung?» schrie Kubel.

Vaughan nickte. «Und du?»

«Ja, bis auf ein bißchen Stahl im Rücken. Ich habe schon Schlimmeres überstanden, und diesmal war es die Mühe wert.» Er lachte laut auf. «Begreifst du nicht, Simon? Ich habe die hundertfünfzig vollgemacht!»

Einen Augenblick später überflogen sie die Grenze, und er schwenkte nach Steuerbord ab und begann den Landeanflug auf Bitterfeld.

Bruder Franz machte das Scheunentor zu und verbarrikadierte es mit einem Balken. Er trug eine Uniform der Volkspolizei, genau wie die anderen. Jeder von ihnen hatte sich ein AK umgehängt, und sie standen im Regen um den Laster herum. Konrad spähte besorgt zu der kleinen Tür neben dem Hoftor hinaus. «Beeilen Sie sich, Margaret», flüsterte er vor sich hin. «Wo bleiben Sie nur?»

Gregor trat zu ihm. «Es hat keinen Zweck, wir müssen fahren. Es ist nur eine Frage der Zeit, bis sie den Tunnel entdecken. Wir können es uns nicht leisten, noch länger zu warten.»

Schnelle Schritte ertönten, und Berg kam mit verzerrtem Gesicht, wie von Panik ergriffen, durch die Tür gestürzt. Bruder Konrad mußte ihm den Weg versperren und ihn am Mantel festhalten, damit er stehenblieb.

«Was ist los? Wo ist das Mädchen?»

Berg rang nach Atem und konnte kaum sprechen. «Er hat sie», stieß er hervor. «Van Buren hat sie.»

Konrad schüttelte ihn. «Wovon reden Sie?»

«Sie hat den Priester untersucht, um zu sehen, ob sie

noch etwas tun konnte. Dann ist Van Buren plötzlich aufgekreuzt.»

«Und?»

«Sie haben sie abtransportiert. Ins Schloß hinauf.»

Bruder Konrad, der ihn immer noch nicht losgelassen hatte, blickte ihn entsetzt an. Berg sagte drängend: «Sehen Sie denn nicht, daß wir los müssen? Sie können jeden Augenblick kommen.»

«Er hat recht», sagte Bruder Gregor leise zu Konrad. «Du erinnerst dich doch an Vaughans Befehl? Er hat ausdrücklich gesagt, daß wir auf niemanden warten dürfen.»

«Aber wir können sie doch nicht einfach zurücklassen», sagte Bruder Konrad. «Wir müssen etwas unternehmen!»

«Inzwischen ist sie schon im Schloß», entgegnete Bruder Gregor. «Wir können nichts machen.» Er löste Bruder Konrads Finger von Bergs Mantel. «Steigen Sie jetzt ein.» Dann wandte er sich an die anderen: «Ihr auch, bitte!»

Bruder Konrad sagte mit erloschener Stimme: «Wie ist es bloß möglich, daß zu guter Letzt noch so etwas passiert! Als ob sie nicht schon genug durchgemacht hätte.» Er drehte sich um, und sein Gesicht hatte plötzlich einen grimmigen Ausdruck. «Weißt du was, Gregor? Dieser Gott, dem ich all die Jahre gedient habe – langsam beginne ich mich zu fragen, ob er sich nicht vielleicht von uns abgewendet hat.»

Er kletterte ans Steuer, und Bruder Gregor stieg auf der anderen Seite des Fahrerhauses ein. Bruder Konrad ließ den Motor an und rollte durch das Hoftor. Das Geräusch des Motors verklang in der Nacht, und der Hof des

Schloßguts lag dunkel und verlassen da. Es dauerte gut zwanzig Minuten, bis sich in der Scheune etwas regte und jemand anfing, von innen an das Tor zu schlagen.

«Ihre Wiederauferstehung ist wirklich atemberaubend», sagte Van Buren. «Wenn es noch Wunder gibt, woran ich immer gezweifelt habe, ist bei Ihnen eines geschehen, meine Beste. Angeblich ruhen Sie seit Wochen auf dem Grund der Elbe.»

Sie saß neben dem Schreibtisch, die gefalteten Hände im Schoß, sehr gefaßt. «Ich habe nichts zu sagen.»

«Das war zu erwarten», sagte er trocken. «Sie sind der introvertierte Typus. Verständlich, ich meine nach der Konditionierung, die Sie hinter sich haben.»

Die Tür wurde aufgerissen, und Süßmann stürzte ins Zimmer. «Wir haben im untersten Geschoß einen Schacht gefunden, der in eine Kanalisationsröhre aus der Kriegszeit führt. Sie ist nie benutzt worden. Von der Röhre geht ein frisch gegrabener Tunnel unter dem Friedhof durch zur Scheune vom Schloßgut.»

«Schloßgut?»

«Die Franziskaner.»

Van Buren warf den Kopf zurück und lachte laut auf. «Das ist ja herrlich! Das ist Gold wert. Sie sind natürlich über alle Berge?»

«Ja. Wir haben keine Menschenseele angetroffen.»

Van Buren wandte sich wieder an Margaret Campbell. «Dort haben Sie sich also die letzten Wochen versteckt?»

Sie antwortete nicht. Süßmann sagte: «Berg, der Verwalter, ist nirgends zu finden. Schäfer auch nicht.»

«Schäfer?» sagte Van Buren scharf. «Aber natürlich,

das würde genau passen. Schäfer und der Priester. Ich hatte gleich so ein merkwürdiges Gefühl bei ihm.»

«Noch etwas. Vor ungefähr einer halben Stunde ist ein kleines Flugzeug gesichtet worden, das am Ufer landete und kurz darauf wieder abflog.»

«Wirklich?» Van Buren wirkte seltsam desinteressiert.

«Um Himmels willen», sagte Süßmann. «Was sollen wir tun?»

«Ich weiß nicht», antwortete Van Buren mit einem liebenswürdigen Lächeln. «Alarmieren Sie alle Streifen. Rufen Sie sofort den Grenzübergang an. Sie sind doch hier das militärische Genie.»

«Aber wir müssen Conlin zurückholen», rief Süßmann, «sonst können wir alle einpacken. Und diese Person weiß, wo er ist.»

«Sie waren als Schüler wohl nicht gut in Mathematik», sagte Van Buren geduldig. «Sonst könnten Sie sich an fünf Fingern abzählen, wo er ist – wenn vor einer halben Stunde ein Flugzeug landete und wieder abflog.»

Süßmann drehte sich um, lief hinaus und schlug die Tür hinter sich zu. Er eilte die Treppe hinunter und ging in sein Zimmer, wo Becker ihn erwartete.

«Und jetzt?» fragte der Feldwebel.

«Keine Ahnung, Rudi», antwortete Süßmann. «Vielleicht müssen wir schon morgen die Uniform abgeben. Rufen Sie das Hauptquartier an. Lassen Sie Alarmstufe eins für alle Streifen zwischen Neustadt und der Grenze geben. Sie sollen jeden festnehmen, der sich irgendwie verdächtig macht.»

Becker ging hinaus. Süßmann zündete sich eine Zigarette an und schritt wie ein Tiger im Käfig auf und ab.

«Schäfer», sagte Van Buren. «Er muß die Schlüsselfigur sein. Ich hätte es wissen müssen, als er Becker so souverän fertigmachte. Aber er wird nicht weit kommen.»

«Das Flugzeug», sagte sie gelassen.

«Er war auch an Bord, nicht wahr? Dann ist er in Sicherheit, und das freut Sie.» Er lehnte sich zurück und sah ihr in die Augen. «Sind Sie in ihn verliebt?»

«Zu spät für Ihre Spielchen», entgegnete sie. «Sie haben verloren. An Ihrer Stelle würde ich die Koffer packen.»

«Aber wohin sollte ich gehen?» Er lächelte freundlich. «Ich bin schon überall gewesen, das ist das Problem. Aber zurück zu Schäfer. Wenn er im Flugzeug war, bedeutet das, daß er Sie im Stich gelassen hat, und das paßt nicht ins Bild. Er ist nicht der Typ dazu.»

Sie blieb stumm, so daß er fortfuhr: «Sie sollten eigentlich zusammen mit den anderen flüchten, nicht wahr? Und dann haben Sie erfahren, daß Hartmann angeschossen wurde, und mußten Onkel Doktor, pardon, Tante Doktor spielen. Er ist einfach nicht der Typ, Ihr Herr Schäfer, oder wie er in Wirklichkeit heißt.»

«Vaughan.» Aus ihrer Stimme klang Stolz. «Major Simon Vaughan.»

«Ein Engländer? Sieh da.» Er nickte langsam. «Er wird zurückkommen, um Sie zu holen.»

«Seien Sie nicht absurd.» Jetzt war sie sichtlich beunruhigt.

«Er wird zurückkommen, um Sie zu holen, Margaret. Männer wie er kommen immer zurück. Es ist mein Beruf, so etwas zu wissen», fügte er gutgelaunt hinzu. «Immerhin bin ich einer der angesehenen Psychologen dieser Erde.»

«Nein», sagte sie. «Nein!» Als könnte sie Tatsachen schaffen, indem sie es wiederholte.

Er schenkte sich einen doppelten Kognak ein. «Sie haben ein Problem, ich kann Ihnen helfen.» Er verzog das Gesicht zu einer schmerzlichen Grimasse. «Das Dumme ist bloß, und jetzt fallen Sie bitte nicht um vor Lachen, daß ich meine eigenen nie verstanden habe. Meine Probleme, meine ich.»

Sie schwieg, und er schien zu grübeln. Sie wußte selbst nicht, warum sie dann unvermittelt sagte: «Es tut mir leid.»

«Das ist sehr nett von Ihnen. Entschuldigen Sie mich bitte einen Moment?»

Er ging nicht hinaus, sondern nahm den Hörer ab und wählte die Nummer von Kleins Büro. Frau Apel meldete sich schon nach dem ersten Klingeln.

«Überstunden wie immer, nicht wahr?» sagte er. «Ist der Chef da?»

«Ich glaube ja, Herr Professor.»

Kurz darauf war Klein in der Leitung. «Guten Abend, Harry, ich wollte gerade gehen. Was gibt's denn?»

«Schlechte Neuigkeiten», sagte Van Buren. «Conlin ist entflohen.»

«Was?» sagte Klein. «Das ist unmöglich.»

«Mein lieber Helmut, auf unserer alten Welt ist alles möglich», erklärte Van Buren ihm. «Ich hätte gedacht, ein Mann mit Ihren reichen Erfahrungen wüßte das inzwischen. Die Einzelheiten spielen im Augenblick keine Rolle. Tatsache ist, daß eine Gruppe, zu der auch Ihr verdammter Priester gehörte, Conlin heute abend aus dem Schloß geholt und mit einer leichten Maschine in den Westen gebracht hat. Aus irgendeinem unerfindlichen Grund wollte ich nicht auf das Vergnügen verzichten, es Ihnen selbst zu erzählen.»

«Sind Sie ganz sicher?» fragte Klein. «Sind Sie sicher, daß er entwischt ist?»

«Auf Wiedersehen, Helmut.» Van Buren legte auf und schenkte sich noch einen Kognak ein.

«Und nun?» fragte sie.

«Wir warten», antwortete er. «Wir warten, um zu sehen, ob ich mit Ihrem Major Vaughan recht habe.»

Süßmann wollte gerade sein Büro verlassen, als das Telefon klingelte. Als er abnahm, meldete sich Klein: «Ich hatte eben einen Anruf von Van Buren. Ich möchte sofort Ihre Version von den Geschehnissen hören. Nun?»

Süßmann berichtete ihm alles, was er wußte. Als er ausgeredet hatte, war die Leitung zunächst stumm. «Sind Sie noch da, Genosse Oberst?» sagte er zögernd.

«Ja», sagte Klein. «Ich habe nur nachgedacht.»

«Was soll ich jetzt tun, Herr Oberst?»

«Sie sind ein vielversprechender Offizier, Süßmann. Jammerschade, wenn Sie von einem Mann hereingerissen werden, der mit fast hundertprozentiger Sicherheit ein Hochverräter ist. Die einzige begreifliche Erklärung für diese dumme Sache. Ich werde in zwei Stunden da sein, um Van Buren persönlich zu befragen. Wenn er vor meiner Ankunft versuchen sollte, sich aus dem Staub zu machen, haben Sie natürlich Vollmacht, ihn mit allen verfügbaren Mitteln zurückzuhalten. Das würde Ihren Kredit wieder aufbessern. Verstehen Sie mich?»

«Sehr gut, Herr Oberst.»

«Gut, wir sehen uns nachher.»

Süßmann legte auf, zog seine Walther aus dem Halfter und entsicherte sie probeweise.

Nach seinem Gespräch mit Süßmann wandte Klein sich den Bücherreihen zu, die die Wand hinter ihm bedeckten. Er nahm einige Bände vom Regal, und dahinter wurde ein kleiner Wandtresor sichtbar, den er schnell öffnete. Er holte einen ganz gewöhnlich aussehenden Schnellhefter und einen Satz falscher Papiere heraus – alles Dinge, die er seit langer Zeit für einen solchen Tag bereithielt. Der Schnellhefter enthielt Listen mit den richtigen und falschen Namen aller Agenten seiner Abteilung, die im Moment in der Bundesrepublik arbeiteten. Er steckte ihn in seine Aktenmappe und untersuchte die falschen Ausweise – da er ein hoher Sicherheitsbeamter war, kannten zum Glück nur wenige Angehörige der bewaffneten Truppen sein Gesicht. Er schob die Papiere in seine Brusttasche, zog seinen Mantel an und nahm die Mappe. Frau Apel saß noch an ihrem Schreibtisch. Sie blickte auf. «Sie gehen, Herr Oberst?»

«Ja. Vielen Dank, daß Sie so lange geblieben sind. Sie können jetzt Schluß machen. Wir sehen uns dann morgen früh.»

Fröhlich vor sich hin pfeifend verließ er das Ministerium. Zwanzig Minuten später passierte er einen wenig benutzten Übergang in der Nähe der Königstraße und meldete sich bei dem diensthabenden Polizisten auf der anderen Seite mit der überraschenden Bitte, sofort mit General Reinhard Gehlen, dem Leiter des Bundesnachrichtendienstes in Pullach, verbunden zu werden.

In Flossen regnete es immer noch, als Bülow nervös vor der Wachbaracke auf und ab schritt. Um halb zehn Uhr hatte das Hauptquartier Alarmstufe eins angeordnet – eigentlich durfte er also kein einziges Fahrzeug mehr durchlassen. Seine Frau war bereits mit dem Kind drüben, und er hatte nur noch den Wunsch, zu ihnen zu kommen.

Hornstein, der die Straße ein kleines Stück hinaufgegangen war, kam aufgeregt zurück und rief schon von weitem: «Da kommt ein Laster.»

Er blieb neben dem Feldwebel stehen. Sie warteten unruhig, während sich ein Truppenfahrzeug der Volkspolizei näherte und kurz vor ihnen scharf bremste. Bruder Konrad beugte sich aus dem Fenster: «Sie warten sicher schon auf uns?»

Bülow machte sich nicht die Mühe zu antworten. Hornstein drehte bereits die Schranke hoch. Sie kletterten beide über die Ladeklappe, wobei sie von hilfreichen Händen unterstützt wurden, als der Laster wieder losfuhr, um kurz danach westliches Gebiet zu erreichen.

Pascoe saß allein im Kontrollraum von Bitterfeld, als Böhmler hereinkam, um ihm mitzuteilen, daß der Wagen mit der Gruppe wohlbehalten angekommen sei. Sie gingen zusammen zu den Hangars, wo einige Verwirrung herrschte. Die Franziskaner standen neben dem Fahrzeug und redeten aufgeregt auf Teusen und Meyer ein. Als Pascoe den Hangar betrat, sagte Meyer leidenschaftlich: «Das ist Wahnsinn, anders kann man es nicht bezeichnen. Er fährt in den Tod.»

«Was ist denn los?» fragte Pascoe.

«Ich fürchte, Fräulein Campbell ist in den Händen der anderen, Herr Professor», antwortete Bruder Konrad ihm. «Van Buren hat sie auf das Schloß bringen lassen.»

«Simon sagt, er wolle sie herausholen», unterbrach Teusen.

Schritte erklangen. Sie drehten sich um und erblickten Vaughan, der, wieder mit Vopo-Uniform und langem Mantel, in den Hangar eilte. Das AK hing vor seiner Brust, und er befestigte den Kinnriemen des Helms.

Pascoe sagte: «Das ist sinnlos.»

Vaughan beachtete ihn nicht und wandte sich an Bruder Konrad: «Ist drüben viel los?»

«Das kann man wohl sagen», entgegnete Bruder Konrad. «Wir sind an mehreren Streifen vorbeigekommen, aber sie haben sich nicht um uns gekümmert. Sie nahmen sicher an, wir seien hinter demselben Wild her.»

«Warum sollten sie bei mir etwas anderes denken?» Vaughan schwang sich auf das Motorrad und trat den Motor an.

Teusen sagte: «Seien Sie kein Narr, Simon!»

«Wenn Sie mir einen Gefallen tun wollen, sorgen Sie bitte dafür, daß der Übergang so lange wie möglich offen bleibt.» Vaughan gab Gas und donnerte los.

Die Männer schwiegen. Nach einer Weile seufzte Pascoe und wandte sich an Bülow und den jungen Hornstein. «Es scheint fast, als müßten Sie eine Zeitlang wieder Posten beziehen, meine Herren.»

«O nein», sagte Bülow. «Das ist gegen die Abmachung.»

«Aber Sie müssen doch einsehen, daß es nicht anders geht. Wenn ein Anruf von Ihrem Hauptquartier kommt, und Sie nehmen nicht ab, wird man auf dem schnellsten Weg jemanden schicken.»

«Vielleicht ist es schon geschehen», sagte Bülow.

«Das Risiko müssen wir eingehen.»

«Nein!»

Auf dem Fahrersitz des Lasters lag ein AK. Pascoe ergriff es und entsicherte es. «Ich habe keine Lust, lange zu diskutieren. Sie fahren sofort zurück, und ich begleite Sie.»

«Lassen Sie mich mitfahren», sagte Teusen.

Pascoe lächelte schwach. «Nein, mein Lieber, dies ist meine Show. Ich war schon immer gut darin, andere Männer an die Front zu schicken, aber diesmal nicht.» Er wandte sich wieder an Bülow: «Nach Ihnen, Feldwebel, wenn ich bitten darf.»

Vaughan fuhr vorsichtig die schmale Zufahrtsstraße zum Schloß hoch, und als er den Kamm des Hügels erreicht hatte, sah er einen Posten in der Wachhütte vor dem Tunneleingang stehen.

Vaughan stoppte. «Depesche für Professor Van Buren aus Berlin.»

Der Posten ließ ihn ohne Zögern passieren, und Vaughan fuhr durch das düstere Gewölbe. Diesmal stand am anderen Ende keine Wache, so daß er langsam über den kopfsteingepflasterten großen Burghof fuhr, am Haupteingang vorbei, und dann durch den schmalen Gang zwischen hohen Mauern rollte, der in den hinteren Hof führte. Er stellte den Motor ab und schwang sich von der Maschine, wobei er sich Bergs Schilderung vom geheimen Zugang zu Van Burens Zimmern ins Gedächtnis zurückrief. Es mußte ganz in der Nähe sein. Er nahm sein AK in die Hand und ging weiter.

Margaret Campbell lag mit offenen Augen in Van Burens Schlafzimmer auf dem Bett. Sie dachte an Vaughan und fragte sich, wie es ihm ergangen sein mochte. Vor allem betete sie jedoch, er möge nicht das tun, was Van Buren vorausgesagt hatte.

In diesem Moment machte jemand die Tür auf und knipste das Licht an. Van Buren stand mit einem Glas in der Hand im Zimmer. «Kommen Sie hier herein», sagte er und ging in den anderen Raum zurück.

Als sie zu ihm trat, stand er am Kamin und schenkte sich noch einen Kognak ein. Er wirkte mehr als angetrunken. «Ich muß sagen, Ihr Freund enttäuscht mich sehr. Wo bleibt er?»

Ein leises Knarren, ein plötzlicher kalter Luftzug. Sie fuhren beide herum, als die schmale Tür in der Ecke gegenüber geöffnet wurde und Vaughan mit bereitgehaltenem AK eintrat.

Margaret Campbell lief zu ihm. «Oh, Sie Narr – Sie herrlicher, verdammter Narr! War das eine Mal nicht genug für Sie? Habe ich Ihnen nicht schon genug Scherereien gemacht?»

Er lächelte. «Ich habe beschlossen, Ihnen alles zu vergeben.» Er legte den Arm um sie.

Van Buren lachte los. Er schien sich königlich zu amüsieren. «Sehen Sie, ich irre mich nie. Was in einem Menschen vorgeht, ist für Van Buren ein offenes Buch.»

Vaughan sagte: «Wenn Sie schreien, puste ich Sie mit diesem Ding in tausend Stücke.»

«Und alarmieren das ganze Schloß? Seien Sie kein Idiot, Schäfer oder Vaughan, oder wie auch immer Sie heißen.»

«Ich nehme sie mit.»

«Lassen Sie sich nicht aufhalten.»

Van Buren schenkte sich noch einen Kognak ein und wandte sich ab. Vaughan ließ das Gewehr sinken. «Was wird hier gespielt?»

Margaret legte ihm die Hand auf den Arm. «Reden Sie nicht lange, Simon. Lassen Sie uns einfach gehen.» Sie wandte sich an Van Buren: «Es tut mir leid, Professor. Trotz allem, was Sie mir und meinem Vater angetan haben. Es tut mir trotzdem leid um Sie.»

«Mir auch.» Van Buren hob das Glas. *«L'Chayim.* Jetzt machen Sie aber, daß Sie hier fortkommen.»

Vaughan ging schnell die steinerne Wendeltreppe voran. Unten öffnete er die andere Tür und spähte hinaus, doch es war niemand zu sehen. Er nahm sie am Arm und lief mit ihr zu der Maschine hinüber.

«Sie müssen sich im Beiwagen so klein wie möglich machen, und ich ziehe die Regenplane über Sie.»

Sie kletterte hinein und sagte, sich zusammenkauernd: «Was hat er gesagt, bevor wir gingen?»

*«L'Chayim»*, erwiderte Vaughan. «Es ist hebräisch und bedeutet ‹auf ins Leben›.»

Sie sagte nichts, kauerte sich einfach zusammen, wie er ihr befohlen hatte. Er breitete die Regenplane über die Beiwagenöffnung, zog die Ösen über die kleinen Metallbolzen, schwang sich auf die Maschine und ließ den Motor an. Einige Augenblicke später winkte der Posten sie durch das Haupttor.

Van Buren stand vor dem Kamin und sah zurück in die Vergangenheit. «Na ja, zumindest war ich ein ganz guter Mariner», sagte er leise. «Vielleicht wiegt das vieles andere auf.»

Er trank sein Glas aus, stellte es auf den Tisch, ging zur Tür und öffnete sie, um nach Süßmann zu schauen. Aus der Halle drangen Stimmen, und als er über die Brüstung nach unten spähte, erblickte er Süßmann und Becker.

«Je eher wir es machen, um so besser», sagte Süßmann gerade. «Wenn Klein hierherkommt, möchte er ihn tot vorfinden. Es ist wichtig für uns alle, Rudi. Wir schieben dem Amerikaner die ganze Verantwortung zu.»

Becker zog seine Walther, prüfte den Entsicherungsbügel, und Van Buren ging in sein Arbeitszimmer zurück. Kurz danach kam er wieder heraus und wartete oben an der Treppe, während sie ihm entgegenkamen.

«Ah, da sind Sie ja, Süßmann. Ich habe mit Ihnen zu reden.»

Die beiden Männer blieben auf dem Absatz in halber Höhe stehen und griffen zu ihren Pistolen. «Sie sind festgenommen», sagte Süßmann. «Wegen Hochverrats. Sie werden mir die Gefangene Campbell übergeben.»

«Das geht leider nicht mehr», antwortete Van Buren. «Ich habe sie schon vor einer Ewigkeit freigelassen.»

«Sie lügen.»

«Nein, mein Bester. Ich habe zwar viele Fehler, aber gelogen habe ich noch nie. Wann geht die Schießübung los?» Becker warf Süßmann einen unsicheren Blick zu, und Van Buren fuhr fort. «Bei einem Fluchtversuch erschossen. Heißt es nicht so?»

«Wenn Sie es sagen.»

Süßmann drückte dreimal ab. Van Buren schrie auf, öffnete seine geballten Hände und ließ die beiden russischen Splittergranaten fallen, die er festgehalten hatte. Sie kollerten nacheinander die Treppe hinunter. Becker brüllte vor Angst, drehte sich um, weil er davonstürzen wollte, und prallte dabei mit Süßmann zusammen. Die Granaten explodierten eine Sekunde später.

Um halb drei Uhr wurde die Dunkelheit vom Scheinwerfer des Motorrads durchstochen, und kurz darauf hielt die schwere Maschine neben Bülow und Hornstein, die nervös vor der Wachbaracke bei Flossen gewartet hatten. Pascoe erschien mit dem AK in der Hand in der Türöffnung. Vaughan schob erschöpft seine Schutzbrille hoch.

«Hatten Sie Erfolg, Major?»

Vaughan zog die Regenplane zurück, und Margaret Campbell setzte sich auf. «Sind wir da?» fragte sie. «Sind wir schon im Westen?»

«Noch nicht», sagte Vaughan. «Aber jetzt dauert es nicht mehr lange.»

Er fuhr weiter, und Charles Pascoe, Bülow und Hornstein folgten zu Fuß. Hinter ihnen, in der Wachbaracke, begann das Telefon zu schrillen. Es klingelte eine ganze Zeitlang, ehe es aufhörte. Dann herrschte wieder Stille, nur unterbrochen von dem Knarren der im leichten Wind hin und her schwingenden Tür.

# 16

Am 21. Juni wurde Kardinal Giovanni Battista Montini in Rom vom Heiligen Kollegium zum Papst gewählt und nahm den Namen Paul VI. an. Pater Sean Conlin lag in einem kleinen Zimmer im Collegio di San Roberto Bellarmino, den Oberkörper auf Kissen hochgestützt, im Bett und las, als Pacelli eintrat, um ihm die Nachricht zu überbringen.

Conlin sagte: «Nun ja . . . das Leben geht weiter.»

«So scheint es.»

«Aber nicht für Erich Hartmann. Sagen Sie, Exzellenz, wie war er? Ich meine, was für ein Mensch war er wirklich?»

«Wer kann das wissen? Im Grunde war er ein Geheimnis, wie alle Menschen – ein Geheimnis, das nur sein Schöpfer kannte.»

«Wollen Sie sagen, daß er etwas von einem Heiligen hatte?»

«Nein, gewiß nicht. Dazu fehlte ihm die erste Voraussetzung, die Demut. Was er in Neustadt tat, war erhabener Unsinn – aber wir haben Gott dafür zu danken.»

«Ach ja», seufzte Conlin. «Ich werde ihn für den Rest meines Lebens in meine Gebete einschließen.»

«Ich auch.» Pacelli lächelte. «Und jetzt müssen Sie

mich entschuldigen. Ich habe eine Menge zu tun.»

Er ging hinaus. Es war sehr still im Zimmer, als Pater Conlin die Augen schloß, die Hände faltete und für den Seelenfrieden Erich Hartmanns zu beten begann.

Am 26. Juni kam Präsident Kennedy auf einen achtstündigen Besuch nach West-Berlin. Nach seiner Landung auf dem Flughafen Tegel im französischen Sektor machte er in Begleitung von Bundeskanzler Adenauer und Bürgermeister Willy Brandt eine fast fünfzig Kilometer lange Rundfahrt durch die Stadt und wurde dabei von eineinviertel Millionen Menschen bejubelt.

Endlich erreichte die Gruppe das Schöneberger Rathaus, wo der Präsident der Vereinigten Staaten die wichtigste Rede seiner Reise halten sollte. Der Saal im ersten Stock, in den er geführt wurde, war voll von Menschen, und unter den Gästen befanden sich auch Charles Pascoe und Simon Vaughan. John F. Kennedy schritt mit einem strahlenden Lächeln, hier und da stehenbleibend, durch die Menge. Als er Pascoe und Vaughan erreichte, gab er ihnen die Hand und begrüßte sie anscheinend genauso unverbindlich wie die anderen. Seine Worte hatten jedoch einen besonderen Nachdruck: «Meine Herren, glauben Sie mir, wir sind froh, Sie heute hier zu sehen.»

Er trat hinaus auf den Balkon und wurde von den unten Wartenden mit donnerndem Beifall begrüßt. Er begann zu reden. Pascoe sagte: «Ich weiß, daß ich alt werde, aber es ist trotzdem besser, die letzten Jahre optimistisch zu verbringen. Vielleicht ist er der Mann, den wir alle brauchen. Zumindest sagt er die richtigen Dinge. Die Dinge, die gesagt werden sollten.»

Kennedys Stimme wurde lauter: «In unserer freien Welt ist dies wohl das Stolzeste, was man von sich sagen kann: ‹*Ich bin ein Berliner*.›»

Er beugte sich über die Balkonbrüstung, in gleißendem Licht, und dann war es plötzlich, als huschte ein Schatten über die Sonne, und das Licht auf ihm erlosch, aber nur für einen Augenblick.

Vaughan erschauerte aus einem unerfindlichen Grund. Er sagte zu Pascoe: «Lassen Sie uns gehen. Sie können morgen alles in der Zeitung lesen.»

Er drehte sich um und bahnte sich einen Weg durch die Versammelten. Pascoe folgte ihm. Margaret Campbell stand mit Meyer oben an der Treppe. Sie griff nach seiner Hand: «Was hast du, Simon? Was ist passiert?»

«Nichts», sagte er. «Irgend jemand ist eben über mein Grab geschritten, das ist alles.»

Als sie die Treppe hinuntergingen, bekam die Stimme des Präsidenten einen beschwörenden Klang: «Die Freiheit ist oft problematisch, und die Demokratie ist nicht vollkommen, aber wir brauchten nie eine Mauer zu errichten, um unser Volk einzusperren.»